U0895111

多情即長生

陈四百 著

江苏凤凰文艺出版社
JIANGSU PHOENIX LITERATURE AND ART PUBLISHING, LTD

图书在版编目（CIP）数据

多情即长生 / 陈四百著 . -- 南京 : 江苏凤凰文艺出版社，2019.4

ISBN 978-7-5594-3269-8

Ⅰ . ①多… Ⅱ . ①陈… Ⅲ . ①中篇小说 - 小说集 - 中国 - 当代 Ⅳ . ① I247.5

中国版本图书馆 CIP数据核字（2019）第 016739号

书 名	多情即长生
著 者	陈四百
策划编辑	连 慧
责任编辑	袁 媛 刘洲原
出版发行	江苏凤凰文艺出版社
出版社地址	南京市中央路 165号，邮编：210009
出版社网址	http://www.jswenyi.com
印 刷	三河市兴国印务有限公司
开 本	880 × 1230毫米 1/32
印 张	10
字 数	140千字
版 次	2019年 4月第 1版 2019年 4月第 1次印刷
标准书号	ISBN 978-7-5594-3269-8
定 价	39.00元

（江苏文艺版图书凡印刷、装订错误可随时向承印厂调换）

代序：以形式叙述的宽广故事

——徐誉诚（青年作家）

我私自以为一部好小说，作者通常得有“创作自觉”（少数做什么都莫名完美的天才除外）：意识到自己正在使用某种创作形式，并对该形式有所思考（甚至抗辩）。小说不等于说故事，而创作小说亦应像在探索该形式还能做到什么。

入围决选的《多情即长生》即是一例。作者如同小说内文里描述的，“在为自己编一个诚恳的记忆”。但作者使用的方法，是在叙事里不断地说笑话、反话、大话、玄话、假话。像一场文学实验，目标为“找出最诚恳的情感表达方式”。或因情感原即难以定义，作者不以写实笔调直接描绘叙述，避开“以实写实”可能自圆其辞而有的矫情做作，小说里不断说笑闲扯，就连最令主角悲伤的爱慕对象死亡情节也能前后不一、说法矛盾。如此“以虚写实”，淡化的是表面情节的喜怒哀乐，实则指向的是更为内在的无明情感。

作者或再指出：情感最为真诚之处，不在对象为何，而是情感能量本身。所谓“诚恳的记忆”，是每个人都曾在内心经历的波涛起伏，而非外在事物。这场实验里，作者以形式叙述了一个比表面情节更加宽广的故事内容，非常诚恳好看。

以上摘自《印刻文学生活誌》

目录

多情即长生

离骚乐园

多情即长生

第一章　林哥哥死了

那一年的6月1日，我最喜爱的一个男人病逝，我决定去做尼姑。

他生前，爱过许多人，各种人，甚至说过最爱我。我问他证据是什么，他说，因为他是一个诗人，他为许多人写过诗，唯独没有为我写过。这是什么逻辑?

“最深的爱恋，便是一首诗，无须再多言。”这是他的原话。

也就是那个时候，贾艺术向我提出分居，而我失去理智地跟林哥哥发誓。

我说：“林哥哥，你要是死了，我就去做尼姑。”

他笑：“你有那么多哥哥弟弟，你有几个身子去做尼姑呢？”

我也笑：“我只为你的，其他的人，不过顺便罢了。”

他忧愁：“与其你以后爱上一个尼姑，还不如现在就给你找个姑娘。”

我困惑：“我一定要爱上什么人吗？即使你不在了？”

他叹一声：“一定的，即使我不在了。”

我很伤心：“为什么呢？”

他又叹：“你总是想得到最好的东西，你控制不住你自己。”

我似乎明白：“你不相信我，林哥哥。”

林哥哥无奈：“我当然相信你，只是，你不明白你自己。我快死了，受不住这些腻腻歪歪的爱了，为我读首清爽的诗吧。”

我给他掖好羊羔被，从书架上取下一本书，翻开，书签夹在他最喜欢的一页，里尔克的《秋日》。书签是一个小恶魔形状，我送给他的，是一件衣服的吊牌，上面写着：devilnut。

我为他读诗，很慢很慢，都没赶上他死亡的速度。

主啊，是时候了。夏日曾盛大。
把你的影子投向日晷吧。
让风吹过牧场。
让最后的果实丰满。

再给两天南方的好天气，
催它们成熟，把最后的甘甜压入烈酒。
谁此时没有房子，就不必建筑。
谁此时孤独，就永远孤独，

就醒来，读书，写长长的信，
就在林荫道上来回，
步履不停，落叶纷飞。

在读到“就醒来”之前，也就是“永远孤独”之后，林哥哥去世了，似乎是故意的。我们都还没商量好要不要去做尼姑。既然这样，这件事就变成了我一个人的承诺。

作为一个靠自尊自省支撑着活下来的人，我必须去做尼姑。

一回到家，我便开始收拾行李。

连林哥哥的葬礼都没操办。

就是凭这一点，贾艺术认定我疯了。

第二章　丈夫贾艺术

我把行李箱拿出来时声响太大，惊动了正在睡午觉的贾艺术。

他二话没说，便把我送进了安静医院。

贾艺术这个人我不甚了解，但他符合做我丈夫的所有标准：头脑简单，四肢发达，大众趣味，黑色头发，爱好运动，有幽默感，无强迫症。政府做未婚男女普查时，要求写择偶标准，这就是我在表格中填写的。

贾艺术是我曾经的一个租友介绍给我的。未婚普查时，我正和那个租友一起租住着一套两居室。她当时已经申请了家庭指标，正在找人完成指标。去跟贾艺术相亲时，发现他完全符合我的标准，就把他推荐给了我。

当时的普查数据统计，未婚男女比例是250∶1，所以，一般男人根本就没资格挑选女人。我也不知道贾艺术见我了之后是满意还是不满意，反正按照大众趣味，娶我这样的女人，很省心，完全不用管，也不用担心我闹离婚。因为我脸上写着一个字：傻。

后来发现我没有他想象中的那么傻，贾艺术肯定后悔过，但他其实也没什么幽默感，我俩算是扯平了。有一个关于笑话的笑话是这样测试幽默感的：

一对老夫老妻躺在床上。

老妻摸着老夫那里问："这是什么？"

老夫回答："这是笑话。"

老夫也摸着老妻那里问："这是什么？"

老妻回答："这也是笑话。"

老夫问："以我这笑话，试你那笑话，如何？"

老妻答："然。"

老夫以笑话试笑话。

老妻摸着老夫再问："你这笑话怎么还有剩余？"

老夫答："这是两个在听笑话的人。"

贾艺术按照指标规定跟我聊天时，我把这个笑话讲给他听。结果他笑了好久，但其实这并不是一个好笑的笑话。他笑了五分钟之后，突然看看表，严肃地对我说："该以我这笑话，试你那笑话了。"他至少是一个严格遵守时间的人，我原谅了他。

关于按照指标规定聊天这件事，跟我们的婚姻结合方式有关。

其实我俩只是履行家庭职位职责的家伙，我们做彼此的配偶，是向社会表忠心做良民，至少贾艺术是这样。

那时候，网民们（我不知道他们是些什么人）坚持社会要由家庭组成，要有妻子、丈夫这两个基本职位。所以，那些不想结婚的，为了不被社会这个大组织除名，便去民政局申请一个家庭指标，然后找人完成指标，至少贾艺术是这样。

贾艺术找到了我，我等于是搬起石头砸自己的脚，便带着自残的快感同意了。我不在乎被社会除名，也不想表忠心做良民，却认认真真地填了一张择偶表。我在乎的是，我应该以一种理智的方式去爱林哥哥，指标婚姻，能给我带来前所未有的理智。

指标上规定：丈夫每周至少要陪妻子聊天七个小时，平均每天一小时；每个月至少要和妻子做爱四次，平均每周一次。

指标上也规定：妻子每周至少要给丈夫熨衣服七件，平均每天一件；每个月至少要主动亲吻丈夫八次，平均每周二次。

指标也不算太过分，毕竟没有规定诸如聊天内容、做爱方式、亲吻范围等细节上的东西。

指标上还规定，指标下结成的夫妻不可再离婚，以便节省政府行政费用。这是对贾艺术最有吸引力的一条，因为他相信这是对他最有利的一条，似乎成了他跟相亲对象谈条件的砝码，他以为，任何女人都会被永恒吸引，而不可再离婚，接近永恒。我还真喜欢他这种天真。

通过发送到我手机上的宣传册，我了解到，定这些指标的目的是想保证家庭里每个人都得到爱和性，以此保证社会的和谐运行。他们坚信爱和性是人类的基本需求，满足了这些需求，人便会非常善良。

宣传册上写道：

没有爱，人们便会无精打采，久则生恨，甚至变态，会生发小到嫉妒大到杀人放火等各种无理性事端。

没有性，人们便会无事生非，久则无耻，甚至非人，会出现小到强奸大到无限乱交等各种兽性大发。

贾艺术一再跟我强调，完成指标上的任务非常重要，除非你对人这个物种极不认同。我笑了。

我一直对安静医院心向往之。

安静医院最有名的疗法，是太阳疗法，具体地说，就是晒太阳。

据传，太阳疗法，是人类最古老的疗法。早在盘古开天辟地的时候，太阳女神羲和就与他做了一个约定。他们都知道，将来是伏羲和女娲使人类繁衍，而他们俩的兄妹关系，使得人类从起源开始，便犯下原罪，以后只会万劫不复，罪恶越积越深。怎样才能解救呢？没有解救之道。但可以缓解，就是晒太阳。太阳疗法，实质是一种安慰疗法，究其起源，也算得上是人类获得的唯一真实的温暖。

贾艺术把我送进去那天，一见到“安静”二字，我心中的悲伤就沉了下去，浮出头的，居然有一丝侥幸。

在林哥哥生前，我是没有理由、也不想花这笔冤枉钱进来的。现在理由有了，钱又是我丈夫花的，鱼与熊掌，意外得兼，妙处难言！

当然，这种难言的快哉只是表面现象，我的本质还是悲乎的。林哥哥不在了，我便成了那永远孤独的人，再也不用建造什么房子。世界上剩下的那些哥哥弟弟，都是些不干不净无心无窍不知情为何物的囫囵货，就像干巴巴的老鼠屎，即使用太阳的温暖抚摸一百年，也成不了蜜枣。包括贾艺术。当然，这是气话。

其实，对贾艺术这个名字，我还是有好感的。我上小学的时候，有两个龙凤胎同学，哥哥名叫自然，妹妹名叫科学，他们的父亲是养殖饲料猪的先驱者。自然和科学，对养猪很重要。

整个小学阶段，自然和科学都是同学们寻开心的对象。因为那时，我们有一门课，叫做自然课，还有一种理想，叫做科学家。

有一次，校长上思想品德课，讲劳模，自然地，就谈到了理想。

校长亲切地问："同学们，你们长大了，想做什么呀？"

同学们踊跃举手。

校长点了一个壮实的男生，男生站起来回答："我长大了要做农民！"

校长愣了愣，随即回答："很好，很好，农民就是自然的修理工嘛，也是很需要的。"

同学们哄然大笑，自然同学趴在桌上要哭，校长不知所以，示意大家别笑，让另一位女同学也站起来谈谈自己的理想。

这位学习成绩优异的女同学，声音洪亮而又自豪地回答："我长大了，要做科学家！"

校长像是听到了正确答案，马上表扬："好，有志气，志向远大，前程不可估量啊。"

这时，坐在最后排的一个留级生突然插嘴："她是说想和科学成家！"

同学们哈哈大笑，女同学红着脸坐下了，狠狠瞪着留级生。校长意识到了问题所在，黑板刷一拍，指着留级生，大喝一声：

“老油条，出去！”

留级生得意扬扬地抖着身子甩着手出去罚站了。

从那天起，自然和科学开始强烈要求父亲给他们改名。终于到升初一的时候，他们如愿以偿改了名。但他们的新名字，我再也记不起来了。

贾艺术没改名字，至少证明他很尊重给他取名字的人。光凭这一点，我就应该多讲黄色笑话给他听。贾艺术人如其姓名，对艺术一窍不通，他感兴趣的，是关于姿势的问题。有一次，他发现我在书房里读《欧洲情色史》，他顿时推了推鼻梁上的眼镜，站在门口，以办公室主任式的口吻跟我说：“电脑哪里坏了？我来帮你看看。”

他看的是我手里的书。翻开的那页，是八卦春宫画。欧洲教士在中国得来的秘方，据说按照某八种体位阴阳双修，便可齐齐得道。图是一个修炼成功的道士画的，笔法非常隐晦，一般人看不明白，也没有注释，只写着：乾天健，坤地顺，震雷动，巽风入，坎水陷，离火丽，艮山止，兑泽悦。

我问贾艺术：“你觉得，这是艺术吗？”

贾艺术奇怪地望着我，我点了点头，他眼睛亮了。

贾艺术并不傻，他掏钱把我送进精神病院，不肯让我去当尼姑，是有理由的。我去当了尼姑，即使没离婚，他也会受人上下指点，有不举之嫌，而我的行为则可能被认做是为保全他颜面的高风亮节。可如果是他主动把我送进精神病院，那就是他的高风亮节了。因为他还是会一周陪我聊天七个小时，一个月跟我做爱四次，完全履行丈夫职责。政府说不定还会给他立一个“亮节”牌坊。

我看穿了他的心思，便成全了他。因为我到精神病院后发现，还是可以做尼姑的，外国式的尼姑，人称修女。他的“亮节”牌坊与我的尊严，也可得兼，算是升级版妙不可言。但没想到，我先是有一劫。

一进安静医院大门，就是大片大片形状各异的草坪，几乎用上了所有平面几何图形：长方形、正方形、三角形、平行四边形、菱形、圆形，基本图形组合型，还有某些符号，比如♂、♀。在绿色草坪之间，是涂成蓝色的石头过道。主治医生说，这些颜色和石头可以镇定神经。

草坪边，放着一些怪异的椅子，它们造型独特，没有两把是一模一样的。因为院长准许病友们用自己最喜欢的方式晒太阳，而且自己可以随便设计椅子。于是，为坐、跪、躺、趴、站立、倒立、倒挂等基本姿势及其衍生姿势专门设计的几十种椅子，出现在了草坪边上。甚至还有为高难度的瑜伽动作设计的椅子。我有些疑惑，有些姿势根本不需要椅子，为什么还要人手一把呢？

一位政治哲学家病友为我答疑解惑：“这是为了公平。用不用是个人的事，有没有是公平的事。”

我疑惑地表示理解。但我晒太阳，最喜欢的方式是：直接躺在草坪上晒。

病友们纷纷表示，这太特别了，需要特别申请。特别申请很麻烦，他们最讨厌特别申请。

有一个妇科医生病友语气关切地跟我说：“不行，直接在草地上晒太阳湿气重，你会得妇科病的。”

我问他："得什么妇科病？"

他皱了皱眉头："风湿。"

有这种妇科病？我想了想，问他："你来这里是因为什么病？"

他又皱了皱眉头："职业病。"

我更困惑了，只好问另一个社会学家病友："你知道妇科男医生的职业病里有精神类的吗？"

社会学家想了很久，最后不是很有把握地说："大概是意淫吧。"

我大步走在蓝色石头路上，开始意淫。

我曾养过一条狗，它过的就是精神病院的生活：整天晒太阳，胡思乱想……有个不结婚的女人写了一本小说《人总是要死的》，里面有个不死人，整天很无聊，就搬把椅子，在院子里晒太阳……曾有个牛皮哄哄的老头子，他晒太阳的时候皇帝去看他，他说："不要挡住我的日光……"晒太阳到底是幸福还是无聊呢？这个问题……我早就想，要是那块草坪有棵大树就好了……大树……

正意淫时，主治医生突然劈面闪现，对我说："小尔，喜欢在这里散步吗？"

我吓坏了，感觉背上猛然被人扎了一针，痛得顿然清醒，转身就逃。主治医生在后面边追边喊："别跑啊，小尔，你不是最喜欢这里吗？"

他越这么说，我便越不相信。我不理他，继续狂奔，一不小心出了医院大门，直奔到了大街上。我不知道该往哪头去，停下来想了一会儿，觉得应该往人多的地方去。看见西边一座楼下围了一群人，不知道在干什么。心里没底，但还是壮烈地跑了过去。没想到，一跑到那座楼下，一块广告牌就正好摔了下来，不偏不倚砸在我头上。

我歪倒在地，身旁的广告牌顿了一下，也扑倒在地。我只看清上面写着几个大字：味道好极——

接着我就睡过去了。

我醒来的时候，主治医生已经找到留下我的办法，他告诉我：

在安静医院，你也可以去请修，只要加入教会就好。我感叹自己的好运，只是有一点神伤：到底去哪呢？

在决定前的那个晚上，我在地上转了很多圈，却始终没有走向圈外的三个三角形。那三个三角形里面分别写着世界三大教。最后，我转得有点晕，便躺到了床上，想要睡去后在梦中寻求启示。但没想到，就从这天晚上开始，我失眠了。

第三章　失眠症

此事早有征兆。

林哥哥病了的时候，我的记忆就开始衰退，失眠也伴随而至。

有天凌晨，我推醒熟睡的贾艺术，问他："你看过《长日将尽》吗？"

贾艺术本来要发怒，但他的经验让他保持了一丝习惯性的理智，他清楚：摆脱麻烦最快的方法，是假装配合。

贾艺术："不是你推荐的吗？你还说，译成'去日留痕'更有原味，'the remains of the day'。"

我对他的回答很满意，但事情并没有完，不知为什么，我觉得他记错了。

我："咦，你怎么记得这么清楚？"

贾艺术："石黑一雄的作品嘛，他蛮有名。"

我："不是吧，怎么是个日本人？不是《看得见风景的房间》那个作家福斯特吗？"

贾艺术："这人是日裔英籍，所以印象深刻，错不了。"

我："不可能，我昨天做《亨利与琼》的翻译时查过，记忆犹新！"

贾艺术顿时来了兴趣，他热衷证明自己是对的，此时已经完全清醒，真的配合起来，跟我车轱辘话争来争去，且越短。

我："就是福斯特！"

贾艺术："就是石黑一雄！"

我："你确定？"

贾艺术："我确定。"

我："要不要打赌？"

贾艺术兴致更高了："赌就赌！"

他飞快地拿起了床头的手机。

事实证明，是我的记忆出了问题。福斯特的《霍华顿庄园》曾译成"此情可问天"，而《长日将尽》又译成"告别有情天"，我完全可以责怪是翻译的问题，但我知道原因是自己脑子不行了。

林哥哥提到《长日将尽》时曾说："真好啊，年轻时没看懂，现在懂了。"

我怎么可以忘记？我无法原谅自己。

我输得无话可说，还有点狼狈，因为贾艺术给出的赌注是：如果我输了，我以后再也不准把他的事写进小说里。

我写小说这件事，贾艺术本来是不知道的，所以，他也不知道我会把他写进来。但林哥哥病的那天，我一夜没回家，结果他在我的书房发现了我居然在写自传性质的小说！并且，他非常不满意自己的形象。

既然不是你，那就不是你。我安慰他，但没有安慰到他。

实际上，我也很讨厌自己写这种小说，因为它的胡说八道显得似乎很诚恳。而且真的写起来的时候，发现还真是很诚恳。当然，我要骗的，只是我自己。我的记忆力已经衰退，我要为自己，编织一个诚恳的回忆，如此，便可离开了。

林哥哥去世前，已经是一个诗人，但那些记者很坏，问他："你读小说吗？你觉得什么样的小说才是一部好小说？"

那时候，林哥哥已经厌倦撒谎，他老老实实回答："一部好的小说，应当像一个好的人生一样，你随时可以中断，随时可以离开。设置勾人的悬念，是低下的技巧。"

这话他很早以前就说过，记者当然知道，他们以为，林哥哥上当了。接下来问："那么，你现在的人生，可以随时离开吗？"

这是一个圈套。因为林哥哥曾说："诗人是随时可以留下来的人。"

林哥哥想了想："可以，但也有遗憾。"

"是什么？"他们追问。

林哥哥笑了笑："我不想说。"

以完美著称的小说家福楼拜放言：承受人生的唯一方式，是沉溺于文学，如同无休止的纵欲。听起来有些悲壮，近乎云端。可它悲壮的原因，在于现实是，你无法沉溺，而且，很快就休止。

林哥哥去世后，我成了随时可以离开的人，而我的记忆，我的想象，已经在离开的路上。

进安静医院后不久，我就发现自己的想象力飞得越来越低，三层楼都越不过去，更别说是升到云端。基本只能离地一尺而行，相比说话写文章，只是稍微利索而已，我知道，它大限将至。但我还没有兑现自己的承诺，到底要去哪呢？

我为此事深深苦恼，用尽意念想要飞得更高，结果，失眠症终于正式到来。这似乎跟选择去哪没关系，但实情是，以前飞不高时我也不着急，现在要做出选择，我急着飞高一点，以便看清哪个教堂更好看。自作孽，便失眠。

失眠在英语中表述形象，为white night，白夜。白夜二字的发音让我想到白眼狼，因为我的现代汉语发音不好，ye和yan不分。一双大大的白眼，立刻与性感挂钩，让我把所有我喜欢的男人形象联系了起来，并想入非非，最后精力越来越旺盛，日夜无眠。

后来，我决定不再苦恼，此事暂时搁置。但最大的苦恼变成了因无眠而恐惧，因恐惧而厌倦，因厌倦而弱智——我开始羡慕那些天生不想睡觉的人。

吉尼斯纪录上曾有六十多年不用睡觉的人，他们说最大的苦恼是孤独，因为在人人都入眠的夜晚，他们无人可以交谈。我不明白的是，不交谈算什么孤独？只要此刻让我知晓，世界上有多少人像我这样——身体像淑女一样躺在床上脑袋却像荡妇一样喋喋不休的话，我愿意立刻成为哑巴。言语，才是孤独。

我见识过越交谈越孤独的人，但那还不是最孤独的人，而是被孤独打败的可怜人。古代汉语说，幼而无父为孤，老而无子为独，以此作为标准，从小没爸爸，后来没儿子的人，才是真正孤独的人。还有些婚姻家庭咨询专家表示：孤独是那些没有灵魂伴侣的人。可是人有三魂七魄，哪一个该有伴侣呢？或者说，该有多少伴侣呢？又不是喝咖啡，要伴侣干吗？也有人爱喝黑咖啡不是？黑咖啡明目通肠，比加伴侣的更好。

我不是想抬杠，我只是想知道，孤独为何变成了坏事？

有个人写了一本书叫做《十一种孤独》，可我看里面只有困苦。困苦会引起恶念，就像失眠一样，我因为飞不高而失眠，因为失眠而疲惫，因为疲惫而沉默寡言，因为沉默寡言又引起喋喋不休，最后因为喋喋不休而发现自己的孤独，心一下就黑暗了，产生欢喜的恶念，这里面的不好在哪里？

结论是，喋喋不休才是不好的，是这个世界变坏的启动开关，因为它总是要找出因果关系，而实际上，因果关系只是一种安慰剂。我为在失眠中发现了这个好秘密而激动不已，从而进一步睡不着。

由于想象力飞不高而引起的失眠，大约持续了一个星期，后来，我进入了一种类似高潮过多而神志不清的状态。三大教都试着来拯救过我，最后他们都高兴地说，我很快就要进入天堂了。

现在，我要选择进哪一个。

第四章　我该进天堂吗

我最想去的地方是我的来处，但我已经忘记是哪里了。这是印度那个和上帝结婚的男人的一句诗，他名叫泰戈尔。

这个问题让我脸红，请问我该进天堂吗？

在这个问题的引诱下，我抖抖索索，开始用疲软的神经去搜寻，搜寻那些我已经失去的可能性，希望找到一些非此即彼的证据。

我妈怀上我的时候她自己不知道，还以为是月经失调，整天吃中药。这件事现在想来，先是伤害了我的身体力，后来伤害了我的幻想力。幻想力好理解，它比想象力要高级那么一丁点。至于什么是身体力，我想等搜寻到上天堂的证据再说。

我妈没料到怀上我，但我不怪我妈，因为她怀上我之前已经结了扎。她太相信医生了，只好不相信自己。再加上，我过度营养不良，在肚子里又被中药灌得神经失常，所以，不但毫无动静，连形状都没有。也就是说，我妈从怀上我到我一声不吭地落地，她一直小腹平平。我奇迹般地存活了下来，并躲过了计划生育针对超生胚胎的第一道鬼门关：流产关。后来我看到“流产”二字，总是尽量去想流水线产品这种正面的东西，而不是大刀向鬼子头上砍去这么热情的自怜。

这件事本身是奇迹，但并没有证明我这个产物同样是个奇迹。这就是伤害我幻想力的那一点。怎么说呢，听了我妈这些话后，我就算营养不良，智商不济，也听出了自己在出生前并未受到社会组织期待的事实。所以，我的出生，联系不到巨人脚印，也看不见天降祥云，更扯不出一道闪电穿过我妈的身体。要吹个牛皮，顶多只能是一个“surprise”。可是，什么叫surprise？

不被期待的出生，当然成不了上天堂的证据。

关于我出生之前的这些事，我也不是深信不疑。只是因为是我妈说的，我就只好信了。比如她总描绘我在没学会走路之前，喜欢坐在摇椅里大吞冷饭团子。这种事我也只好接受，因为我无法反驳。我不能说我记得不是那么一回事，否则你还得解释你怎么会记得一岁之前的事，解释之后，也没人信。所以，我不敢反驳说自己还不会走路的时候喜欢吃奶，不喜欢吃冷饭团子。

就是因为这些在一岁之前的事，搞得我在一岁之后，就算怀疑某些事的真实性，也总不敢完全否定。最后我就长成了整天一副疑头疑脑的样子，直到别人对我深为不满时，我才表现出深信不疑完事，也就是一副痴呆的样子。

怀疑者或痴呆者可以上天堂吗？

年少时，因为我的这些毛病，我很不喜欢向别人介绍自己。别人问，你叫什么？我含糊地答，柳小尔。人一愣，刘小二？我答，嗯。再往下问，我就不肯答了。不是我不近人情，是我不能肯定。比如名字，我有几十个，每一个都是我与人不同的关系造成的，每一个都是我，但反过来，我不能肯定我是单独的哪一个名字。又比如说你是哪里人这种问题，到底是你爸爸在哪里出生表示你是哪里人，还是你在哪里出生表示你是哪里人，还是你在哪里长大表示你是哪里人，还是你户口在哪里表示你是哪里人，还是你在哪里住得最久表示你是哪里人？我一概不能肯定，碰到这样的问题，脑袋里只能是一阵螺旋桨飞机起飞的声音。

所以，我长成姑娘后，人缘很差。熟人常常指着我的背影说："那个丫头，以后嫁不出去也活该，成天装傻！"

我不怀疑天堂是我装傻吗？我已经搞不清了。

对于装傻这件事，我同样很怀疑。到底是真傻还是装傻，我自己都不清楚。因为我也不清楚到底有没有聪明这回事，如果没有聪明，哪还说什么傻不傻？如果有聪明？谁又能保证聪明不是另一种傻呢？

我成了这么一个纠结的人，后来就只能领指标结婚了。结完婚后，我脑袋里才猛地确定一件事：我不能跟林哥哥结婚了！但随即一个聪明的想法也确定了：我可以更好地爱他了。

想到林哥哥，我又只能躺着了。因为我和他的过去，就像瀑布一样汹涌而来，瞬间把我淹没，而且是那种裹泥而来的黄河水，浑浊得一塌糊涂，把记忆、想象与幻想，搅了个浑不楞。最后，我又心惊胆战地从床上站了起来，可过去已经在我怀抱，我像是抱了一堆气球，从四万英尺的瀑布上往下掉，一边掉，还发现气球一个一个地爆掉。怎么办？

闭上眼睛吧。

我最后还是选择了一个教。因为那个人三天后回来跟我说：“你在人间的罪孽还没赎尽，你还不能进天堂。”

他了解人性之恶，我喜欢他。

我的床头摆了三本经书。

一本是Peter送的，一本是林哥哥的遗物，还有一本是一位劝告我不要学哲学的老色鬼送的。三本经摆在床头，我想起了曾让我的少女时代怎么也捉摸不透的一种“经”——月经。

我第一次知道月经时，它不叫月经，叫“做好事”。每个月流一次血叫做好事？几乎无从考证，只能臆想。生孩子是造孽，来月经代表没有怀孕，所以叫做好事？可是，它其他那些名字又怎么解释？大姨妈、好朋友、例假、倒霉、生理期……我擅长解释（林哥哥后来帮我这个优点起了个名字：姓胡，名咧咧。我把它珍视为我们的孩子，胡咧咧）。“大姨妈”是一般女青年的叫法，“好朋友”是小女生的叫法，“例假”是中年妇女的叫法，“生理期”则是心理期不太稳定的文艺女青年的叫法，当然，这只是笼统归类，也有中年妇女叫“好朋友”的，只是听了让人心脏收缩。

尿道可悟道，月经可念经，这是林哥哥曾经对我女子之身羡慕嫉妒的原因之一。

我初潮到来之前，林哥哥已经梦遗过了。村里有个傻子，跟林哥哥同岁，他每次遗精后，都要举着内裤给大家看，说：“看，豆浆！新鲜出炉！”

村里卖豆浆的烟牙叔这时往往要莫名其妙地揍傻子一顿。

我奇怪傻子怎么会知道那是豆浆，后来才发现，是林哥哥告诉他的。我问林哥哥，烟牙叔为什么要揍傻子，他的豆浆跟傻子的豆浆有什么亲属关系吗？林哥哥不回答，只甩给了我一本书：《青春期心理卫生》。那时我还在读小学五年级，初潮是六年级才来的。

我一看书，书上说：青春期少年在性成熟后，睾丸里储存的精液自动泄出，称之为遗精。在梦境之中遗精，称梦遗。这个我勉强能读懂，月经就没那么好懂了：月经是女性子宫内膜发生自主增厚、血管增生、腺体生长分泌以及子宫内膜崩溃脱落并伴随出血的周期性变化，一般一个月一次，血液随阴道排出。我反复看了好几遍，才用"崩溃"和"出血"两个词给理解了。过了好一会儿，我才联想到，这不就是"做好事"吗？

在这之前，有一次我跟邻居姐姐去放牛，她走着走着，裤管里突然掉出一团血纸来，她若无其事地弯下腰，捡起，扔到灌木丛里去了。我大惊，问："哪来的血？"她有点鄙夷，说："'做好事'你都不知道？黄毛丫头，过两年你就知道了。"说完后她又神秘地笑。我摸不着头脑，问："痛不痛啊？"她说："这事你不要跟别人说，很丑的，特别是男的，'做好事'被男的知道了会很倒霉。"我顿时有了加入地下组织的感觉，又羞愧，又感激。

"很丑"是我们村的方言，它有很多意思，邻居姐姐用在这里是羞耻的意思。我隐约知道了，这事跟生殖器联系在一起。我们村的方言里，找不出任何一句跟生殖器有关的美丽词汇，单凭这一点，我就明白，这不是件好事了。可为什么要叫"做好事"呢？难道是幽默感在作祟？没有人可以讨论，我只好自个儿偷着乐。

但我没想到，初潮到来后，我对月经的丑，会怕成那样。这证明，从理论领悟到实际经验，隔了一道照妖镜。月经照出了我妖怪般的丑陋，我姑且称它为：无知和懦弱。

第一次发现内裤上有血时，我知道这就是书上说的子宫内膜崩溃，但我自己也跟着崩溃了。我不敢去买卫生巾，怕丑，不敢告诉林哥哥，怕倒霉，连妈妈都不敢告诉，怕她知道我的秘密。但有一连串的问题都要解决，不买卫生巾，用什么？初潮时血不多，可以用卫生纸，但卫生纸很容易从裤管里掉下来，要是在学校里，众目睽睽之下，我裤管里掉下一团血纸，那还不如死了算了。不告诉妈妈，哪里有钱买卫生巾？偷她的用？很遗憾，我长到十三岁时，妈妈已经绝经了。

天无绝人之路，就看投不投降。某个风抽抽的晚上，我终于忍不住扭扭捏捏，用微微颤颤的声音告诉了妈妈：我的内裤上有血。她当时在看电视，哦了一声，便起身进了她房间，出来时，递给我一包卫生巾，还有一瓶高锰酸钾。高锰酸钾俗称紫药水，是消毒的，我经常见她用，洗完后一个紫屁股。我接过这两样东西时，心想，原来妈妈早就给我准备好了，我真是小人长戚戚啊。但这君子般的感动，只持续了一个月。因为，此后，就再也没有妈妈的卫生巾了。她总共就只给我买了这么一次，从此再不提起，大约是认为她的使命已经完成了，也给了我零花钱，买卫生巾这种小事，还需要出动妈妈吗？

我的心情非常矛盾，一方面我乐得她忘记，这毕竟是我自己的丑事；另一方面，我又面临着一个重大难题：我要怎么得到卫生巾？

我想起了邻居姐姐，偷偷把她拉到屋后，羞羞答答地问她是怎么买的，她大大咧咧地说：“叫傻子的二妹买啊。”

傻子的二妹才七岁，话都说不清。邻居姐姐传授秘方：“给她写张纸条就行了。”我依法行事，可是，不到两个月，二妹罢工了！

大约找她的人太多，她拿着“卫生巾两包”的纸条，去村里的商店次数过于频繁了，有个经常在商店打牌的小混混就戏弄她，问她：“卫生巾用来干吗的？”二妹一不高兴就只会说两句话：“你爹干你娘，你娘扒你爹。”其实，我懂她的，她并不知道这是什么意思，只知道是骂人的，表示一种愤怒的态度。那小混混要打她，她就再也不肯去了。

二妹罢工后，我再也没有勇气去问别人，只好揣了自己的私房钱，绕远路去邻村买。邻村有个商店，是村长的小儿麻痹症儿子看店，他很肥，全身像被打了气，又白又鼓。他双腿不能动，整天在店里坐着，靠双手撑着玻璃柜台来移动位置。他有个好处，不喜欢人吵，只喜欢听收音机。所以，他那个店里没人打牌，除了买东西的偶尔出现，平时就他一个人。而最大的好处是，他不认识我。去本村那个店买卫生巾，就等于向全村人宣告月经周期。

虽然去邻村比较安全，但此事我也做得胆战心惊。首先要趁爸妈都不在家的时候，其次要窥探一路上是否有熟人，最后要速去速回。跟打劫一样做法，走到胖子那儿，手一指卫生巾，示意两包，等他慢吞吞似乎不情愿地从货架上拿下来，我便立即扔下钱，用黑袋子包了就跑。所以，在这种紧张的氛围下，我从来都不知道他的收音机里在放些什么。但渐渐地，我发现他在我逃跑时，脸上有了诡异的笑容。直到有一天，我用围巾遮着脸再去，刚进门，他就从柜台前站起迎接我。“来了啊。”他说。我愣了愣，然后转身跑了。

他应该永远装作不认识我。他真是一个不够善解人意的胖子。作为一个在青春期人称“长豆角”的瘦丫头，其实，我本身对胖子是充满善意的。

那时候，林哥哥在干什么呢?

他比我大五岁，他的少年时代，最喜欢干两件事：抄诗，练字。

第五章　柳梢头

林哥哥曾向我详细描述过他出生时的情形。

他说，在他最想念我的时候，就会想起自己出生的情形。我问他，什么时候最想我。他不自知地煽情说，有一天，在一次诗歌朗诵会上，台上有一个高瘦男人，念着一首不知名的诗，昏黄的灯光照在他的头上，空气中全是咖啡味道，男男女女眼神迷离，心底柔软，似乎随时准备要受伤的样子。这时，一只蚊子突然冲向那盏黄灯，一头撞在黑色灯罩上，他似乎听到了“嘭”的一声，于是，他就想起了我，想起了他出生那一夜。

我不好意思不配合追问。

便温柔地问：“我和你的出生之间，有什么联系呢？”

他看了我一眼，回答：“就像那首诗跟我的想象之间的联系。”

林哥哥其实比我更爱胡咧咧，但我爱他的胡咧咧。

那人念：我用什么才能留住你？我给你贫瘠的土地，绝望的晨曦，以及还没有隐没的月亮。

林哥哥说他眼前出现的，是自己在子宫里睁开了眼，眼前漆黑一片，只有水波撞击的回声，他很不舒服，想把手脚伸展开来。

他知道，那是因为妈妈正挺着大肚子，一往无前地在田野中奔跑。远处是黑色的大山，山上有若隐若现的月亮。而她身后，是几个计划生育队的男人，他们追赶着林妈妈，并不出声，像一群饥饿的土狗。村里的人都在睡觉，没有人亮灯，只有鸡鸣鸭叫声此起彼伏。

那人继续念：我给你我所能包含的一切悟力，我所能有的一切勇气和幽默。

林哥哥的妈妈笨拙地朝大山跑去，追赶的人终于停住了，他们放弃了，像几条虚张声势的草蛇吐吐信子，只目送着林妈妈不屈不挠的背影跑进了黑色大山。其中有个人说：“这个女人疯了。”

那人念：我给你，早在你出生多年前的一个傍晚，一团夕阳的记忆。

不对，是朝阳。朝阳升起了。山中一块草地上，林妈妈疲惫地躺着，释然地笑着。阳光温柔地洒在草地上，洒在林妈妈的身上，像一众欣赏的目光，鼓励林妈妈绽放。

那人继续念：我给你你对自己的解释，关于你自己的理论，你自己真实而惊人的消息。

这时，林哥哥在他妈妈肚子里翻了个跟斗，双手抱头，双脚摆动，开始以鱼的姿势在一条狭长的通道里仰泳前进。在他见到光明的那一刻，后脑勺同时也磕到了一个小石子上，头皮立马凹进一块。他痛得哇哇大哭，林妈妈却兴奋地抱起他，往林哥哥的下体一看，一怔，随即大笑起来。哭声和笑声，唤醒了那个黎明。

那人的诗来到结束句：我给你我的寂寞，我的黑暗，我心的饥渴。我试图用困惑、危险、失败来打动你。

我问："这所有的想象中，我在哪里呢？"

林哥哥回答："所有的你，都是你。你就像一只要肉的小狗，在我脑袋里跑来跑去。"

那个念诗的男人，一定是一个声音沙哑的人，带着哭腔，不知收敛地煽情。不，也许他只是干巴巴地念完了，但有人掉下了眼泪，想象力过于膨胀的缘故。

林哥哥的小名，叫做跑生。他一出生，便没有爸爸，后来，也没有儿子。是为孤独。

但是，他却告诉我，他喜欢的是："在你左右，我才追求，孤独的自由。"

我也问过："林哥哥，我每次午睡醒来，都会感到孤独，你会吗？"

他当时躺在一张老藤椅上，午后的阳光透过窗户倾泻在他清瘦的身体上，他眯眼看看阳光，又看看坐在他身旁的我，回答说：你不是一直都在吗？

我又问："要是我不在呢？"

他还是缓缓地答："你一直都在的。"

是的，我一直都在，从他的出生，到他的死亡。或许还要更早，还要更长。

我和林哥哥出生的地方，叫做柳梢头。林哥哥的大名，叫做林迁。他是柳梢头唯一的外姓，所以，林妈妈希望他能迁居他乡，离开柳梢头。迁，是高迁，要去比柳梢头更好的地方。

柳梢头村，跟柳树没关系，跟“月上柳梢头，人约黄昏后”就更没关系。因为它本来叫虬枝村，村口有一棵百年虬枝树。

据说，以前村里有一个柳姓大地主，光头，没事就喜欢搔头，外号柳搔头。柳搔头要村里的秀才帮他做家谱，他告诉秀才，柳家祖上，在隋朝时就迁到了此地。可秀才追溯到清朝时，县志上就没了虬枝村的记载。秀才表示，把家谱追溯到柳下惠的时代都没问题，但隋朝时，此村叫什么名字呢？秀才跟柳搔头纠缠不清，柳搔头不耐烦了，说：“就叫我的名字。”秀才领命后，心想，叫搔头实在不雅，不如就改成柳梢头吧，还有出处。反正大地主平翘舌也不分，写什么无所谓，发音一样就行了。于是，村子在隋朝起，就叫柳梢头。既然家谱都有记载，那县志得改了。从此，柳梢头成了一个古村。

林哥哥出生时，村里早就没有了地主。柳氏家谱毁了，柳家祠堂也拆了，关于柳搔头的事，完全成了传说。

柳梢头四面环山，一条江从峡谷中间流过，形成一块狭长的小平地，平地全是水稻田。村傍北山而建，面朝南山，南山是逝去之人的住地，称坟山。东西两面山腰，都是梯土梯田。一棵高大古老的虬枝树，立在村口江边，枝叶已枯，但根尚健全。江面有一座桥，以前是木桥，桥下一个洞，现在是水泥桥，桥下三个洞，水流平缓。

全村只有一条江，所以那条江，就叫江。全村只有一座桥，所以那座桥，就叫桥。

江边桥上，就是我和林哥哥两小无猜的地方。

他离开柳梢头那天，在江边桥上，给我讲了一个古代的故事。这个故事一共二十二个字，但我没有听明白。

尾生与女子期于梁下，女子不来，水至不去，抱梁柱而死。

故事讲的是：一个叫尾生的男子（他也许是家里最小的孩子），跟他的女朋友在桥底下约会，等来等去，女朋友没有来，潮水来了，他不肯走，最后抱着桥柱子，淹死了。

我不明白的是，这个尾生，为什么不去找他女朋友，一定要等到自己被淹死这个程度呢？还有，哪里来的潮水，这么厉害？尾生不会游泳的吗？

林哥哥并没有对我解释太多，只是说："以后你会明白的。你要记着，一个信守承诺的人，一定是一约既定，万死不辞。以后如果你遇到这样的人，记得写信告诉我。"

讲完这个故事后，林哥哥便离开了柳梢头，再也没有回来过。

连个地址都没有，怎么写信？

但我还是写了信，写了整整一本，打算重逢的时候，亲自给他。

他去了省城，我已经做好在茫茫省城中找到他的准备。

后来，在省城的滨江大道上，我们重逢的那一天，我喜极而泣。林哥哥却只是淡淡地说："你不来，我便不会走的，哭什么？"

可是，他的身后，站着他的女朋友，白朵。

江边有卖花的小男孩，过来问林哥哥要不要花，林哥哥让他走，白朵却把他叫住，买了两朵白色百合，一朵送给我，一朵留给她自己。

那一整本信，我扔进了江里。

那一天，我想起，在林哥哥离开柳梢头之前的那个夏日午后，我午睡醒来，已是黄昏。林哥哥悄无声息地立在绿色纱门外，树影婆娑在他身后，有黄色的光笼罩在他的黑发顶上，微风吹动他脸上的绒毛，我感觉有点不对劲，便问："怎么了？"

他推门进来，说："想练字。"

我为他铺开毛边纸，倒上墨汁，找来一本字帖，翻到四个字，指着说："能临摹这个吗？这个我喜欢。"

他仔细看了看，说："我试试吧。"

我站在他身后，他回头："你别看，等好了，我叫你。"

整个下午，他都在临摹那四个字。而我坐在屋外的水泥台阶上，看着操场晒着的豆荚一个一个地爆裂开，黄色的豆子蹦蹦跳跳，有的落在平地上，有的落在草丛里，有的落进了地上的裂缝中。

蝉作死地叫，周围愈发安静，树林里的夕阳一点点退去，我找了一些菩提子，把它们中心的草拔掉，一粒一粒地穿起来。

天色暗淡下来，蚊虫开始在我眼前飞舞。我穿好了一串菩提项链，去看林哥哥。

笔搁在墨碗上，字已经写完，人已经走了。

他怎么没说一声就走了？一摞毛边纸已经写完一大半，只有一张在桌上，其他在地上。我拿起桌上的看，与字帖对比，心中莫名响起豆荚开裂的声音。

那天在滨江大道与林哥哥重逢，心中响起的，也是这种声音。

那四个字，很久以后我才知道，是弘一法师临死前写的。

悲欣交集。

林哥哥那天是回去拿东西了，没多久，他又到了我的房间，递给我一首他抄的诗，我见过的第一首那么长的古诗，叫做《长恨歌》。里面提到一个地方，叫做长生殿，似乎是我第一眼看到的三个字。因为那天，正好是七月七日：七月七日长生殿，夜半无人私语时。

那时我才十三岁，诗读不懂，为了表示尊重，便问："长生殿在哪里？"

林哥哥正在收拾地上的毛边纸，想了想，告诉我："书上说，长生殿不是一座房子，而是一张床。"

长生殿怎么会是一张床？我过于困惑，无法聊下去，便问了一个无聊的问题："世界上真有长生不老的事吗？"

林哥哥撕毁桌面上自己临摹的那张"悲欣交集"，说："这四个字太难写，我写不好，以后再给你写吧。《长恨歌》也不是什么好诗，但那张字写得好，送给你了。"

《长恨歌》是林哥哥用书法钢笔写的赵孟頫体。他所有的字，我都喜欢。他撕掉的那张"悲欣交集"，我觉得有点可惜。写得和字帖不一样，但我更喜欢他写的，不知道为什么，总觉得像是四个人站在那里，欲言又止。也许就是这幅字，让我大学毕业的时候，写了一篇关于书法的论文，题目叫做《论书法与人体的审美关系》，此乃后话。

那天，林哥哥撕掉“悲欣交集”便离开了，隔着绿纱门，他似乎想起了什么，停住问我：“你是上初二了吧？”

我答：“对啊，怎么了？”

他说：“难道你没学过能量守恒定律吗？长生，其实就是能量不灭。就人类来说，长生这种事，是可能的，有句话叫做：多情即长生。因为情感，是人类唯一拥有的一种不灭能量。”

说完后，他便走了，留下猜谜的我。

林哥哥的一辈子，对我来说，都是谜。曾经一度，我以为自己会为猜谜而疯掉，但尼采安慰了我。他说：倘若人不能是诗人、猜谜者、偶然的拯救者，我如何能够忍受做人？

第六章　仙洞镇

林哥哥不是无缘无故离开柳梢头的，他是被放逐的。那年夏天，大旱，田地干涸，他整日在山间游荡，诗兴勃发，一口气烧了三座大山。

林妈妈去仙洞镇找镇长，辗转反侧，搞定了这件事，没让他坐牢，但条件是，他永远不得回仙洞镇柳梢头村。镇长好人做到底，托人在省城帮林哥哥找了一份工作，把林哥哥永远驱离了家乡。

当我以全县第一的成绩考上省城的师范学院时，镇长到我们家来祝贺，我朝他泼了三瓢水，才算浇灭了心中的火。

柳梢头是我最爱的村，仙洞镇却成了我最讨厌的镇，不，我只是讨厌那个镇长。仙洞镇有一个著名的岩洞，林哥哥曾带我去过一次。

林哥哥曾站在仙洞镇的岩洞前问我："小尔，你觉得我能成为一个诗人吗？"

时值正午，阳光照得岩洞周围的青草闪闪发亮，岩洞口垂下的那条石柱，反射出白光，天蓝得让人想大声叫。林哥哥彼时，像一头壮实的小牛犊，面色红润，生机勃勃，完全是个快乐的农民形象。

我不该回答他说："能啊，你一定能！"

他那时多么原始啊，后来，他嫌这没有高贵的诗气，硬是把自己弄得面色苍白，走路再也生不出风。我安慰不了这一切。

这都怪仙洞镇的洞。

那洞离仙洞镇政府十八里地。提到它，当地人都要习惯性地从一首诗说起。据有关部门的阴阳专家考证，这首诗为极品。

暮色苍茫看劲松，
乱云飞渡仍从容。
天生一个仙人洞，
无限风光在险峰。

我不知道这些阴阳专家在实地看过仙洞镇的岩洞之后，会有怎样的鉴定。此洞洞口杂草丛生，洞长几十里，无人探到过底。最奇妙的是，洞口无故悬了一石柱，从洞顶石缝中漏下，卡在洞口上方，阳光一来，光影效果极佳。据传仙洞镇自有人迹以来，它就坚挺着没有动弹过。

此洞没有进行旅游开发，证明仙洞镇的领导还是很有操守的。

仙洞镇一共两条街，街道呈"人"字形，一撇一捺通向两个邻县，字头通向县城。人字左撇街道主售衣服、鞋子、箱包等，解决人们的外在需求，镇上的人们叫它"穿着打扮街"，简称

“打扮街”。人字右捺街道由饭店、食品店、美发店、菜市场等组成，解决人们的内在需求，镇上的人们称之为“饮食男女街”，简称“男女街”。比起省城里“堕落街”这样的名字来，这两个名字很向上。

人字形的分岔口，有一个等腰三角形花坛，里面种着荆棘花（因为这种花不用管它死活，它反正会活），镇上人称这个三角花坛为“花园”，三角也省略了，因为此地仅此一处，无须特指。只有外来人才迷惑，不知道花园在哪里，花园有多大，花园里是否可以去赏花。

等腰三角形花园的两条腰旁边，分别是仙洞镇的政府楼和医院楼。两座楼都很破旧，证明他们没有搞腐败。它们显得破旧是因为街道旁竖起了很多辉煌的居民楼，这些居民楼是不是政府楼里人和医院楼里人住的，不得而知。

我和林哥哥，走过花园，走过男女街，去看那个岩洞，当然，还经过了镇中学。

镇中学建在“人”字形街道区的裤裆下面，显然没请风水先生看过。不过当地却有一句流传已久的古话，叫做：裤裆佬，真英雄，衣锦还乡满江红。这句话一直激荡着镇中学里的少年，让他们整天逃课去打牌抽烟、看碟泡妞、偷鸡摸狗，以为自己十八年后，必定能从裤裆里飞出去，然后开着小车衣锦还乡。他们其实是一些头脑简单、思想朴实的小混混。如果林哥哥那时没有密集恐惧症，不喜欢群体动物，可能也做了这样的小混混。

去看岩洞的那次，我和林哥哥被这样一群小混混给堵了。就在去往岩洞的山间马路上，他们围成一个圈，把我和林哥哥圈在中间。除了老大外，这帮人都是初中生。

那天太阳很大，晒得人昏昏欲睡，他们很无聊，想找点乐子，要我和林哥哥表演舌吻。他们推攘着我们，吹着口哨，转着圈。林哥哥开始很愤怒，想反抗，但他马上看清楚了，他们老大腰里别着一把短斧，其他人手里拿着短棍。他便冷静下来，想着怎么突围。可还没开始想，屁股上便被踹了一脚，接着一阵哄笑。我回头一看，是个小矮个，嘴上还没长毛，剃个毛毛虫莫西干头，很可笑。我刚想笑，突然觉得这人有点面熟。他看我盯着他，便用右手的棍子在左手掌上敲了敲，说："看什么看？"其他混混回答他："你好看呗！"

又是一阵哄笑。

我悄悄问林哥哥："要不要哭？"

林哥哥说："没用。"

我突然想起来了，大喊一声："朱洋！"

混混们安静了下来。小矮个问："你认识我哥？"

果然跟朱洋有关系。

朱洋是我在仙洞镇中学读了一个学期初一，唯一记得的名字。因为他还有一个外号，叫磨刀霍霍。有两个来历，一是我们当时学的《木兰诗》，里面有一句"磨刀霍霍向猪羊"。每次读到这一句，大家都要看向朱洋。最后这事演变成，同学们看到朱洋，就先有人喊"磨刀霍霍"，后有人接"向朱洋"，似乎他有了一个外国名字：磨刀霍霍·向朱洋。朱洋是我的同桌，也是个小混混。他有个好处，从不欺负班里的同学，说兔子不吃窝边草，所以这个名字也只有班里同学敢叫。别人不敢叫，是因为朱洋确实很擅长使刀，这也是磨刀霍霍外号的第二个来历。听说他小学五年级时，就因为善于使用五毛钱一把的小刀子而出名，打架时专门划人掌心。初中时他使用一把枪刀，是用一只梭镖头改制的，我没见过，听说似剑似枪又似刀，三不像，他总是藏在裤脚处，用喇叭牛仔裤盖住，会在系鞋带时冷不丁抽出来。

我只见过他做的土枪，用粗铁丝缠成，还绑了很多皮筋，我见到时觉得很土，不相信能开火。朱洋告诉我，那把枪只开过一次火，就是第一次试用的时候，准确地说，是走火，结果是把他奶奶的眼睛给喷瞎了一只，因为枪打到了火盆里，而他奶奶在火盆面前烤火。走火后，枪就再也没用过，成了玩具，所以给我看。我问哪来的火硝，他说，最简单的方法是，拆用鞭炮里的。朱洋因刀和枪而声名在外，具体什么名声我也不是很清楚。有一次他问我想不想跟他混，做他小妹，我郑重其事地想了三天，然后找了个借口告诉他说："我有密集恐惧症。"他不明白什么意思，我解释说："就是看到很多同样的东西堆在一起就头晕，自己也不能跟许多人在一起，会晕倒。"他说："哦，我明白了，你就是跟狗一样嘛，喜欢一个人到处晃荡。"那时我还不太高兴，以为他的比喻太低级。猪、狗、羊是同类，跟混混一样，都喜欢群居，生活比较低级，我以为人要过更高级的生活。多年后我养了一条狗，才知道，比起狗来，我就是一个混混。

当年我转学时，听说朱洋已经混成了当地斧头帮的小头目。

见我半天没吭声，小矮个准备踢我，我赶紧问："朱洋呢？"他脚一转，又踢向了林哥哥。林哥哥忍痛低哼一声。

我大叫："你们不能这样，朱洋是我同学！"

别斧头的老大哈哈大笑："那好，我们让你去见朱洋！"

我一愣："真的？他在哪？"

小矮个踢了林哥哥第三脚，正中尾椎骨，痛得他往后一仰，双手摸着那里。

小矮个骂："白痴，我哥已经死啦！"

混混们又大笑。我真傻了，朱洋死了？

混混们又转动起来，林哥哥抱住了我。我说："没事，我有办法，容我再想想。"但其实我脑子已经不转了。突然，我不由自主地大笑起来，笑得非常疯癫。头向后仰，浑身抽搐。林哥哥不得不松开手，困惑地看着我。

斧头老大示意混混们停下，下巴朝我扬了一下，问林哥哥："你这妞怎么回事？傻的，还是想跟我耍诈？"

林哥哥叹了口气，说："她不是我妞，她是我妹。她是疯的，她疯了。我只是想带她来看一看岩洞，拜拜洞神。"

我边笑边脱鞋，朝混混们扔鞋子。混混们躲开鞋子，起哄。

小矮个说："老大，这妞跟你妹妹一样啊，喜欢扔鞋子。"

这次大家没有哄笑，都看着小矮个。我开始高声唱起歌来，没有歌词，就是对着马路边的石山哼哼哈哈拉长短调。

小矮个慌了："老、老、老大，我、我说错话了，对不起。"

老大显得很不耐烦，从腰间掏出斧头，对小矮个说："你过来。"

小矮个和老大在圆圈的对面点站着，他从我身边走过，作势要扇林哥哥，见老大瞪着他，他收了手，谄笑着朝老大走去。他一走到老大身边，老大就高举斧头朝他劈去。他吓得抱头一蹲，大家又哄笑起来。他一抬头，老大在用斧头削指甲。

老大不看我们，抬头看了一下太阳，说："今天太热，又有一个疯子，算你们走运。我从来不为难疯子。"

说完，他朝一个矮壮的家伙扬扬下巴，那家伙忽地冲到林哥哥面前，一棍子打在林哥哥腿窝处，林哥哥不由自主跪了下去，他搜林哥哥的口袋。我居然围着林哥哥转圈唱歌，林哥哥看着我，似乎在责备我演得未免也太投入。林哥哥被搜出四十四块和两把手电筒。矮壮个朝林哥哥背上踹了一脚，林哥哥手撑到了地上。矮壮个把钱交给老大，手电筒别在自己腰间。

老大把斧头一收，说："走。"

圆圈忽地散去，一声摩托车响。

老大是骑摩托来的，他已上了摩托车，绝尘而去，其他小混混踩着自行车费力地跟在后面。

我看着他们的背影，突然停住歌声，大声追问："朱洋什么时候死的？"

骑在最后面的小矮个回头答："你去死吧。"

林哥哥站起来，说："手电筒被他们拿走了，我们看不成岩洞了。"

他帮我捡回了扔出去的鞋子。

后来我们还是去看了岩洞，从石山顶绕到半山上的岩洞口，洞口全是三尺高的茅草，林哥哥扯了茅草扎成一个草环，戴在头上，站在洞口问："小尔，你觉得我能成为一个诗人吗？"

那一刻，我笑了，不再想朱洋。

我站在洞口，望着那坚挺的石柱，想象自己和林哥哥是原始人。

岩洞两边可见之处，都是石壁，石壁横向延展，变成石地板，形成天然石床。两边的石床还很对称，一边可以睡两人。中间是一条泥道，湿湿的，似有流水从底下经过。站在洞口，一眼就望到了对面的石壁。这么短的洞？站了一会儿后，才看清，两边石壁上，各有一个黑乎乎的洞口，我们所处的位置，像是洞口大厅。那石床看来是做沙发用的。原始人都是群居的，唉，还是不要做原始人了。

林哥哥在洞口站了一会儿，便向里面冲。我有点害怕，赶紧拉住他。他问："我们不进去看了吗？"我说："太黑。"他说："就站在那个黑洞口看看吧。"

我小心翼翼地跟在他后面。走到黑洞口处，往里看，什么也看不见。

林哥哥愣愣地看了一会儿，突然打了个冷战，问："你刚说什么？"

我奇怪地看着他："我没说什么啊。"

那天我们就这样回去了，没看到地下泉，只被人抢了钱。回去后林哥哥突然病倒，他妈妈说他是中了暑，把他鼻梁、脖子、后背，都刮得紫红紫红。后来又说他中了邪，为他烧香拜佛请道士。我不知道他怎么了，从那以后，我再也没了解过他。再后来，他就离开了柳梢头。

有一天，在京城，我在一家咖啡馆遇见他，他问我："那天在岩洞里你真的没跟我说话？"

我问："什么话？"

他答："你说，进去，钻进去。"

我不解地看着他："我为什么要你钻进去？我也很怕啊。"

我们后来再也没有提起过这件事。

林哥哥去了省城后，我升了初三，在邻镇的中学。班里的男生，一个个字都写得非常丑。我学会了能量守恒定律，它是这样表述的：能量既不会凭空产生，也不会凭空消失，它只会从一种形式转化为另一种形式，或者从一个物体转移到其他物体，而能量的总量保持不变。

如此说来，林哥哥的意思是：人拥有的情感这种能量，不会凭空产生，也不会凭空消失，它会从一种形式转化为另一种形式（比如从爱变成恨？）或者从一人身上转移到另外一个人身上？（移情别恋只是一种能量转移？）一个人拥有的情感总量到底是多少呢？它在理论上，能全部投注到一个人身上吗？

后来我注意到，能量守恒定律，有一个前提，那就是在一个孤立的系统中才能成立。人算是一个孤立的系统吗？人类呢？

我很想跟林哥哥去讨论这些问题，可是我跟他失去了联系，只好把这些想法写在那封长长的信里。我也很想再去看那个岩洞一眼，可是，我怕那条路上的混混。我努力背书，背完书就练字抄诗。我把这些，都写进了信里。那封信的长度，最后成了一本两百页的笔记本。

终于迎来中考。我没有选择考高中，而是选择了考高难度的高中大专连读。因为考上高中是去县城，而考上高专连读，可以去省城。

这是我人生踏上的第一个岔路口，只是当时已惘然。

第七章　白朵

其实我问过林哥哥为什么要烧山，他却给我讲了一口井的故事。

那年大旱，所有的池塘浅井都干了，学校的自来水也停了。住宿的学生，每天下午要到离学校三里地的老井去打水喝。老井幽不见底，不知道有多深。听说，一百多年来，它从来没干涸过。有老井的镇，叫胡同镇，跟仙洞镇相邻。那里的老人说，胡同，就是“井”的意思。曾有个北方的官儿，在此隐居过，名字是他给取的。那个官儿，爱用这个井的井水泡茶，并考察出，这个井的水，来自离胡同镇十八里地的一个岩洞，就是仙洞镇的洞。岩洞里有一条地下泉，那条地下泉，又跟千里之外的一座死火山相通……总之，这口老井，像是一个神秘的入口。他烧山，是为了让自己抗拒跳进这口井里的诱惑。

我不理解他在讲什么，便问：“林哥哥，你是不是太特色了？”

特色是有个性的意思，村里人这么用，但林哥哥告诉我另一个词：特立独行。

林哥哥说："其实我并不爱这个词，这是一个误会。小学一年级的时候，寒假第一次去领通知书，我不知道不用带书包，为了保险起见，我便带了书包去，没想到，却因此遭到了几乎所有同学的嘲笑。从此，我就成了一个特立独行的人。我的特立独行，从一开始，是建立在对世界误解的基础上的。所以，有时候，我会怀疑自己，怀疑自己被这种想法绑架了。你为什么要特立独行呢？或者，你真的特立独行吗？"

我看不准他的眼神，他的眼神游向了别处。

他接着说："要么跳下那口井，要么烧了那三座山，对于我来说，事情就是这样。"

在田间游荡的时候，林哥哥自称吟游诗人，可是他写不出诗来，我怀疑，他是因为气愤而烧的山，因为那些干枯的树没有给他灵感。那熊熊火焰，滚滚浓烟，或许就是他喷薄的诗句，是他永远追逐的美梦，而那些了无生气的灰烬，不过是梦遗。

谁知道呢？他是一个谜。

和他在一起，总是很费力气，可是，没有他的日子，世界就软塌了。

我用尽所有力气，只为追随他而去，在此途中，种瓜得瓜，种豆得豆，不过是些因果。当然，总是有例外，比如白朵。

白朵，在滨江大道之前，我和她是见过的。不但见过，还交换过姓名。

中考是在县城里举行的，白朵，是一个县城女孩。

回首来时路，从柳梢头到仙洞镇，从县城到省城，最后到京城，这是迁吗？我曾经以为是的，但又曾经几时，高迁变成了拆迁，一路上缝缝补补，入不敷出。白朵，是我亏欠的那一个。

我俩在同一个考场相遇，她坐在我的左手边。

大概我买了劣质的2B铅笔，总是断，总是断，她借给了我一支。

两天的考试，十几个小时的相处，对于十四岁的我们来说，足以成为朋友。我们彼此还知道了，我们填报了相同的学校。

考完那天下午，她问我 :“你什么时候回去？”我答 :“明天。”而实际上，因为住的宾馆，早已退房，同去考试的同学，当天晚上就要返回。我并不知道我会和白朵度过一夜，但我就是鬼使神差地回答了明天，或许，我只是喜欢这两个字的发音和意义。

她问 :“你晚上庆祝吗？”

我也问 :“庆祝？”

如此两句，便显示了我和她的区别 : 她是城里孩子，我是村里孩子。

她展齿一笑，拉起我的手 :“我和几个同学要去上通宵网，你一起来吧。”

白朵的热情，因为伴随着她的开朗，显得透明而温暖，让人放下戒备。我同意了，虽然我俩才认识两天，虽然网吧那时对于我来说，是混混去的地方。

白朵是第一个教会我使用QQ的人，她帮我申请了一个号码，那是我后来除了身份证以外，最熟悉的一串数字。

她和几个同学玩游戏，我没有人可以聊天，因为好友只有她，她不时和我说一句，提醒我无聊的话可以看电影，我便随机点开了一部电影。

从某种观点来看，所有的偶然都是必然，一切都不是孤立存在的，一切都存在着因果联系，所以，我点开这么一部电影，一定有它的原因。

如今看来，它的原因是什么呢？它在我心里，打开了一扇门，又关上了。它是要完成一件使命吗？它是什么形式转换的能量呢？或者说，这样一股能量一直存在，只是，它现在流到了我的身上？我身上的什么，吸引住了它呢？

我真是一个爱猜谜的人，可惜，谜底不过是马后炮而已，当时已惘然，是永恒的诅咒。

那部电影叫做《植物园》，讲述了一个植物学教授的女儿，爱上了她嫂子的故事。电影没看完，我就走了。我被吓到了。我第一次知道，世界上居然还有这么奇怪的事，更奇怪的是，我被那种美，给迷住了。

我被自己吓到了。

白朵以为我生气了，以为她没理我，自个儿在一边玩，我无聊，所以走了。

这本是最好的结局，我以为，我们再也不会见面。

白朵，白朵，这两个字，在我一个人的时候念出来，是另一个世界的意义。

很多年前，我在茶岭，看过一次茶花，白色花朵。

茶岭临近柳梢头，原来也是一片村庄。村庄里有一棵高大乔木茶树，据说树龄上千年。后来因为果园经济运动，村民搬迁，整片山坡种上了茶树。种的是小乔木茶树，干短枝长，不采叶，用果实榨油。而那棵老茶树，在一片新茶树中，成了木秀于林，不久即被风霜摧残得形容憔悴。但它晚春时仍然开花。老树着花无丑枝，它依旧木秀于林。

茶岭曾流传着一首《哭茶歌》：

亲哪……你莫喝阴家的亡魂汤，
来喝阳间的细叶茶啊……
亲哪……你起来陪客喝杯茶，
茶树明年又发芽啊……

柳梢头的一位百岁老人过世，要求葬回茶岭，他原是茶岭人。就是那年，我在送葬队伍里，看到了茶岭的茶花。

整片山岭都是盛开的白色花朵。我不由走出了送葬队伍，停在山岭高处的一个土丘上。前方是松山，背后是石山，左边也是石山，茶树林就在右边。送葬队伍向背后的石山蜿蜒向上，喧闹声渐渐远去。

我呆呆地观看。最引人注目的，自然是那棵老茶树。老茶树独占一块地盘，独自长在一片乱石当中，虬枝粗壮盘节，叶稀少泛紫，微微卷起。远望去，花只有寥寥几朵，花冠厚重，花瓣重重。整棵树带着古老而又沉重的气息，让我想起那盖在黑色棺材上的白色花圈。当时无法欣赏它的美，甚至有些恐惧。

彼时我更喜欢那些矮小茶树上，成千上万朵单薄而又活泼的花朵，像是一张张简单稚嫩的笑脸，无心无肺地绽放。蜜蜂在黄色花蕊旁嗡嗡作响，花瓣上有蜂蜜流淌，诱之吸食。

那年，我十四岁，即将初中毕业，林哥哥不在身边。

那时我已经从仙洞镇中学转学到胡同中学，邻班有一个退学的女同学，总是在课间操时偷偷跑进学校，朝教室的玻璃窗扔石头。手里的石头扔完了，就脱鞋子扔，鞋子扔没了，还要脱衣服——这时操场上的同学们就会惊呼，而她气喘吁吁的妈妈这时也会赶到，把她拖走。有一次没赶上，她把上衣脱光了，露出白花花的胸脯，还要脱裤子。那次她妈妈哭了，大喊："造孽啊——"后来就没见过这个女同学了。听说她被绑在了家里，再也不能自由活动，因为家里没钱赔学校的玻璃了。

我清楚地记得，那片白花花的胸脯，没有人敢直视，都别过了头去。

也许老师和同学们，都有一种莫名的羞愧吧。

那位女同学是因为吸烟被退学的，她吸一种当时最廉价的烟，叫做野山茶。我已经记不清她的模样，但我知道什么是野山茶，我也知道，她当然不仅仅是因为吸烟而被退学。

曾读过一本小说，里面讲到一个老人，在一家只接待丧失性能力老年男人的妓院里，和服药熟睡的姑娘躺在床上，他看见姑娘的睡姿，想起了一次带小女儿去看茶花的经历。

他看的是有四百年树龄的茶树，生长在一座古寺里，花开时据说是五颜六色，且花朵凋零的时候，不是整朵整朵地凋谢，而是一瓣一瓣地落下，因此叫做散瓣茶花。散瓣茶花据说要逆光欣赏最为美丽。

茶岭的那棵老茶树，是不是散瓣茶花呢？已无从得知。

我想象过那样的景象。古老的茶树开着花，姑娘和老人站在树下，逆光仰望，一片花瓣从空中慢慢落下。他们看到的是什么呢？如果光线强烈，恐怕只是一瓣黑色轮廓吧？

茶花还是白色的好，干吗要五颜六色呢？

我想，是因为茶树太老了吧？

我再次和白朵重逢的时候，已经是绝经的年龄。

女人一临近绝经，衰老就无可阻挡。容颜会像散瓣茶花一样，一点一点地凋零残败。我想问她，有人爱你备受摧残的容颜吗？我不记得自己是否问了，或许，那不过是一次逆光的幻想。

在我没有选择考高中，而是选择考5年高中大专连读的时候，班主任找我谈过一次话，因为根据他的眼线消息，我这么做，是为了跟班上一个男生在一起，那个男生，是唯一一个和我一起考大专连读的同学。

之所以有这样的流言，是因为我找这位男同学画过一幅画。

林哥哥走了之后，我才发现，我连他的一张照片都没有。班里唯一会画人像的，是那位男同学。我口述林哥哥的样子，男同学落实到纸上，最后成的，接近于他自己的样子。空穴来风，是因为授人以柄。

班主任问我的时候，我只是说，我不想读高中。为什么不想读高中？因为我想去省城。为什么想去省城？因为我狼子野心。谈话到此结束。

所有的谈话，只要够明白，便会很快结束。

我做出了选择，并等到了结果。面试通知书到来的时候，我没有慌乱，直到面试老师问：你为什么要选择读师范时，我突然落下两滴泪来。这也算是回答。我不知道，是不是因为那两滴泪使我通过了面试。

在等待开学的那个暑假，我哪里也没有去，天天用水在水泥地板上写毛笔字。没有写诗，也没有写信，而是一遍一遍写一首歌的歌词：

天地悠悠，过客匆匆，潮起又潮落。恩恩怨怨，生死白头，几人能看透。红尘滚滚，痴痴情深，聚散终有时。留一半清醒留一半醉，至少梦里有你追随。我拿青春赌明天，你用真情换此生。岁月不知人间多少的忧伤，何不潇洒走一回。

我再也不会唱这么浓烈的歌曲，但那时，我沉溺。

这首歌，是林哥哥教给我的第一首能大声唱出来的歌曲，就在江边桥上。“我拿青春赌明天，你用真情换此生。你听，这一句写得多好。”他说。

我问：“为什么是你的青春，我的真情呢？”

他笑了：“傻，有一种修辞手法叫做互文，你们语文老师没教过吗？‘秦时明月汉时关’，既是秦时的明月，也是汉时的明月啊，关口也是一样的。所以，是你的青春，也是我的青春，有你的真情，也有我的真情。”

我们是在谈恋爱吗？只是这一句，我没有问出口。

临去省城前的晚上，我做了一个奇怪的梦，梦见自己老了。

在梦中，我在岩洞中醒来，已经是个老妪。

我赤裸裸地躺在岩洞的壁床上，洞口阳光炽烈，草长虫飞。

我不知道自己为什么会在那里，更不知自己为什么突然衰老了。双手干黄，双脚干枯，全身干瘪，皱纹与老人斑异常醒目，曾称笑话的那个地方萎缩成老太太的唇，阴毛也已褪去。

我被自己吓得瞬间清醒，从岩壁床上爬起来往洞口奔去。但我腿脚已经很不利索。刚一起身，洞口便突然一震，顶端的石柱坠下，一扇石门跟着下落，洞口关闭，眼前一黑。脑中顿时也黑了，没了思绪，停在原地。

良久，我打了一个冷战，才找回一丝神智，劝自己镇静。

我来过这个岩洞，初二,十三岁，林哥哥带我来过。洞口是唯一的出路，不然就是从黑洞里进去，走到千里之外的火山口。

我曾经算过一命，五十九岁有一大劫，难道我已经五十九了？

我低头看看自己的裸体。不止五十九岁了。这到底是劫后余生，还是大劫到来？

怎么出去？我向洞口摸索而去，眼前渐渐不再一片漆黑。石门没有口子，也丝毫不动。

镇静，想办法。

喊人。对。

外面有人吗？外面有人吗？

救命啊，救命！

……

没人。

再想办法。

找工具？

洞里什么东西响动了。什么东西？

几只肉乎乎的东西擦着我的背飞过。是蝙蝠？

我向石壁摸去，一手摸到了一只。借着洞口传来的微光，我看见了手中的蝙蝠。似乎没有翅膀，肉乎乎的，像褪毛的老鼠。我扔了它，它马上证明自己有翅膀，而且比我聪明，它们向我头顶飞过去。我一摸头顶，头上已经秃得不剩一根头发。我发现自己想哭。但根本没有眼泪。

不能哭，得想怎么出去。

可我还来不及想，一大群蝙蝠已经围住了我的头部。

我的脑袋像触电般突然往后一抽，撞到了石门上，是钝痛，但头不痛，感觉到的是心脏被压扁了，喘不过气来。

蝙蝠在咬我的脑袋，一只钻了进去。

我终于听见自己尖声惨叫起来……

我真正醒来了。十四岁，身体发育得作痛，骨骼嗡嗡作响，各处毛发正破孔而出。

第八章　省城

我是坐汽车去的省城，本来只要四个小时，堵车，坐了十个小时。一下车，我就找了个没有花的花坛大吐特吐。吐得正欢时，一只大黄狗猛然朝我扑来。我站直，它也站直连连后退，原来它被拉住了。我又弯下腰去，那一刻，它比我高大。它冷眼看着我，没有叫。我看着它被拉进了一辆黑色轿车，轿车开走，消失在高大建筑群的狭缝里。那一刻，我蹲在那里，心里想起的人，居然是朱洋。

我曾天真地问过朱洋："你为什么要做混混呢？"

他没看我，说："很多人问过这个问题，对我们老大。"

我从来没见过他老大，他老大只存在于他的膜拜里。他说："对于这个问题，我们老大要我们背过一个标准答案，答案是：不是我想做混混，不混，是我难以企及的境界。"

我怀疑他老大多年高考没考上。

不过，在回答人问题这一点上，朱洋像林哥哥，话少，话玄，话不尽。唯一的区别是，朱洋不知道自己在说什么，而林哥哥，不知道别人听到了什么。

我去问林哥哥："什么叫不混？"

林哥哥不善于解惑，但他尽力了。他说："不混，是最孤独的生活，比狗还孤独，很少有人能承受。历史上，有人不能承受而自杀了，有人被最高级的孤独吓哭了，在那里独怆然而涕下，也有人喝酒壮胆，把酒问青天，为什么不混是这么高处不胜寒？"

还不如朱洋老大的回答："不是我想做混混，不混，是我难以企及的境界。"

他的老大是诚实的。

到省城花坛吐完的那一刻，朱洋的脸，在我心底永远消失了。我感觉非常孤独。

五年省城生活的第一年，完全没有林哥哥的消息。我想，他是执意消失的。

第二年，我在滨江大道遇见了他，他身后的女孩，是白朵。而我身后站着的，是PS。我和林哥哥中间隔着的，是两年未见的时间。

那天，他把白朵送了回去，我把PS送了回去，我们两个重新在江边见面聊天，我不想聊白朵，他不想聊自己，我们便聊了PS。

在来省城的汽车上，PS坐在我旁边，但我们并没有聊天。直到车快到站的时候，他像是自言自语地开口："我突然想起了一部电影。”

为了不让自己吓到，我勉强接了他的话：“什么电影？”

PS：“讲一位老人和一个姑娘在火车上相遇，他们聊啊聊，一直聊。后来火车到站，就结束了。”

我：“很无聊的电影嘛。他们聊什么？”

PS：“聊时间。”

我：“跟你有什么关系？”

PS：“我感觉自己就是那位老人，和你聊了一路，你没有感觉到吗？”

我还是吓到了：“电影叫什么名字？”

PS：“《十分钟，年华老去》。”

我：“没看过。”

PS：“你会看的，再见。”

一到站，PS便消失在了人群里。一个自称老人的少年，只留下一部电影的名字，我以为他会成为一个谜，但未料到，他却成为了我的世界里最透明的那个人。

PS和我同校，和我同来那天，他自己去了学校，并没有跟随迎接新生的师哥师姐们走。他确实是特别的。

PS原来念计算机系，种属类别是：计算机男生，简称计男。后来莫名喜欢上了文学，遂高调地转到了中文系，成为中文系的传奇。

当时师范学院的中文系，有一个流传久远的冷笑话，旨在讽刺此系男女比例的失衡。说的是中文系某个班有四十人，其中女生三十八人，男生两人。后来，后来没办法，没办法就是，就是这两个男生相爱了。

可能学校领导也听说了这个嗖嗖的冷笑话，所以，为了防止这种冷笑话热起来，便开始让女生最多的中文系和男生最多的计算机系联谊，至于其他系，比例没那么不协调，有些问题就自己系内解决。

所谓联谊，实质就是学校举办的交际会，目的是让学校里阴阳协调，多点和谐氛围，减少同性相斥，更减少同性不相斥，皆大欢喜。

联谊方式之一，便是让中文系创办网络协会，邀请计算机系的同学参加；计算机系创办国学协会，邀请中文系的同学参加。

中文系的网络协会，主要是女生跟着男生学习怎样聊QQ、MSN以及浏览各种稀奇古怪的网站，也学一些电脑游戏，比如斗地主、打泡泡糖之类，但最终大家还是觉得一起在寝室面对面打牌兼打情骂俏过瘾。

而计算机系的国学协会，则是男生听女生朗诵各种情意绵绵的诗词曲赋，激情洋溢的，还会唱上几段，但也往往比不了最后大家一起唱卡拉OK兼眉来眼去有激情。

如此联谊当然成为了学校里办的最有效率的一件事，要是学校把此事放到招生广告里去，估计年年扩招不是问题。事实也证明，口碑传播的广告效应同样很惊人，我们上到大三时，中文系和计算机系就已经开始大规模扩招。校友们一致认为，降低录取分数只是微弱的“软文”，“中计”联谊才是强悍的“硬广”。

国学协会里当然也不尽是一帮只喜欢唱卡拉OK的角色，真心喜欢唐诗的柳小尔同学（便是我自己。似乎为了撇清什么，我开始用第三人称来说自己和PS的事，林哥哥也没有感到奇怪），便联谊到了一个碰巧喜欢宋诗的“计男”同学。此计男同学就是PS，本名史文博，因为擅长Photoshop，人称PS。

话说某日，国学协会邀请中文系女生搞活动，活动的最后一个节目是唱K，第一个节目是吃饭。史文博同学和柳小尔同学，据后来我自己考证，真的是被逼着去参加的，至于当时心里的真实活动，则无从考证。

这样的开头往往就是一段风情故事的开始，俗雅莫辨。

计算机系的同学总体来说，要比中文系的同学有钱，再加上附庸风雅的需要，他们找了城中一家广告打得颇有文化的地方吃饭，至于是什么文化，从它的名号中似乎可得知一二，此店名为“将进酒”。

那日，同学们一到酒店门前，便有男高音念道：“将进酒！”

众人精神一振，但接着一不和谐的男低音道：“同学，该念将（qiang）进酒。”

中文系女生偷偷窃笑，高音男自觉无颜，无力地将了低音男一军：“为什么要念qiang？”

一滑稽男尖音插嘴：“有酒必有枪嘛，这才是男人雄风，懂不懂？”

众人哄笑。

男低音也笑道：“大概‘将’是‘请’的古音念法吧，强迫之中的委婉。”

男尖音又插话：“又强迫又委婉？就是女生撒娇嘛！”

众人又是哄笑。

言谈中，众人已进酒店大厅，人声鼎沸，高音低音都淹没在喧哗里。但中文系女生都注意到了，低音男是一削瘦身材、额头宽广、鼻头硕大的丑男。无正统文人之相，有狂狷怪士之貌。

不过柳小尔并不以之为丑。额头宽广之人脑内不会空空，鼻头硕大更是肺气充沛、身体健康的表现，低音更是中气十足。再说，人无才便是丑，一才遮百丑。她未免多看了低音男几眼。

酒店大厅正中，置有一长大屏风，上面狂草着的便是《将进酒》。计男们已无心认读，知道不是自己的拿手好戏，现在更紧要的是找心仪女生落座。

左顾右盼间，众人进了一包间。柳小尔抬头一看，此包间名为“快阁”。

众人没料到，一进去，墙上又是一幅字。这回是章草，隶书草体，不连字，多少个字数得清，但全部认出来，对于计男们来说，其难度和中文系的女生编程一样。中文系女生们望着那幅字，其实也只有少数几个有把握读全。沉默的大多数不禁埋怨，埋怨为何定了这家酒店，这附庸风雅之事做不好便是自讨没趣。也怪功夫没做够，干吗不先来看看呢？

这时有人说了一句让在场大多数人讨厌的话：“这墙上写的什么诗啊？”

这人就是柳小尔。

柳小尔对做讨厌之事有种快感，可能是心理阴暗，也可能是喜欢恶作剧。

众人假装这才注意到墙上的字，都望着墙认真研读起来。

万恶的等菜时间……

又给低音男抢了风头，他念：

痴儿了却公家事，快阁东西倚晚晴。

落木千山天远大，澄江一道月分明。

念完前四句，他停下了，望向中文系女生。这似乎是一种挑衅，又似乎是一种调情。计男们终于觉得面子来了，滑稽男尖音又适时接入："姑娘们，接诗哦。"

中女们一片嬉笑的"讨厌"声。

能接下去的人，要么能背这首诗，要么能认章草字。这时靠的是运气，不是学识。幸运者就是恰巧读过这首诗，不全记得，也未全忘记的人。

幸运者是柳小尔。

她似笑非笑地往下念：

朱弦已为佳人绝，青眼聊因美酒横。

万里归船弄长笛，此心吾与白鸥盟。

这地方，应该是公务员常来的吧？柳小尔心想。

诗一念完，众人便不失时机地起哄，饮料也恰到好处地上了桌，酒精饮料可以让我们大喊"将进酒"了。在喧哗与骚动中，幸运女柳小尔同学与低音男史文博同学就此相识了。如果此时要给PS加一段内心独白，那便是：

满堂兮美人，忽独与余兮目成。

那天，PS同学亢奋得难以自控，刚进酒，就在饭桌上借墙上的诗大放厥词，说："自古文人做官最大的特点就是擅长自我安慰。其实平时，他们就是政客们的三陪，陪吃陪喝陪吹，全靠嘴上功夫。但只要能风花雪月，他们也就……"

这是自轻兼轻人吗？话未完，他便醉了。中女们笑他如苏东坡般有胆无量，一饮就醉。众人起哄让柳小尔送他回去。

女生送男生回宿舍，真醉假醉，此事略去。

关键处，要有语焉不详的留白。

不久，传来PS要转系的消息。

那天晚上，和林哥哥把PS的故事讲到这里，林哥哥说："我送你回去吧。"

在校门口，他告诉我一件事："我和白朵分手了。"

我讶异："什么时候？"

林哥哥："刚才送她回学校的时候。她和你一个学校，英语系。"

我第一次骂林哥哥："你混蛋。"

我转身进了校门，顷刻，又出来问林哥哥要了白朵的电话。

在我小时候，奶奶总是说："你担心的坏事情，总会到来的。”奶奶是一个巫婆，她不知道，她所说的话，有人命名为墨菲定律。

我去白朵寝室找她，她夸张地对我搂搂抱抱，是真的很高兴，因为我们在同一个考场，考入了同一所学校，甚至，还喜欢同一个男生。她为缘分而高兴。

她没有提林哥哥和她分手的事，我从她那里知道，林哥哥在自考，同时，在一个书店打工。他考的专业是汉语言文学，俗称中文专业，十三门课程，一年最多报考四门，所以，他也许会和我们在同一年毕业。

我问他们是怎么相遇的，白朵说：“他把我的背影，当成了你。”

但林哥哥有不同的版本。林哥哥说，有一次，他坐公车，无意坐在白朵旁边。白朵一直在听歌，边听边哼，他被吸引了，跟随她下车。她的衣服上，校牌忘了摘。

“什么歌？”我问。

“《为爱痴狂》。”

“那你跟她说的第一句话是什么？”

“我喜欢你的名字。”

跟我说的一样。我第一次在考场见白朵的时候，看见她桌上贴的名字，第一句话便是：“我喜欢你的名字。”

“你为什么要跟她分手？”

“我只是喜欢她的名字。”

“你有病。”

“是的，我有病。”

林哥哥就这样结束了他和白朵的关系。

林哥哥喜欢上了考试，他后来又考了古代文学硕士，诗歌学博士，但是，这并没有解决过他人生的问题。我以为，事情跟那个岩洞有关。我跟他说起过那个我在岩洞里老去的梦，他说，我也梦到过，那个黑洞，它总是喊我：来，钻进来，钻进来。有时，甚至在清醒时，也能听到它的声音。

我劝林哥哥不要离开白朵，因为白朵真的很好。大气，真诚，端庄，干净。

“你这么喜欢她，那你跟她在一起吧。”

林哥哥丢下这么一句话，我以为他是负气，但他又不是。

此身非我有，多情即长生。

其实他无须说服我，我对他没有抵抗力。但是，我们还是有了分岔口。

我再去找白朵时，她对我避而不见。

一定是林哥哥跟她讲了同样一番话。

白朵是学英语的，她不想做艺术家。

我理解，自此，我没再去找过她。

PS不想做艺术家，但他愿意去做各种尝试。只是，这一切，都需要付出代价。

第九章　PS

我和PS开始单独见面时，还不算约会。

我们先是抄写“我最喜爱的诗词”互赠，他觉得我书法不错，然后是到学校的山顶古亭促膝长谈，我觉得他的声音越听越好听。我们从尹吉甫主编的《诗经》一直谈到钱钟书撰写的《槐聚诗存》，汉赋唐诗宋词元曲，到我俩这儿成了题库。我们每次见面都做足了准备功夫，谈话的热烈程度就像是做抢答题，让别人一看就知道我们不是在谈恋爱，而像是在闹分手，要是再走近一点儿听，原来是背诗比赛。

那间山顶古亭，可遥望学校操场。每次我们比完赛，便眺望那操场上的点点渺小人影，恍然以为自己是山中仙，可俯视众生，浩然之气便陡增。

到了这种“闻风坐相悦”阶段，却“ 未料惆怅是清狂”。背了那么多，再也不好意思不写了。

可是写，总是需要题材，需要动力的。古人说“穷苦之言易好，欢愉之词难工”，这是真话。我们当时，“高山流水遇知音”

的欢愉多于“山重水复疑无路”的穷苦，所以，“为赋新词强说愁”这种事，做出来也强不到哪里去。再说，那时节，岁月静好，现世安稳，无家仇也无国恨，无洪水也无地震，唯一能让年轻人“凄凄惨惨戚戚”的动力，便是那“多情却被无情恼”的爱情。

如此这般逻辑一推，我和PS便不得不正式谈恋爱了。

至于这个逻辑的真真假假，倒也不足为外人道。足以为外人道的，是某些已经不能再语焉不详的关键环节。

这其中，最关键的是表明心迹、确立关系。关键中的关键，是谁主动，谁被动，怎样主动，怎样被动这样的辩证法。辩证法是，你可以说你后悔了，你也可以说你没有后悔。

某日，古亭长谈后，气喘吁吁的柳小尔问：“史文博，你累吗？”

一直在以硕大鼻孔抢我氧气的PS，依旧以沉稳的男低音回答：“跟你说话，嘴累心不累，跟别人说话，嘴不累心累。”

柳小尔抿嘴一笑：“此话怎讲？”

PS释然一笑：“青眼佳人，朱弦知音。”

他说的是第一次见面时的那句诗：“朱弦已为佳人绝，青眼聊因美酒横。”

这是两个典故，钟子期死，伯牙破琴绝弦，终身不复鼓琴，因为没了知音。阮籍为青白眼，见礼俗之士，以白眼对之，见所悦之人，乃见青眼。

彼时，亭外林间飞鸟起落，鸣声婉转。远望，山下操场同学鼓乐队在操练，鼓声似乎隐约入耳。PS聆听了一会儿，顿时得了浑然天成的美妙一问，就是这一问，征服了我，也把我俩的微妙心态推到了最到位的表态点上。

PS问："小尔，若你我是这林间飞鸟，忽闻击鼓来攻，你当如何？"

我一听此问，不禁哈哈大笑，为PS的玲珑心而折服。这一问暗含了"夫妻本是同林鸟，大限来时各自飞"的诘问，也暗含了《诗经》"击鼓篇"是否能"执子之手，与子偕老"的试探。同林鸟的比喻，已是他的表态。"你当如何"，则是让我表态。

我本想戏谑一下他"击鼓攻鸟"的荒谬逻辑，但又不愿做一个不解风情之人。

于是，一时未免豪情催生，转而正色，朗声答道："当然是'振子之羽，与子偕飞'啊。"

PS会心而笑，满意而笑。

而我却不知道，自己把话说满了。

自此，我俩的关系由赛手转变为恋人。PS正式脱离了埋头在电脑前的生活，开始筹划转系，一心要与我风花雪月。

然而，这段恋爱大概太不低调，真有了表演成分，不然，结局不会来得那么快。

当时，中文系的系刊盛行鸳鸯蝴蝶派之文风，三年来，PS只在校刊上发表过一首豪放之词。倒是对鸳鸯蝴蝶之文风还算擅长的我，在大三时混上了校刊副主编。

也许是因为我当了副主编，PS觉得有人赏识了，也许是体内真的积累了一些浩然之气，反正，在最后毕业那年，PS某天晚上突然慷慨激昂地写了一篇非鸳鸯蝴蝶派的文章交给了我，我几乎没做删减，就把它发表在了校刊上。

这篇文章写了学校的扩招堕落，写了所谓德育分考评的弊端，写了学生们的自暴自弃，写了某些老师的不务正业，更写了某位前任领导的不作为……因为写的全是大实话，使得学校一下炸了锅，其实锅只炸在了老师和领导们之间，学生们似乎并不当回事，那是他们早就熟悉和习惯的事，他们关心的仍然是主编同学这次用了哪个女朋友做封面，他们还是更喜欢关于鸳鸯蝴蝶的事。

我们自己都没想到一下把老师们全得罪了，最关键的是，我们得罪了那位刚刚退休的前任领导。领导虽是前任的，但他后脚还未离开校园，这里还有着他的地盘。治治我和PS这种看似胆大包天实则胆小如鼠的学生，那是绰绰又绰绰地有余。

最让我意想不到的是，因为这件事，PS跟我提出了分手。

那天主编找到我和PS说："我已经答应老校长登刊道歉了，你们俩这次就当面再跟他解释一下吧，好好认错。我还有事，今天不去了。"

我和PS面面相觑。主编走了后，PS问我："怎么办？"

我翻翻白眼："我们已经被判刑了，这只是补充审判程序。"

PS顿时萎靡。

我俩一路无语地走向老校长办公室。路上风景未变。

推开虚掩的门，老校长从空荡荡的办公桌前抬起头说："关门，坐。"

刚一落座，他便拿着手里的校刊问："这个泼斯是谁？"

我一愣，说："您是说PS吧？是他，他的笔名。"

PS视死如归地说："我就是PS，文章是我写的。"

老校长哼一声把校刊扔在桌上："幼稚！还用什么笔名，搞这种小伎俩。”

接下来，他开始训话，为时大约三个小时，拿出了平时开会的劲头。我不停地点头，PS则神游了。老校长又把对主编说的话跟我们重复了一遍，重点是要我们在下一期的校刊上发表一则声明，声明那篇文章纯属虚构，那不是一篇杂文，而是一篇小说，而且要对他不作为的虚构表示诚挚的歉意。否则的话，他就有能力让主编、PS、我，三个人都毕不了业。

这是我们的死穴，他精确地点到了。而且，他知道，不会有人来解穴。

他说着说着突然又拿起桌上的校刊，翻到文章一页，指着写他的一段，念道：不知道干什么的办公室里，一老翁与一老妪在无所事事地看报纸。这办公室你不知道干什么的？那我现在告诉你，编校史的！尊重历史你们不知道吗？年纪轻轻，就下笔不知轻重，什么叫老翁、老妪？太不尊重了！太放肆了！简直胡编乱造！

他气得又把校刊一丢。

PS喃喃念道：“老翁逾墙走，老妇出门看。”

他一愣：“你说什么？说清楚点。”

我摁了摁PS的手，对那老翁一笑，说：“老校长，这个您可能有点误会了，我们以为老翁是尊称的，您看，莎士比亚翻译到中国，人都称莎翁的，是尊敬。”

老翁看了一眼关着的门，静静想了几秒钟，突然释怀了，改为平静的语气说话：“我也不跟你们小孩子计较了，历史是什么你们都还不知道。现在，我只要求你们认识到自己的错误，端正态度道个歉。那个负责校刊的老师我也不去追究他的责任了，毕竟他管不到这么细。你们小主编也跟我保证过了，下一期一定刊登一个说明。行了，你们认识到自己的错误了吧？”

PS一直盯着他放在桌上的那一双手。那是一双老人的手，皮肉松弛，颜色暗淡，似乎毫无杀伤力，甚至还有点慈祥，可能会随时牵起一个孩子的小手，说：“走，爷爷带你玩去。”

我笑，不停地点头：“对不起，老校长，我们都知错了，您看，史文博他都吓傻了。”

我打了打PS的手，朝他使个眼色，PS朝老校长点点头。

老校长有点疲倦地扬起一只慈祥的手：“出去吧。”

门在身后关上，我站在楼道里，突然感觉很阴森。胃里不断上涌一股寒气，寒气冲击着喉咙，我发现自己打了个冷战，然后就有了干呕的反应，无力控制。

PS以为我故意的，拍拍我的背说：“行了，走吧。”

我抬头看他。没想到，他的脸突然间变陌生了。他把自己拉开了距离，与我，与这件事，甚至，与这个学校。我呆呆望着他。

他说：“你没事吧，我先走了。我约了人打球。”

我回了回神：“那好，你去打球发泄一下也好，晚上我们再聊。”

我们在办公楼大门口分别。我注视着他的背影，白色的背影，越来越远，像是一个浮标。老校长说，历史是什么我们还不知道。看着PS远去的背影时，我以为自己知道了。我想，历史是一个浮标吧，或者说，我感觉到的历史，就是一个浮标。一脚踩下去，说不定是深渊。但浮标不停地诱惑你说：“来吧，来踩我。”

踩下去之后，要怎么样才能不随波逐流，不各分东西呢？

PS的背影消失在拐弯处。

那天下午他并没有约人打球。后来，他告诉我，我走后，他一个人在校园里晃荡，越晃越觉得校园陌生。他不停地问着自己两个问题：我一定要从这座学校毕业吗？不从这里毕业对我意味着什么？他没有勇气去否定答案。他晃着晃着，开始讨厌自己。他发现自己一直在装骚客，装勇士，而实际上，他只是一个懦夫，不，懦夫不是他的选择。选择是假的，没有选择的选择，更假。又或许，他什么也不是，他不知道自己是谁，他要去哪里……

那天晚上，我和PS没有见面。此后，我们再也没有提起过这件事。很快，毕业到来，他正式跟我提出分手。我们各奔东西。

他说："小尔，我不想谈恋爱了，我觉得还有更重要的事情要做。"

我问："什么更重要的事？"

他说："悟道。"

我以为他开玩笑。

他说："你别笑，是真的。"

校刊上的道歉声明有没有刊登，我没再关注，也不想去关注。只是至此，我和PS的浩然之气犹如被釜底抽薪，再也蒸腾不上。

多年后，我坐在PS的古董音像店门口晒太阳，他告诉了我一位历史老师关于文学的闲话，历史老师说："你们学中文，知道中文最痛快的是什么吗？是文以载道，口诛笔伐？年轻时我觉得自己是一篇杂文，带着一股杀戮之气，非得把话说绝而后快。年纪越大，越觉得自己像一首诗，行将崩溃，又欲说还休。说了三分，休了七分。那休的七分，便是真的人生况味。尽在不言中，便是痛快。”

我又晒了几年的太阳，才真正体会到历史老师说了些什么。那时，我已全然休矣，不言不语，不著一字，不痛也不快。

那时，我与PS分手已经二十年。

二十年后，记忆突然从心底浮上来，鲠在喉咙处，吐出来有点痛。

我们是在一间小酒馆里谈定分手大事的。

那天的情境让我想起一句歌词："校门口的酒馆里经常有人哭泣，黑漆漆的树林里，也有人叹息。"可这句歌词又是多么的轻浮，犹如爱情里的回顾。

那次杂文变小说事件后，PS没再主动跟我联系，他知道要联系，但就是一直延宕着，似乎在自虐，又似乎在自我奖赏。

他终于打电话给我，说："我们还是正式分手吧。"

出于莫名的自尊，我没有问为什么，而是问："好，怎么正式？"

他说："再见一面，正式告别。"

我们约在校门口的酒馆里。

酒上来了。我终是没忍住，轻声问："你是不是看不起我了？"

他摇摇头："怎么会，我一直都很欣赏你。"

我问："那是为什么？"

他思索良久，然后字斟句酌地说："我只是，在某一刹那，似乎突然开窍了，觉得，这一辈子，还是，一个人好。一个人，你懂吗？”

我轻笑。我不信。

他也笑：“我知道你不相信，我一时也说不明白。”

我一忍再忍，最后忍成功，没再问，举起酒杯说：“喝酒吧。”

现在想来，那时，我是真的没懂他在说什么。

我只能以自己的逻辑来思考。

对于我，确切说来，那是第一次恋爱（林哥哥从未跟我确认过恋爱关系，我和PS在一起的时候，林哥哥走在他尝试的路上。），也是第一次主动认识自己。我发现自己在与PS的亲密关系中无法自控，最初，我们展现给彼此最好的一面；渐渐地，我们都累了，开始露出本真；到后来，我们发现，江湖太大，我们的情感，如一叶扁舟，出没风波，一不小心，就翻了。所以，无以为继。“江上往来人，但爱鲈鱼美。君看一叶舟，出没风波里。”我们放弃了鲈鱼之美。

也许，我们害怕的正是失控。两个无法自控的人，在一起的组成，不过是博弈、权衡、专制、奴役、放纵、懒惰、怨恨、自虐、逃避、沉沦的种种罢了。这种种只会让人的身心更加残缺，离美好越来越远，我们不要经历这些。

我这样思考时，便原谅了自己。我找到了自己的逻辑，也就原谅了PS。

很久以后，我才明白，PS说某一刹那，突然悟到“还是一个人好”是什么意思。

爱情不需要把控，也不需要放纵。它通常结束于：你终于明白自己是谁。明白了自己是谁，也就明白了所有人是谁。明白了所有人是谁，你便不需要爱情了，你只需要，多情。

我那时不明白，所以，很伤悲。

记得那天晚上，最为伤悲的是，我强忍伤悲，决定不再写诗，却赠给PS一阕离别词。还跟他商量了半天用哪个词牌。

我问他最喜欢哪个词牌，他说《贺新郎》。我笑笑，说："我们成功分手，成功恢复单身，《赞成功》最为应景。"

不知是不是气话，但他同意了，也许我想惹他生气。

我一说完，就开始嘴里念念有词，按词牌的字数以及平仄押韵要求做起诗来，甚至还掏出了笔和纸。

错。错。错。

已经来不及挽回。悲痛和羞耻，让大脑杏仁体深深受到刺激，记住了想要忘记的一切。但我装作若无其事，我以思考来抚慰心脏的伤痛，就像把炽热的木炭投进冰冷的水中。一阵白色烟雾之后，留下黑漆漆的伤疤。

那阙分手词，至今让我羞愧，不但蹩脚，而且忧伤得很是庸常，正如我在这一场恋爱中的领悟。

赞成功·离人

辗转几何，欲留还休。江山憔悴损风流。
烟波澹澹，天地幽幽。茕茕人去，恋恋歌旧。
孤星隐没，月错梢头。晨鸡无语声噎喉。
微微光入，寂寂重楼。醺醺醉眼，笑对离愁。

PS看完后，突然微怒，冷笑一声，说："你从来都是矫揉造作。”

我心一沉，没有回击，没有辩解，悲伤到了极点。他说得对，他最有发言权。我觉得自己的悲伤都变得虚假起来。我低下头，倾听自己的心跳，什么也听不到。那一刻，我感觉不到自己的存在。不知是因为失去了PS，还是因为PS的否定。

我抬起头时，PS已经喝光一杯。他把自己写的分手词，撕得粉碎，扔在桌下的垃圾篓里，我还没来得及看一眼。我跟着喝了一杯。喝完后，我滑到了桌子底下，抱着垃圾篓，看着那白花花的纸片，忽然大笑起来。我抱着垃圾篓大笑，冲着它喊：醺醺醉眼，笑对离愁……醺醺醉眼，笑对离愁……我不知道自己眼泪已经流下。

PS伏在桌上，桌下的脚朝我踢来：“别闹了，起来，喝酒。”

我爬起来，跟他头对头伏在桌上继续喝酒。服务员视如无睹地在我们身旁走来走去，我们举手示意加酒时，她就停下来，拿走我们的杯子，灌满杯，再端过来放下，一句话也不多说。

不知道喝了多少杯，我忽然觉得，自己似乎要失禁了。便站起来，摇摇晃晃走向店后的厕所。

PS含糊不清又有点着急地问：“你要去哪里？”

我说：“去厕所啊。”

他没抬头，依旧伏在桌上，说：“我是问，你毕业后要去哪里？”

我不知道，没有回答。

我上完厕所回到桌前，发现PS不见了。

我问服务员：“他人呢？”

服务员看了我一眼，没理我。

一只手搭到了我的肩膀上："在这儿呢！"

他也上厕所去了，回来和我并排坐下，我俩脸对脸伏在桌子上。他脸色绯红，我看不清他的眼神。他一脚踢翻了桌下的垃圾篓。白色纸片洒了一地。服务员过来一言不发地收拾好。

PS嘿嘿笑，问："你还记得当初我们比赛背诗吗？"

当然记得，我说，如果我还知道，世间万物有始有终，恋爱终点就是失恋，又或者，早点知道"饱食梅花，便胸次玲珑，自能作诗"这种怪招，我们也就可以不谈恋爱，一直做赛手，背背诗，写写诗也就好了。

可是，一说"早知如此"，便已经"悔之晚矣"。

PS掐着我的脸笑："孽障，孽障。"

我挥开他的手，问："你毕业后，打算去哪里？"

他也没有回答。眼睛闭上，似乎睡着了。

我也闭上了眼睛，半睡半醒中，似乎听见他在念："我最想去的地方……是我的来处……但我已经不记得……是哪里了……"

就这样，我再次睁开眼时，他已经走了，不知道他去了哪里。

毕业了。我去找林哥哥的时候，他正坐在操场的看台上发呆。他的自考已经考完了，但是，他很伤心。

我问："林哥哥，你想离开省城吗？"

林哥哥没有回答，他问了另外一个问题。

他问："小尔，你说，退让为什么是一种美德呢？"

林哥哥的朋友，是他打工的那个大学哲学系的学生。一天，他们肩并肩从校园里穿过。校园里的马路，中间过车，两边是树，他们在树下默默前行。迎面不断走来人。由于路太窄，来人时，他们总是要空出距离让人通过，然后走到一起。如此反复几次后，朋友突然打破沉默，提出了一个问题：“为什么我们总是要让他们，而他们不让我们呢？”

林哥哥听到这个问题后，发现了一个更严重的问题，就算在他一个人走路的时候，要是迎面来人，他也总是先让人。为什么呢？

那天，他跟朋友做了一个试验。等再次来人时，不再让开，而是直直地朝那人走去。结果，自然是那人让了。他们都露出了胜利的微笑。可接下来，当他们的，准确地说，是林哥哥，当林哥哥的注意力分散时，又不自觉地让开了。

朋友没再在意这件事，林哥哥却为之深深苦恼。一开始林哥哥把他归结为性格的原因，他觉得可能是自己喜欢规避冲突，不喜与人正面交锋。后来，通过不断地观察，他又发现，女人退让的情况要多于男人，男人不喜欢退让，而女人更容易退让。再后来，由于对这个问题如此纠结，他不得不去做调查。调查结果发现，有大部分人都没注意到这回事。还有一部分人，在回忆之后，都理论上支持先让别人，因为这是一种美德。后来，可以说因为对这个问题的追究，他跟朋友闹翻。因为他发现，朋友不再喜欢跟他一起走路了。所以，林哥哥中止了他们的友谊。当时，他以为这是为那人好，他甚至被自己的美德给感动了。

现在，他后悔了。

退让什么时候成为了一种美德呢？

我无法回答林哥哥的问题。也没有再问他问题。

我一个人，悄悄离开了省城。

第十章　京城

我在一无所有的时候，选择来到了京城。

我朴素地想，既然到哪儿都是混，不如向上混。

当时身无分文，举目无亲，出了火车站，没地儿去，非常疲惫，便在地下通道里坐了一会儿，听一个人抱着吉他在唱歌：

我是一包名牌的香烟
我塞进了穷人的口袋
我是一只贪婪的耗子
我被富人收养起来
我是一盒治性病的药
我被爱人偷偷地打开
我是一个犯了戒的神仙
我被老天踢了下来
……

听着很悲伤，有一刹那，觉得自己来错了地方。不知道自己是什么，只知道很饿了。弹吉他的给了我五十块。当晚吃了一顿五碗饭的快餐，然后去一大学旁租了一个二十块一晚的床位，第二天一醒来就跑去网吧投简历找工作。

当时京城有句话：找不到工作，就去做编辑。这话多半是对学中文的人说的，我觉得很恼火，就跟自己杠上了，发誓绝不做编辑。但这个誓言，其实是发在我应聘编辑失败之后。因为那次应聘太伤自尊。

一去人家就给我一张五页纸的考卷，说一个小时内做完。

看到第一道题我就傻眼了，问印张、开本、页码怎么换算。

再接着往下看是改错别字，括号里标明，要按照《现代汉语词典第N版》的标准来改。我当时手心就出汗了。

翻到考卷最后一页，一个大题，问的是："你认为畅销书有哪些要素？"

我放下笔，叹了口气，在心底发出了不做编辑的誓言。

但因为找不到工作，最后，我还是做了编辑。"命里有时终须有"——这是一首叫做"浪子心声"的歌，后一句是："命里无时莫强求。"太陈词滥调了——然而这就是我到京城后的生活。

后来，京城又出了一句求职指南：女的找不到工作去做编辑，男的找不到工作就去卖碟。

到京城后的第二年，我在地铁口买烤红薯时，碰见了卖碟的PS。

他像三级片星探一样把我打量一番，然后颤声说："小尔？"

他来京城一年，经历却比我丰富多了。

那晚，我俩喝扎啤吃烤串，聊了一晚。

主要是他在吹牛皮，他确实变了很多。

刚毕业时，他悟道的结果就是要赚大钱，结果，卷入了传销团伙。

一个在学校学生会认识的师兄告诉他，他那儿有笔大生意，要PS去投靠他，PS未作他想，直奔而去。

师兄在火车站接PS，他兴奋地对PS说："我们就要发达了！"

PS激动地随着师兄七拐八拐，去到了一个露天演讲场。演讲台下人群攒动，都是一群年轻人。他们在等待着什么。忽然，一辆豪车开上演讲台，一位成功人士从车上走下来，人群欢呼，成功人士走到台前，把麦克风一扔，从口袋里掏出耳麦一戴，开始激昂地演讲。

PS听不清他在讲什么，好像是在讲他是怎么赚钱，怎么成功的。这时身边的师兄问他："你身上带了多少钱？"

PS一愣："我刚毕业，没钱了，身上就二百块，要干吗？"

师兄脸色一变，把他从露天演讲场带到了一个封闭会议厅，座位上的人一个个面无表情地站起来，往主席台上一个红箱子里扔钱，箱子上用毛笔写着黑字：今天交四千，明天变四万。

PS搞不明白这是在干什么，师兄说："你跟我来。"

PS被师兄带入一间室内电话亭，师兄猛地把他推进电话亭，接着把电话亭锁了起来。师兄在电话亭外说："给你家里人打电话，问他们要四万块。什么都不要问我，想赚钱，先交学费。"

PS傻了，站在那里努力思考半天，才隐隐觉得，这大概就是传说中的传销。

PS假装在电话亭里打电话，入夜，师兄坐在电话亭外开始打瞌睡。

PS在想怎么逃出去，想着想着，睡着了，醒来时，在一个小黑屋里。

后来，他共逃了两次历时四个月才成功逃出。第一次是借口买烟，结果没逃掉，被抓回去打了一顿——监督他的，早已不是那个无良师兄，而是更无良的小组头目。

第一次逃跑没成功，后面的监督就更严格了，他只好表现得很老实，以求他们放松警惕。可是在没骗到钱之前，生命已经很危险，他一直在死扛，白吃白喝，四个月，也快到尽头了，to be or not to be，就看谁更急了。

第二次逃跑是因为小头目有事，临时换了两个女的。所以才有厕所里的机会。

PS一进厕所就找窗户，还好那次的厕所有窗户，就是太高了，也很小，两扇小推窗，刚够伸出一个身子。他以极难看的姿势爬上离窗户最近的一块厕所隔板，推开半边窗户，紧抓窗框，蹲在上面。外面是一个小巷子，水泥地。

PS一直向我强调，在跳的那一刻，他想起了一本武侠小说，叫做《那一剑的风情》。望着楼下的水泥地，他心想，死就死，成了，就是《那一跳的风情》，不成功，则成仁。也许是因为这样，他跳下去后一点也不觉得痛，脚也没折。然后如风一般逃到火车站，火车站也有传销团伙的眼线，不敢逗留，他扒了一趟正要开走的火车，饿了一天，查票时躲厕所，出站时溜入进口站，阴差阳错，来到了京城。

他很快找到了一份不错的工作，在一家开色情网站的公司PS图，公司包吃包住。因为公司一共就五个人，在一套三居室的房子里，客厅办公，卧室两大一小，大的两人住，小的一人。他得了渔翁之利，一人住。

其实后面要是没什么意外，PS也许会一直在色情行业干下去，甚至打算跟另外一个同事合伙开一个成人网站。这个同事是正儿八经学计算机的，管公司里的技术，因为他总是喜欢用手去提裤子，遂绰号手提。

手提是那种你不主动跟他说话，他就绝不主动跟你说话的人，而且你一找他说话，他就习惯性地提裤子，搞得人很有歉意，以为把他吓着了。PS怀疑他有轻度自闭症。有一次，他俩在网上挑色情片，挑错了，片名是《樱桃的滋味》，一看内容，居然是讲一个男人怎么自杀。但手提居然也看完了，还给评价说，结尾太弱智了。PS很诧异，这是他第一次听到手提评价别人的智商。

影响PS离开色情行业的意外是两件事，一是国内一家最大的色情网站被查封，再办此类网站的人，每个月要到指定的地点去学习法律法规。二是，手提被女朋友甩了后（PS后来听警察说的，公司没有人知道手提有个女朋友），在机房里用网线勒死了自己，还贴了一封遗书在机箱上。

手提的遗书，对活着的人实实在在是个打击：

有我没我，还不都一样

都没意思
都没意思
关机吧。

“关机吧？”我向PS确认了一遍，“他真的这么写的？他真的这么写的。”PS向我肯定。

读完这封遗书后，PS就辞职了。之所以卖起了盗版碟，倒不是因为真找不到工作，而是不想再坐在办公室里不见天日。赚钱有很多种方式，他觉得自己更喜欢这种跑江湖的方式。另外还有一个原因就是，他的目标变了——他跟我分手时，想要悟道，悟得的道是要赚大钱，握大权，但后来被骗；于是想，那先踏踏实实赚点小钱吧，结果目睹手提自杀；最后，终于悟出了他自己的道：不如做点自在的事吧。于是，他开始利用自己的技术，下载各种片，刻成碟，在各个地铁口贩卖。

PS卖了差不多十年碟，直到碟退出历史舞台后，他开了一家古董音像店。

我最后一次和他在地铁口见面，是在决定和贾艺术结婚之前，那次，我和PS算了一次命。

那是广电总局附近的地铁口，PS的据点之一。我去找他那天，发现多了一个人，一个点痣兼算命的工作者。清瘦的中年女人，看起来像个道姑，皮肤干涩，苍白，穿一身白麻布长袍，看不出身材。头发在脑后挽成一个髻儿，坐在一只可以随身携带的折叠小凳子上。眉间透着疲惫，看来跑江湖已多年。她并拢的双脚前边放着一张点痣图，图上一张满是痣的人脸，让人犯密集恐惧症。点痣图右边是一张竖立的纸牌子，上面写着：五行算命。图左边有两张小折叠凳，预备给顾客用的。以前在省城里老见这种人，没想到也混到京城来了。这个道姑年轻时应该还挺好看。我不禁多看了她几眼。

PS正在跟一个眼镜男谈买卖，眼镜男问："有没有台湾的碟？"

PS说："你喜欢看台湾的？今天卖完了，还有几张日本的，要不要？"

眼镜男随手翻着箱子里的碟片。问："有没有《童年往事》？"

PS一时没反应过来，小声地说："什么？"

眼镜男抬起头来，看了他一眼，说："算了，你肯定没有。我怎么会从你这里找呢，真是病急乱投医。"

他说完就要走。

PS说："喂，哥们，别走，你再跟我具体说一下，说不定我可以帮你找到。"

眼镜男顿了一下，又走回来，语气很重地说："台湾导演侯孝贤的《童年往事》，有没有？"

PS笑了："兄弟挺文艺啊，你还真是找对人了。这电影我看过，我记得最后是奶奶死了孙子们都不知道，尸体都烂了，很震撼是吧？我手头现在没有，不过可以帮你找到。不急吧？"

他盯着PS，半晌没说话。PS有点莫名其妙。

问他："怎么了，哥们？急的话我明天就给你找来。"

眼镜男突然按了按箱子里的碟，还是没说话，又转身走了。

没想到他走到地铁电梯口时又折了回来。

他径直走到PS面前，郑重其事地说："我奶奶上个月去世了。很想再看一次这部电影。请一定帮我找到，谢谢。"

PS反应过来时，急忙连声道："好，好，你放心，一定帮你找到。"

眼镜男消失在地铁深处。

我注意到道姑的生意也不错，只是点痣的多，算命的少。地铁口来往的这些人，命运都昭然若揭，也许没什么好算的。点点痣，说不定无意间还能改变命运。

PS见我盯着道姑看，以为我要算命，便大大咧咧走到了道姑面前。

问："师父，可以算个财运不？"

道姑瞟了他一眼，说："小哥，你眉间有一颗痣，这是凶痣，何不把痣点掉呢？"

PS："我现在想先算财运，不行吗？你不会算财运？"

道姑从怀里掏出一本发黄的薄册子，举在胸前，问他："你看这上面写的什么字？"

PS念道："'女五行称命书'。师父，你算命还要带本子？"

道姑把书收进怀里："你刚才念的，不明白是什么意思吗？"

PS想了想："不就是你这纸牌上写的，五行称命吗？"

道姑："那前面那个'女'字呢？"

PS："是念'汝'字吧，古书里'女'念'汝'，这个我知道。"

道姑摇摇头："你是男的。我帮你点痣吧。"

PS明白了："这还有性别歧视？只算女不算男？"

道姑："这是我的规矩，不好意思。"

PS："那你这个纸牌上为什么不写明是给女的算？"

道姑："你可以给你女朋友算算。"

PS看着我，算是求救。

我走了过去。

道姑从身旁拿起一个折叠凳子给我坐。接着不知又从哪里拿出一罐木签来，放到了我面前。

道姑说："姑娘先抽一支签。"

我抽了一支，拿出来给道姑看。道姑展开，十九号犹豫卦，下下签。

曰："游鱼却在碧波池，撞遭罗网四边围。思量无计反身出，事到头来惹是非。"

PS似乎有点失望。忍不住插嘴道：不是要生辰八字的吗？怎么抽起签来了？

我瞪他一眼："别打岔。"

道姑微微一笑："不要紧。姑娘，此签你想问什么？"

我反问："能问什么？"

道姑答："可问自身、财运、婚姻、家宅、疾病，等等，都可问。"

我想了想："就问自身和财运。"

PS又想插嘴，但忍住了。

道姑说："自身和财运相辅相成，总体来说，姑娘春夏平平，秋冬可喜，可望大吉。"

我问：“那意思是我下半年能发财？”

道姑微微一笑，念出卦解：“春夏求财不合时，不如守旧更相宜。秋冬出入无阻滞，有财有喜笑嘻嘻。”

我点了点头。

PS忍不住了，飞快地说：“还问一下婚姻。”

道姑终于看了他一眼：“小哥算是问对了。此签婚姻大吉。”

我：“怎么个大吉法？”

道姑又是微微一笑：“人来问卦是婚姻，此卦姻亲及至亲。夫妇和谐宜子媳，荣华福禄自天神。”

我哈哈大笑，对PS说：“看来我得赶紧结婚！”

PS不看我，只问道姑：“那下下签，有什么凶险呢？”

道姑说：“小哥问到点子上了，此签意味着破财，小人陷害，血光之灾。”

我：“哦，能否详解？”

道姑沉吟了一会儿，从身边的袋子里摸出一道金符，递给我。

道姑说：“天机不可泄露，姑娘如果将这道符带在身边，则可逢凶化吉，贵人相助。”

PS凑近符一看：“咦，师父，你们不是道家的吗？怎么也信观音菩萨？”

道姑没有理他。

我把PS推开，转向道姑：“师父，这个铁符要多少钱？”

道姑说：“这是镀金的，五十块。”

PS咂咂嘴：“我卖十张碟的利润，太贵。小尔，你确定要？”

我把符还给了道姑，道姑又是一笑："没关系，姑娘，看在你今天抽了下下签的份上，我可以再免费给你看个手相和面相，最后再送你五行称命真言，一起收你二十块。这么个数，只是少吃一点儿肉而已，你看行不行？"

我有点儿心软，便把手伸给了道姑。

道姑正要开口，我的手机响了，是贾艺术打来的，我站起来到一边接电话。

道姑在那边对PS说："你知道你眉间的叫什么痣吗？"

PS大概想到了一个叫眉间尺的人，便胡诌道："复仇痣。"

道姑摇摇头，叹口气道："克妻痣。"

PS吓了一跳，然后说："好吧，点一颗痣多少钱？"

道姑从怀里掏出一小支药膏，说："用这个，一天擦两次，五天后痣会自行脱落，不留疤痕。"

我已经挂了电话，抢先接过药膏，上面什么字也没有，看来是自制的。

PS掏出钱包，说："和我女朋友的一起，多少钱？"

我不得不反抗，故意大声一问："谁是你女朋友？"

地铁里的人纷纷侧目，还有个男的声音说："我！"

有人大笑。

PS灵机一动，也回答说："我！"

我没忍住，笑了："行，你就做你自己的女朋友吧，我帮你的女朋友付钱。师父，多少？"

道姑淡然道："三十。"

我给了她三十，对PS说："收摊去啊，还愣着干吗？我今天请你吃饭，有重大事情要告诉你。”

PS小声说：“那什么，称命真言不是还没给你吗？”

我说：“我已经知道了。”

PS愣了愣，似乎预感到了什么，没再说话。

那天晚上，我去了PS的住处。

他的房间里一个壁橱，一张床，一张书桌，一把椅子，此外便无其他家具。

靠床的墙上挂着三幅画，是路边摊买的十块钱三幅的那种。一幅是梵高自画像，一幅是雕塑画《大卫》，还有一幅是一个半裸的女人抱着个水罐，画名叫《陶》。

书桌右边有一个抽屉。我打开，里面有一本书：《疯癫与文明》。

我有点兴味索然，关上了抽屉。

我注视着墙上那三幅画，看了半天，看出一个美丽与痛苦的感觉。

这时，我发现挂画的下方墙壁上，似乎写了一行小字。

我站起来，凑近去看，是一句诗：

我最想去的地方是我的来处，但我不记得是哪里了。

第十一章　鼓楼和梦

林哥哥考研到了京城，在PS到京城来后的第二年。我在鼓楼附近的一家咖啡馆见到了他。

那时候我住在鼓楼西大街，每天上班都要经过鼓楼门前。鼓楼像个啤酒男，每天都恬不知耻地腆着大肚子矗在那里，他身后是身形清秀的钟楼，这两货站一起，就像墨西哥那对画家夫妇，迪亚哥和弗丽达，鸽子与大象的组合。鼓楼和钟楼比他们强一点的是，千百年来，他们都矢志不移。这一点，鼓楼前那棵风韵犹存的柿子树可以证明。

深秋时候，那棵柿子树会骚情地褪光全部叶子，一身挂满奶子般的黄柿，像是在诱惑大肚子的鼓楼去动她。但鼓楼从来不为所动，永远似笑非笑地看着，看那些黄奶子自己坚持不住，“啪”一声着地，化成一摊黄水。

也许过了一百年，柿子才知道，鼓楼其实是阴性的，她身后那个清瘦的钟楼，才是阳性的。柿子至寒，自然吸引不了鼓楼。这是命，被人种错了地方。空挂了一身黄颤颤的颓败线，纵然啪啪地申冤不止，也无处上诉。

鼓楼的正门从未开过，我常在那一带的咖啡馆流连。有一天，下班回家，行至鼓楼紧锁的门前，我想起自己忘带钥匙。天忽然落下雨，无处可去，便进了身旁一家没有名字的咖啡馆。一家奇怪的咖啡馆。第一道门是红色的，第二道门是白色的，第三道门是黑色的。以为太过偏僻，里面人却是满的。我坐到吧台前，要了一杯姜茶暖身。

喝姜茶的时候，我注意到，吧台里的一只白猫一直注视着我。我便也注视它。它竟然施施然朝我走来，从吧台上，绕过酒瓶，绕过咖啡杯，绕过服务生的手臂，成功到达我面前。我俩对视了一会儿，它似乎确认了什么，跳到了我的腿上，趴下了。我愕然，心底升起异样的感觉，一种被信任而恐惧的感觉。

这时，耳旁响起一个声音 ：“你注意到了吗？外面黄色槐花落了一地。”

我的心脏一紧，猫低鸣了一声，依旧在我腿上。

是林哥哥。

我很想立即抱着他哭一场，但我长大了，保持了该死的镇定。

我注意到了，槐花落了一地，这是槐花繁密的季节。我还注意到，有槐树的地方，总是过于阴盛，乌鸦和冤魂都栖息在那儿。

林哥哥手里，拿着一根球杆。他在跟一个俄罗斯人打台球，要不是这只猫，他不会注意到我，因为他进来的时候，想抱猫，但猫不肯。

你记得吗，台球是我们小时候玩的游戏，为了骗我跟你对打，你常常引诱我说：“来，开球，看你这次能打进几个。”但这话我没问出口。

这家咖啡馆有凭空而起的奇怪阁楼，林哥哥带我到一个小阁楼上喝清酒。那个俄罗斯人以为《静静的顿河》是世界上最好的小说。

为他指路而认识的，林哥哥特意解释。

林哥哥那个省城的朋友结婚了，留下一只黑猫给他，到了晚上，黑猫眼睛发绿光。有一天，黑猫逃走了，但到了晚上，就在楼下哀鸣，林哥哥找不到它。

那天，我们在小阁楼上，喝着清酒，看着楼下的两个外国人打着台球，在醺醺醉眼中，林哥哥跟我说了一个故事。

他说：“你知道为什么要跟你提槐花吗？因为我想起了一件事，本来以为忘记了，但见到你的背影，忽然就想了起来。你的背影，像一个白色的浮标，能提起一串往事。”

到省城后，林哥哥的第一个谋生工作是为一家医院摘槐米。槐米是槐树未开的花蕾，每一朵都很小，无数朵坠成一枝。一枝的枝条上还未长出叶子时，采摘下来，煮熟炒干，可入药。清肝泻火，凉血止血。医院用它来治疗痔疮。他们还有另一种说法，说是堵住男人的例假，这个说法令人毛骨悚然，后庭一紧。

林哥哥那时高中辍学，遗精三年，觉得自己已经长大成人，刚到大城市，意气风发，想要走捷径，自学成才。可是没有买资料的钱。

为了凑齐自学费，他找了这么一个看起来似乎颇有诗意的工作。

四五月，他和一个小男生搭档，走街串巷寻找槐米。

他负责上树，小男生负责拾捡。他在初夏的太阳底下爬上高大的槐树，用长钩钩断一枝又一枝槐米，任它们自由落下。全部钩完后，他再检查是否有挂在树枝上的槐米，发现有被挂住的，便用长钩一挑，让它们翻几个跟斗，再次自由落下，这时，他总是很满足。

小男生就在树下的荆棘与草丛中寻找那些自由落体，把它们一一捡起，闷声不响地迅速扔进蛇皮袋。

他们之间几乎没有话。但林哥哥知道，小男生在攒学费，想要继续上学。

五月槐花香。

林哥哥说，自那以后，他再也听不得这句话。每次听到这句话或闻到槐花香时，他体内就感觉像是被死亡扎了一针，产生一些难以名状的激素。然后脑袋里呈现一个少年从高大槐树上掉落的画面，最后是他背部被树桩尖扎进时的复杂表情。

那是小男生第一次要求上树，结果掉了下来。

林哥哥是唯一的目击证人，然而什么用也没有，没人让他去证实什么。

他留存下的，就只有一段速度，一种表情，还有，一个点痣秘方，是医院和他接头的医生告诉他的，也许是为了给他点好处，让他闭嘴。

这个点痣秘方，后来他卖给了一个道姑。道姑给他看了面相和手相，告诉他，他五十九岁会有一大劫。

林哥哥曾跟我说，他三十五岁的时候会死掉。

我问为什么，他只说有这种预感。

结果是，他的预感有点提前，他去世的时候，三十九岁。

那个道姑算错了。

我开始有点明白，引诱林哥哥的那个黑洞是什么了。

那天晚上，与林哥哥分别后，我做了一个梦。在梦中，林哥哥给我念了他最后一首诗。他是写完这首诗以后病倒的。

梦里，我怀孕了。

我躺着在想该怎么办，想着想着，突然内急。

起床，却到处找不到厕所，到处都是人，陌生人。

看见PS远远走来，我问他厕所在哪里，他居然说我认错人了。我怎么会认错人呢？他眉间有一颗痣，曾经有一个算命的女人给了他一盒点痣的药水，他没有点。我怎么会认错人呢？那颗痣还在那里。

可我没工夫跟他分辨了，往人少的地方走去。

一扇后门通向杂草地，我想不如在那里解决了吧。走过去，发现不远处也有人。我继续往前走，发现一片野麻地。麻叶宽阔，正好遮人。

我急急解决完，正想往回走时，突然想起，这片麻树不是妈妈种的吗？

天一片灰蒙蒙，像是要下雨了。一阵风吹过，麻叶翻转，一片灰白色。我已经回到柳梢头了？

那边有个草坪，我得躺一会儿，再想一想。

我躺到草坡上，望着对面的山，那山被烧得光秃秃的，一棵树都没有。那不是林哥哥烧过的山吗？烧了三天三夜，吓得他到仙洞镇躲了十多天才回村。这山是怎么烧的？咦，怎么又变成了茶岭？那棵老茶树呢？

这时，突然有人问：“小尔，你在这里干什么？”

我四下张望，没人。我没有回答。

对面山坡不知从哪传来一阵歌声：

儿啊……你莫喝阴家的亡魂汤，
来喝阳间的细叶茶啊……
儿啊……你起来陪娘喝杯茶，
茶树明年又发芽啊……

我不禁害怕起来，我知道，有棵茶树下，埋着一个小孩。

那个声音又响起：“小尔，别害怕，那有什么可怕呢？”

这个声音我很熟悉，可我想不起来是谁。

我还是没有说话。

声音笑了起来。笑声从野麻地传来。

我不禁生气了：“你笑什么？”

那人忽地从野麻地站起，戴着草帽，看不清是什么样子，麻叶遮遮掩掩。

我还是躺着，没有说话，那人也不说。

又一阵风吹过，拂得我睡意昏沉。云似乎散开了一些。我闭上了眼睛。

那人许久也未动。我就要跌入梦里，但我警告自己，不能放松警惕。

那人又开口：“放松一点。你看看对面的黑山，脚下的白水，身下的青草，头顶的蓝天……”

头顶是蓝天吗？我睁开眼，云都走了，天蓝如郁。

那人继续说：“怕鬼，就是怕死，可是死，都是老天爷定的，都已经定了，还怕什么？你看这天地万物，哪一个不是任生任死呢？”

我不禁又生气了。

那人又笑道：“你脾气还是那么火爆。”

这人能捕捉到我的情绪？

我终于忍不住问：“你是谁？”

那人从麻地走出，取下草帽。看不出是男是女，头上包着灰巾，身穿灰色麻衣，长至膝处。五官清秀，似曾相识。

“还没认出我吗？”这人问。

我摇摇头。

灰衣人向我走来，我闻见一股清淡的麻叶味。不禁深呼吸。

灰衣人在离我三尺远的地方停下，沉默一会儿，也躺倒在草地上。良久，悠悠说道：“我以前最喜欢的事，就是在草地上晒太阳。”

今天没见到太阳。

灰衣人叹了一口气，说：“你真的不知道我是谁吗？”

我欲言又止。

灰衣人双手枕在头下，一动不动望着天，天色似乎暗淡下去。

我感觉很累，像是又要睡过去。

灰衣人又轻轻叹口气，说："我昨天晚上在茶树下写了一首诗，念给你听吧。"

我不置可否。

这人自顾自念了起来：

你的目光，从树梢倾泻而下。
微尘在黑夜，与星辰对望。
一呼一吸，节奏绵延叠加。
来不及时，向你索要锦囊。

愁容骑士，还是亡命赌徒？
海市蜃楼，诱使无回雁字。
绚丽鲜花，还是灰暗泥土？
众生之生，掩盖我死之死。

你的秘诀，荫成一朵象形。
黑白错位，在光影中凋谢。
没有比这更漫长的酷刑。
我们不知道，该怎么和解。

古往今来，骈行上下四方，
哪一刻，谁，接住了你的目光？

这人念诗的嘟囔之声犹如摇篮曲，我忍不住闭上眼睛。天黑了。黑暗让我不能忘记天空，不禁想到一个莫名的问题。

“你写给老天爷的？”我问。睁开眼睛。

灰衣人嘴角一动，没有回答。

这时，对面坡上的歌声又响起。

儿啊……你莫喝阴家的亡魂汤，
来喝阳间的细叶茶啊……
儿啊……你起来陪娘喝杯茶，
茶树明年又发芽啊……

“那是谁在唱？”我又闭上眼睛问。

“一个任情放纵的人。”

我不禁笑了：“你念的诗叫什么名字？”

“《生命树上的十四行》。”

“谁写的？”

“我。”

“你叫什么名字？”

“小尔。”

“你不是小尔。”

“我是。”

“你是小尔，那我是谁？”

“你是林迁。”

我睁开眼，坐了起来。一场梦。

床头手机上有一条短信，是林哥哥发来的：新婚快乐。

我这才记起，我已经和贾艺术结婚了。距离上次和林哥哥在咖啡馆见面，已经过去十年。

林哥哥已经诗歌学博士毕业，不再写诗，他的理由是“骨里无诗莫乱吟”。PS已经开了他的古董音像店，不再飘荡在地铁口，很少和我联系。

我和贾艺术婚后的生活，像一幢乏味的写字楼，全是标配，毫无记忆点。唯一能让我记起来的，是刚开始时，我们给夫妻生活命名时的热情，这恐怕是我们唯一有共鸣的热情。

我们有过许多命名，最后都废弃了。我们都认同一个理由：都太平淡。可是我们都闭口不提，为什么会觉得平淡？那是因为我们的生活比这更平淡。

后来，平淡吞没激情，我们对命名失去了兴趣，商量好，谁有需求时，就泡上一杯茶。而到这个阶段，我对此事已经完全没了心情，我泡洋甘菊茶喝，只是想睡个好觉。偶尔激情一下，也只是治治腰椎和颈椎痛，或是预防感冒。他更是连茶都不想喝了。

突然有一天，贾艺术开始挑剔我。

马桶盖不揭起来，挤完牙膏后不倒放，洗完脸毛巾不拧干，脱完衣服不翻成正面，袜子脱成两个球，晾衣服不全抖开，炒完菜忘记洗锅，盖被子头尾不分，东西随手放……这些微不足道的习惯，有一天，让贾艺术发了狂。

他说：“啊，你真是要把我逼疯！”

他说：“啊，你又不是什么鬼艺术家，你怎么可以这么迷糊，这么邋遢？”

他说：“啊，我受不了你了！你这个神经病！”

我当然会报复他。

他和朋友说话到兴奋处，唾沫子偶尔会关不住，这时，我会直接递张纸巾过去，足以让他那一天惶惶不可终日。我们过夫妻生活时，我故意聊明天买什么菜的事情。

我们也有和睦的时候，但和睦就是死水一潭，会变得索然无味，还不如有一方暴跳如雷来的激情。

我是疯了。

直到有一天晚上，我从梦中醒来，听见院子里有哀怨的猫叫声。我想起林哥哥那只黑猫，它有绿色的眼睛，那也许，是厌倦了激情。

和贾艺术结婚后，我也梦到一双绿色的眼睛，但那双眼睛，属于一条蛇。一条从小就和我认识的蛇。

那条蛇，最初属于奶奶和爷爷相遇的棉花地。

奶奶小时候，家家户户地里种棉花，棉花开花五颜六色。奶奶小时候的工作，就是在五颜六色的棉花统统变成白棉时，摘棉。奶奶家门前有块棉花地，有一个角落的棉熟得特别早，其他还在开花呢，它就顶上了白棉。每年奶奶都最先摘它，一直摘到十七岁，遇到了爷爷。他们相遇那天，奶奶在那个角落遇见了一条蛇，蛇盯着奶奶，奶奶一动不敢动，周围只有风，没有人，这时，爷爷出现了。爷爷相貌堂堂，长得牛高马大，他发现了奶奶的异样，当机立断，一根扁担打死了那条蛇。或许他不该这么做，奶奶嫁给他之后不久，他就去世了，人们都说，不该打死那条蛇。但奶奶没有后悔过。

奶奶守寡后，做了巫婆，离群索居。她不坐火车，从来不坐。她说，火车太快了，人的魂跟不上。坐火车会丢魂。

我听过奶奶的故事后，惦记上了那条蛇，后来，又发生了一件事，也许这件事，让蛇惦记上了我。

一年夏天，我去看奶奶，奶奶说，天热了，要换凉席。我帮她把床垫搬出来晒，摊开三层棉被，然后，看到了一条蛇。

阳光下，蛇已经死了，干干的……完全被压扁，像一根晒干的长豆角。我看着它，不知道它是什么时候钻到了床底下，什么时候又爬进床垫里。它是想蜕皮吗？可它怎么又被压死了？我不敢告诉奶奶，因为她要是知道了，肯定会很难过，她不愿杀生。

可那条蛇，似乎又并没有死。从此以后，它时不时来梦里与我相见。

或是在路上遇见，或是在屋里碰见，或是看见它在脱皮，或是它来追我，或是自己掉进了它的窝里……直到跟贾艺术结婚，它的眼睛忽然变成绿色，又带来了新的梦境。

梦里有两条蛇，都在床垫下，它们想要钻到我的心脏里去。

压住一个，还有一个，压住这一个，那一个又复活了，没完没了……

贾艺术受不了我每天晚上半夜醒来闹腾，一年后，我们分房睡，他没有追问我梦了到什么，我和他相敬如宾，不，是相敬如“冰”。

但他还是要和我做爱，说是为了让我正常一点。

亏他想得出来，他说，他有需要时，就在房门口放一朵“茶花”。我压住了心中的愤怒，跟他说，不如泡一杯茶吧。他还真的那样做了。

有一天晚上，他泡了一杯茶放在他卧室门口，我没有过去。半夜，他到我房间来，看见我靠在墙壁上睡觉。他问我为什么，我跟他说，床垫下有蛇。也许是从那天晚上开始，他有了把我送进精神病院的念头。

后来他确实把我送进了精神病院，他说医院里，有不少我这样的女病人，他还拟定了一个新的学术论文题，叫做《论当代知识女性的精神分裂》，要以我们这些女病人为研究对象。他也有病。

我不想出院，也不想见到他，便一看到他就故意指着他大叫：蛇！蛇！蛇！这招很有效，主治医生不让他来看我了，说对我的病没好处。他就真的没来了，后来我听说他在准备写另一篇论文，叫做《论蛇与第二性的关系》，他连蛇也不放过了。

我非常想念林哥哥。

他病了之后，我带他回过一次柳梢头。

我也想念PS，他是不是还坐在音像店门口晒太阳呢？

PS在街上卖了十年的盗版碟后，终于攒钱开了一家音像店。店开张那天，我收到一封邀请信。打开，里面是手写字，PS的笔迹，我一眼便认出。像是一首诗。实际是一首歌。PS最爱的一首歌，他亲自翻译的。

如圆，如漩

如轮之旋

没有起点，没有终点
永不停歇
如雪球下山
如气球上天
如木马之旋
绕月儿之圈

如指针扫去
时光闪逝
世界是一只果子
在空中旋转，悄无声息
你在心中发现
风车轨迹

如行于洞穴
洞穴连着洞穴
从洞至穴
天光未见
如即将遗忘之梦
转门犹动
如投入水中之石
涟漪未息

照片挂在长廊

歌声断断续续
面孔和名字，就要忘记
它们到底是谁之赋予
你知道，一切即将结束
秋日的告别已至
那一刻，你却想不起来
他眼眸的色彩

如漩，如轮之旋
没有起点，没有终点
永不停歇
当画面展开
你发现风车轨迹
犹在心间

Alison Moyet的*voice*专辑，第一首，*the windmills of your mind*。PS翻译了这首歌给我，其他什么也没说。古董音像店开张那天，我没去。但我们此后开始保持联系。

后来，因为林哥哥的事，我去他的古董音像店找他，他正在电脑上看一部叫做《意大利式离婚》的电影。

我开玩笑："你离婚了？"

他答："还真被你猜中了。"

我倒是一惊："什么时候结的？"

他答："一年前。"

正是林哥哥病倒的时候。

“为什么离了？”

我走到他旁边坐下。

“你是要听真话还是假话？”他问。

“你不是不爱说假话吗？”我说。

他没看我，依然盯着电脑屏幕。

我问：“这个电影讲什么？”

他说：“讲一个男人想方设法害死发妻娶小三的故事。”

我又一惊：“是你主动要离的？”

PS突然蹦出一句：“我想做无性人。”

我笑他：“什么无性人，不男不女吗？”

他没理我。

我继续笑他：“你还真会发明词语啊，不就是不剃度的和尚吗？什么无性人。人说三十如狼，四十如虎，我看你要么是爱不够，要么是技术不行。”

他还是看着电脑：“你听说过有个台湾导演的事吗？和妻子实践无性十年，最后还是离婚了。我不想做试验，我还有克妻痣呢，离婚是对她好。”

我：“看不出你还挺伟大啊。”

说话间，电影结束了，PS关了电脑。

问：“你喝茶吗？”

我点点头，他去泡茶。

我说：“说吧，跟我说说看，看你是不是疯了。”

他说：“她就是觉得我精神有问题。”

我：“你说说看。”

PS：“就是因为跟她说了，她才觉得我精神有问题。”

PS把茶杯递给了我：“喝茶吧。”

茶能引起倾诉欲，也能使人平静。

PS自己喝了口茶，开始慢慢诉说，似乎客观而冷静，但这关于性。

我跟她做到一半时会突然清醒，然后就似乎看见另一个自己站在床边，在看着我和她，冷静地观察，那目光我受不了。这时我就会没了兴致，应付了事。次数多了，她便觉察到了，很扫兴，怀疑我得了病，分裂型性冷淡。

我也没解释，但觉得对不起她，有一个晚上，提出跟她离婚。

她开始还安慰我，说没事，可能是我们一年来一成不变，你觉得枯燥了，不如我们尝试点新东西，也许会变好的。

我不想隐瞒，便跟她说：“我就是不想做爱了。”

她一听之下，先是惊诧，接着又有点生气，但想了想，还是问：“为什么？”

我不知怎么跟她解释，便说：“没为什么，就是不想做了。”

她本来对这事就有怨气，心中有猜测，但肯定没想到要离婚这么严重。于是，权衡之下，她打算采取迂回策略，对我说：“其实这也不是什么大不了的事，不做就不做呗，咱暂时不做就得了，没必要离婚吧？这样影响多不好。”

我最讨厌的就是她这种办公室嘴脸，说一套做一套。当时便止不住冷笑一声：“不过性生活，你受得了吗？离婚对你对我都挺好。”

被我说穿，她恼羞成怒，说："你是不是有了别人了？就是不想跟我做了是吧？"

我知道这事不说清楚她不会明白，便平下心，没有丝毫怒气地对她说："我不是不想跟你做了，是不想做了，这辈子都不想做了，你明白吗？

她冷笑：你不是又在搞那一套吧？还是又被忽悠了？"

我忍不住了，说："你要是真不明白，就算了，答应离婚就好了，这对你来说，是件好事。"

她也忍不住了："你不是疯了，就是良心被狗吃了！"

我说："我不想跟你吵架，就问你一句话，你到底是离还是不离？"

她说："你得给我一个说法。"

我横了心，便跟她说了，说在做爱时自己感觉被什么嘲笑，嘲笑自己的煽情和迷失，嘲笑自己的不知所谓，嘲笑自己的一塌糊涂，嘲笑自己的执迷不悟。这样的性，根本无法进行。

她自然还是无法理解，但她有自己的逻辑。想了半天，然后恨恨地跟我说："我听明白了，你丫不是精神分裂，就是对我没感情了。这把年纪的人了，突然跟我说什么做爱是执迷不悟，你是要故意恶心我。"

我叹了口气，说："我们已经无法沟通了。"

她非常生气，继续骂我："少装了！当初是谁要跟我阴阳双修？是谁要跟我乾坤大挪移？现在玩腻了，是不是？玩腻了就要甩手走了？就把我晾在这儿不管了？你，你真是狼心狗肺，不要脸！"

我看着她气得胡言乱语，反而不生气了，只说："不要羞辱我，那会失去你的尊严。"

她更激动了："我的尊严，我还有尊严吗？我要把你送去精神病院！"

我被气笑了："那样的话，你岂不是落得一个丈夫得了精神病的名声？不知道的还以为是你折磨的。不如和我离婚吧，这样比较好。"

她像是被点中软肋，气馁了，知道我已经铁了心。

就这样，她终于同意跟我离婚。

但在拿到离婚证那天她还跟我说："史文博，你这事做得不厚道。"

唉，我知道自己对不起她，但也懒得管了。

我默不作声地听完，然后评论说："你确实有病。你把这事弄得太戏剧化了，都可以拍电影了。"

PS撇撇嘴："你就这个选材水平？拍什么？拍《PS式离婚》啊？"

我："可以啊，艺术来源于生活。"

PS："艺术是另一种生活，你懂不懂？"

我："得了，好像你懂了。懂得都要灭绝人性了。有意思吗？"

PS："只怕没意思的是你自己，你说什么有意思？"

PS像是在对我发泄。

我："好吧，我觉得人都没什么意思。"

PS："还说我灭人性，我看你都反人类了。你那什么艺术就不要搞了，死路一条。”

我：“那你跟我说句实话吧，你是不是真爱上别人了？”

PS：“你怎么跟她一样啊，我们能脱离低级趣味不？你今天来不是跟我讨论艺术，也不是讨论我的婚姻的吧？”

这倒提醒了我，我放下茶杯，站起来，说：“我是来要你帮个忙。”

PS顿时故作警惕：“不是你也离婚了，要找我接手吧？”

我不理他，四处找他的门锁。没找到，便说：“你停几天业，陪我回老家一趟，送林迁回去。”

PS：“林迁怎么了？你干吗不让贾艺术陪？”

我：“林迁疯了，贾艺术和我分居了。你锁放哪儿了？现在就锁门吧。”

PS去柜台里头找锁，大声问：“林迁现在在哪？”

我没有回答。

PS锁好玻璃门，把外面的卷闸门拉下，也锁上。

“打算回去多久？”他问。

“不知道。”我说。

我确实不知道。

天意从来高难测。

第十二章　疯癫

PS最终没有陪我回柳梢头，因为林哥哥不让，说那不是属于他的地方。

林哥哥坚持要我一个人，带他坐火车回去。

林哥哥在火车上，一直蜷缩在床，我躺在他旁边，把他的手握在手里，用尽所有的温柔将他包围，他睡了，眼皮却不停地跳。我紧紧抱着他，脑袋靠在他的脑袋上，耳朵对着他的耳朵。我们之间，心意连接了。他在心里说了那么多话。

蚂蚁。小尔，你不知道，我爱上了一只蚂蚁。

我心头有一只蚂蚁，时不时爬来爬去，我不知道该怎么掐死。

……我已经决定，必须要了结这一切。计划不能太明显，要在狭路相逢中完成……

农历三月二十二日，立夏。

它总是突然而至，吓我，诱惑我。它总是出现在我半梦半醒，时空不识之间。它总是不知从何而来，迅速窜到我面前……

我要战胜它，制服它，让它回到原来的地方。

它来自…………

不，不能放它回去。

要把它毁灭，埋葬，深埋土底。

我已经准备好了。

……

不，它没有错，我爱它。

可怜的蚂蚁，它始终没看清我的长相。有一天，我和它在河边散步。它突然对我说：我知道了，让我爬上你的发梢，然后看清你的脸好不好？我答应了。它向我的头发慢慢爬去，我耐心地等待着，对着流淌的河水，想象自己的脸。我想象的是，在蚂蚁眼里，我的脸会是什么样子。它爬得很费力，很努力。

努力就是忘记你在做什么，只是去做。

蚂蚁悄声对我说：亲爱的，把头抬一抬，我就快看到了。我抬起了头，那该死的抬头啊，早知道我就永远不抬……我的爱，脆弱的蚂蚁，掉进了河里。河水顿时汹涌起来，我向前追去。可是，它已经不知踪迹。我亲爱的蚂蚁，为了看我一眼，被河水带走了。我跳进河里，河水漫过我的腰际。没有用，我的蚂蚁找不到了。我把脸埋在河面上，随波逐流，想要听到它的呼唤。没有用，只有河水的汹涌……

就这样让我在河面上睡去吧。天马上黑下来，我被河水带到一片树林边。好冷，我湿漉漉地走进树林，寻找干柴，想要生火。

树林有一堆火在燃烧。我跌跌撞撞跑了过去，迫不及待地烤火，等身上暖和时，突然发现火堆旁坐着一头狼。我没有动弹，异常冷静，思索着一头狼怎么会坐到火堆旁。它在看着我，我看向它的后方，黑漆漆的夜。

“火是你生的吗？”我对视它，开口问。它还是看着我，面无表情，没有回答。我不再理它，继续烤火。“我在等你回来。”它突然开口说话。“为什么？”我终于吓了一跳。“我知道你会回来，现在你回来了，我该走了。”说完它便转身消失在树林里。我莫名其妙，想不清这缘由。

我想到头痛：我与一只蚂蚁恋爱，一只狼在等我回来。我回来，它又走了。

我这是在干什么呢？火堆燃尽，万念俱灰。

我要睡觉。

我躺倒在厚厚的梧桐叶上。

小尔，那天我约好晚上去看你的。可是我一躺下，就被树叶下的蛇缠绕住了，缠得我满身都是，紧得我快要窒息。我闭上眼睛，一动也不敢动，更不敢喊叫。就那样一动不动地躺着，感觉着蛇在身上游来游去，我不敢睁开眼睛看。我觉得自己快要死了的时候，那些蛇突然全都走了，一条都不在身上，就像老友告别一样，无声无息地走了……

我已经分不清这是他的心声，还是我的。我痴痴听了一夜。

车到站了，是清晨。我拉着林哥哥下车，他一直向车外张望，没有说话。一出站，天色一片朦胧，各种人像蜉蝣一样挤上前来，我听不清他们在说什么。他们拉拉扯扯，意思大概是要我们去坐他们的车，我抓不准他们的普通话。火车站广场很大，中间有一个高高耸立的崭新铜像，我只看见他的背面，不知道是谁。广场两边停满了公交车、出租车、中巴车，还有摩托车。中巴车差不多停到广场外去了，是直接去往各镇的，我问林哥哥："你还记得我们的镇吗？"他肯定地说："仙洞镇。"

我带他去坐开往仙洞镇的中巴车。林哥哥说："不，我要坐摩托车，去镇里要坐摩托车。"

我看向广场正面台阶底下的摩托车，它们停在一排公交车的对面，跨在车上的司机一个个面色漆黑，戴着黄色头盔，有的在打瞌睡，有的在东张西望，还有一个人很显眼，他在抠脚丫。离摩托车不远的第一级台阶处，有一排擦鞋人，他们坐在矮凳子上，与摩托车、公交车，形成三步梯形。这布局我似乎在哪里见过。我还没来得及多想，林哥哥已经朝那一排摩托车走去。我赶紧跟上。他刚走到擦鞋的台阶处，广场平地突然起了一阵骚乱。离林哥哥大约五米处，一棵树前，两个擦鞋人被一群手拿橡皮棍的混混围了起来，擦鞋的一个是中年妇女，一个是十二三岁的小孩，两人手上都还拿着刷子和擦布。我站在台阶上看得清楚，大概是争地盘了。摩托车队的人在混混外围围了一圈，场面一下大了起来。我把林哥哥拉回来，远远站在台阶上观望。林哥哥说："去叫摩托车啊。"我说："等等。"

围观的人陡然增多，我偏过头去看进口处的警察，他们似乎并不知道出口这边发生的事情。一个为首的混混对着圈内的两人训话，说的方言，我听不清也听不明，只见小孩扯长脖子顶了一句嘴，一个矮壮个上去就朝他脑袋敲了一橡皮棍。他抱着头蹲了下去，妇女号哭起来。那哭声非常大，还伴随着尖叫。我一转头，发现林哥哥也蹲了下去，是他在尖叫。有一部分人朝我们望来，发现没什么看头，又继续看擦鞋人去了。我蹲下去，问林哥哥怎么了，他说头痛。我抱住他："别叫了，我带你回家。"我帮他揉着太阳穴。他不叫了，一屁股坐在了台阶上，他说他想睡了。我索性也坐下，说："那你睡一会儿吧。"他把头埋在我的腿上，我环视了一下广场，不少人坐在台阶上抱着行李袋睡觉。他们对擦鞋的事不感兴趣。

擦鞋的女人还抱着那个小孩在号哭，小孩似乎昏过去了，没有动静。围观的摩托车散开了，又排成一线，无聊地等待顾客。那帮混混似乎也没了兴趣，把擦鞋人的小凳子和工具箱踩个稀巴烂后，朝进站口望了望，掉头走了。围观人群也散去，女人的声音越来越小，最后又只剩下了中巴车拉客人的陌生普通话："去哪里，去哪里……"

我低头看腿上的林哥哥，他眼睛微闭，似乎还有细微鼾声。

天色渐亮，呈现在我面前的，还是一个灰蒙蒙的城市，似乎被罩入了一个哈欠当中。视线正前方，一座高楼上挂的广告牌，破了一半，喷页耷拉下来，站着的半边白色喷页，脏兮兮地黄。我摇了摇林哥哥，说："走吧，我们回家了。"

他没有反应。

我再摇摇他，他还是没反应。

我扶起他的头，剧烈地摇他，他的头耷拉着。

我慌了，朝对面的摩托车招手："过来，过来！"

司机开始还不愿意，问："死的还是活的？死的就不拉了，大清早的，晦气。"

我没心情跟他生气，只连连说道："活的，活的。刚昏过去了，送我到最近的医院。"

司机看了一眼林哥哥，对我说："三十块。"

我点点头："快点。"

司机把车开到我面前。

我一只手抱着林哥哥，让他面对面趴在我肩上，另一只手紧抓住摩托车。最近的医院果然很近，出了广场左转弯一分钟，司机就在一堵脏兮兮的围墙下停车了，说医院门口就在前面五十米处，他不方便停到门口去。我弯腰背林哥哥，发现围墙底下写着一行字：枪支，迷药，×××××××××××（电话）。我不禁打了个冷战，这比办证什么的，刺激多了。林哥哥没有我想象的那么重，我一背起，眼泪忍不住掉下。

往前走，看见一个门诊，纯粹的私家门诊，难怪司机说不方便，他是怕我不给钱。大清早的，人还不少，进门的过道里，靠墙一排固定塑料椅，坐着不少要看外科的人，有个胳膊流血的，左手抬着右手，对着自己的手臂发呆；有个脱了鞋，双腿盘在椅子上，在那哼哼，不知怎么回事。还有几个看不出哪不对劲，就是一脸标准的病人苦相。椅子对面，是个隔出来的玻璃房，里面坐着一位穿白大褂的眼镜姑娘。我背着林哥哥一进门，眼镜姑娘就站起来说："这边，这边。"她朝玻璃房面临过道的门走去。我跟着往里走，有个男护士帮我接过林哥哥，上楼梯，我注意到楼梯下面有一扇标着"洗手间"的门，突然觉得有点内急。眼镜姑娘把我们领到二楼，二楼大厅里有几排固定塑料椅，几个面无表情的人在打吊针，他们都抬头看着一台电视，电视从天花板上吊下来，没有声音。我瞟了一眼，像是《动物世界》，一个小孩跟一条大蛇在水里玩耍。我不禁又打了个冷战。眼镜姑娘打开一扇病房的门，里面有两张床，她指着一张床说："把他放上去。"

我让男护士把林哥哥放到其中一张枕头看起来干净一点的床上，让他躺下，给他肚子盖上被子。眼镜姑娘说："先躺会儿，医生今天还没来，先让护士来给他看看。"

护士能看个什么？我刚想发火，突然觉得腹下一痛，真的很急了。来不及和眼睛姑娘啰唆，便赶去楼梯下那间标有"洗手间"的门前。

使劲一推，没想到是死门。这时眼镜姑娘也下楼了，她说："那间卫生间没用了，你到楼上去，楼梯口右拐。"

我又急又恼："不用了还写三个字放那干吗？"

眼镜姑娘白了我一眼："我怎么知道你要用？写那三个字就要能用？"

我没工夫跟她斗嘴，狼狈上楼，右拐。

上完厕所，洗了手，不急不缓地往回走。

走到几排塑料椅那里时，看到了林哥哥，他正在大厅里找我。见到我便很激动："叫你为什么不应？你带我来这种鬼地方干什么？"

看无声电视的人无声地转过头来看着我。

我镇定地回答："你是谁？我不认识你。"

看电视的人又转过头去看电视。

林哥哥狐疑地打量着我："你骗鬼啊？你一生出来我就认识你了，这会儿你不认识我了？"

看电视的人又转过头来看我，我奇怪他们为什么不看林哥哥。

我不敢肯定林哥哥是什么状态，四处看了一眼，没看到护士。便对着看电视的人问："护士呢？"

他们又掉过头去，电视上现在放的是一段广告。

林哥哥走近我身边："我知道你是柳小尔？"

我问林哥哥："你没事了？"

林哥哥反问："我能有什么事？有事这地方也治不好。走吧，我们快走。对了，我们要去哪啊？"

我带林哥哥下楼，去找眼镜护士。

眼镜护士不在玻璃窗里，过道里胳膊流血的，还在那里发呆，盘腿坐着的，哼一首好像很熟悉的曲子，是了，俄语的，只对旋律熟悉。我问他，戴眼镜的护士呢？他似乎听不懂我的话，看都没看我一眼，继续哼曲子。

林哥哥说："这些人哪来的啊。小尔，你等我一下，我去上个厕所咱就走。"

说完他便去楼梯下面写着"洗手间"的厕所。

我叫住他："那间不能用的，你去楼上，右拐。我在这里等你。"

林哥哥上去了。

我看了一眼门诊入口，一个医生模样的人走了进去。

我问眼镜姑娘："医生来了吗？"

眼镜姑娘看了我一眼："我看出来了，你们那大病，我们这小医院，治不了，去京城吧。"

我被噎住了。多说无益，唯有等待。

等得无聊，我上二楼，敲厕所的门，没有人应。

大厅里的人还仰着头在看电视，但眼睛里似乎什么也没看进去。

我张口想问，又把话咽了回去，跑去刚才的病房，推开门。

林哥哥在里面睡着了。

我长叹一声，在病床旁的椅子上坐下，注视着他。这个快四十岁的男人，这个我不知拿他怎么办的男人，他面色苍白，表情脆弱，他都快不知道自己是谁了，但他认识我，一直记得我的名字。

我拿出手机，拨给PS。

我："你在干吗？"

PS："晒太阳，读书。"

我："什么书？"

PS："《疯癫与文明》。"

我："林哥哥在医院睡着了，我不知道是自己疯了，还是他疯了。"

PS："我给你念一段书吧。"

我："你念。"

我听见PS在阳光下翻书的声音。他清清嗓子，开始念：

一天下午，我在那里默默地观望，尽量不听别人讲话。这时，这个国度里最古怪的一个人向我打招呼……

林哥哥突然坐起来，自顾自地说："小尔，奶奶死了。"

我赶紧挂了电话。

他像是解释："奶奶托梦给我，说她走了。"

我问："我奶奶？"

因为林哥哥没有奶奶。

他说："走吧，回柳梢头。"

他站起来就走，我急忙跟过去。

我的手机此时响了，是妈妈打来的，她说："奶奶去世了，回来吧。"

我在这个私家门诊打了最后一个冷战。

柳梢头四面环山，一条江从峡谷中间流过，形成一块狭长的小平地，平地全是水稻田。村傍北山而建，面朝南山，南山是逝去之人的住地，称坟山。东西两面山腰，都是梯土梯田。一棵高大古老的虬枝树，立在村口江边，枝叶已枯，但根尚健全。江面有一座桥，以前是木桥，桥下一个洞，现在是水泥桥，桥下三个洞，水流平缓。

我和林哥哥回到柳梢头。

全村只有一条江，所以那条江，就叫江。全村只有一座桥，所以那座桥，就叫桥。

村长和我母亲在江边桥上接我们。

远远便听见高音喇叭传来哀乐声。

棺材停在朝门口的晒谷场。

朝门不是一扇门，而是一条路，进村的路。

母亲已过耳顺之年好几年，但脸上还是有不平之色。

我与母亲五年未见，抱头呜咽。

村长安慰道："这是白喜事，不用太伤心。"

母亲拍拍我的背，脸上雨过天晴，说："是啊，人之生也柔弱，其死坚强。"

我一惊："妈，这是什么话？"

母亲白发苍苍，忽故作冲冠之怒："这是真言！"

我又是吓一跳："真言？"

村长笑着解释："最近你妈在抄《道德真经》。这句话是说，柔弱是生存之道。"

我不禁也笑了，母亲根本就是乱学乱用。

我转头问村长："林哥哥回来，你没有告诉乡亲们吧？"

村长脸色一冷。

母亲看了林哥哥一眼，转头问我："你不知道林迁已经被驱逐出柳梢头了吗？"

我一愣："那都是多少年前的事了？林妈妈都不在了，林哥哥都成博士了，你们怎么还记着呢？"

林哥哥脖子缩了缩，表情迷惘。

我用目光询问村长，村长没有看我，看了看桥下江水，说："进了朝门再说吧。"

村长带头往村中走。

母亲瞪着我："你不是说跟林迁没有关系了吗？"

我说：“啊，妈，再说吧。”

还未走到晒谷场，便见场口中央处，立了一道松柏扎成的青枝拱门，青枝间缀着白花，两边挂着一副白色对联。右联是：不留遗憾驾鹤去，左联是：长存思念悼灵来。横批：白喜事。

奶奶寿终正寝，享年九十八岁。这是没有悲伤的丧事。

所以，虽然哀乐弥漫，但人群中确实洋溢着一股喜悦之气。晒谷场的的男女老少（女和老占多数），都忙得井井有条。

这一切，对于我来说，熟悉又陌生。林哥哥的眼神，则完全是外来人。

晒谷场分成了三大部，伙食部、来宾部和吊唁部。各部都搭有临时塑料棚。

吊唁部在场中央，棚子里停放一具黑得发亮的厚木棺材，那里头是我亲爱的巫婆奶奶。棺材四角垫着砖头，下面燃着玉盏灯（小时候家中堂屋的神龛上，有一副对联：金炉火千年不断，玉盏灯万岁长明），玉盏灯里燃的是清油，一个女人在续油，三个和尚坐在棺材首位，中间的状态最轻松，看来是主事，他嘴里念念有词，但听不清一句。坐在他两边的小徒弟，一个敲铜锣，一个拉二胡，完全不成调，拉二胡的估计是在拉《苍蝇曲》，敲铜锣的，怕是《惊魂》。

棺材尾放有祭拜的草蒲团，两边是孝子孝孙回礼的地方，我带着林哥哥走了过去。来宾到来宾部报到，送上吊唁品（多为花圈和钞票）之后，便行至棺材尾行礼，长者鞠躬，幼者叩头。这些人我几乎都不认识了，只是伏在地上回礼。父亲不在了，村长为代子，本该由他回礼，但他年事已高，不便长跪，况且有许多杂事要操办，此时正在四处走动查看。

杂事最多的是伙食部，除了出葬那天，要大摆酒席外，还要准备停灵三天的伙食、行道场的特殊食品等，这些事事都得过问村长。母亲去会见亲友了，我看林哥哥光景，似乎云里雾里，怕他被烟熏着，便带着他上山去寻老屋。

村里水泥马路修到了村中间，一脸坚硬严肃。我带着林哥哥慢慢往上走。村是傍山而建的，但现在山上的房子寥寥落落，业已破败，新房都在向山脚平地扩展，水稻田已经快消失殆尽。

越往上走越寂静，村里的人现在都集中在山脚晒谷场，渐渐只有哀乐声萦绕在耳，办丧事的嘈杂声远去不闻。突然，一阵女人的笑声从山腰处一座瓦房中传来，我心下愕然，那里怎会还有人？

我朝那座瓦房走去，走着走着，想起，那瓦房似乎就是奶奶生前的住处。

瓦房结构简单，中间堂屋，左右厢房。笑声从厢房里传出。

一女尖音传来："听说村长的私生子跑生回来了呢，那个傻小尔还是屁颠屁颠跟着他。"

一女悄音接话："听说他喜欢男人，是不是啊？小尔是不是疯了？"

一女细音打断她们："你们搞错了，不是小尔疯了，是跑生疯了。"

一女粗音："你怎么知道的？"

女细音："我刚去续清油听人说的。"

女尖音：“这些年跑生在外头干吗呢？他妈死了他都没回来。”

一女缓音说：“你不知道，他是不想认村长做爹！当年烧了三座山就是为这事！”

女尖音：“哎哟，这我怎么不知道呢。”

女悄音：“你以为呢。哎，我再告诉你们一个爆炸性消息，我听说，巫婆奶奶是自己上吊的，用自己的裤腰带。”

女细音：“这个可乱说不得。”

女粗音：“你老是听说，听说，到底听谁说啦。死了的老太婆都有人造谣，我看你们是造孽呢。”

女缓音：“无风不起浪，你们呢，也不要闻风就是雨。这事啊，千万别再瞎传了，都快一百岁的老人了，去了是福气。”

众人一时无话，只听见簌簌响。

我走到门口，原来她们在扎纸花。房间里还放了不少成品花圈，应该是亲朋好友送的。

她们看见我，都愣了一下。一个胖妇人笑着说：“远道而来的客人是吧，这边是葬品部，要休息的话我带你去休息的地方。”

她是那个缓音女人，她没有认出我，我认得她，她是傻子的老婆。

我用自觉生分的普通话回答说：“不用了，我随便走走。”

她们听我说普通话，便都不作声了，胖妇人点点头。专心做手上的活。

扎的都是白纸花，绑在一个竹罩子上，看形状，竹罩是棺材罩。

我站着看她们扎纸花，但她们默不作声，并渐渐散发出一个气场，那气场中写着两个字：快走！

我被那气场推走，林哥哥早已自己进了旁边的西厢房。西厢房是奶奶的睡房，里面的东西都不见了。估计是拿去烧掉了，这是习俗。

山野的宁静与广阔，无与伦比，我莫名起了悲痛，扳正林哥哥的身子，想看看他的眼睛。然而，我什么也没有看到，那是一对黑洞。

第二天，奶奶的衣物全都火化，棺材也已经全部密封，她的全部痕迹，业已消灭。

我望着对面的坟山。

坟山里有一座新坟，花圈尚未凋谢，很白，很美，犹如盛开的白茶花。

当时，万籁俱寂，我觉得胸口生闷，喘不过气来。这种感觉，从十岁时就开始了，那一年，我第一次看见一个老人被装进棺材，棺材盖上，永恒的黑暗。后来，林哥哥离开，那黑暗，变成一个黑洞。是的，黑洞是从林哥哥离开的那一刻开始追随的。我知道它是什么。

但我不知道它从哪里来。就像这茫茫大山，永恒的沉寂。想不到的永恒，没有尽头的寂静。这种寂静沉沉把我压住，永恒让我窒息。未知的恐惧。天地玄黄，知已寂灭，混沌永远。

黑洞又来了，我看着它，像是看着一位老友。它圆而深邃，带着空穴之音，似是诉说密语。它怎么可能是老友，它要将我吞没，我要与之战斗。

“把它扎起来，用麻绳扎起来！”林哥哥突然在我耳边细语。

好办法。用麻绳把黑洞扎起来。

奶奶教过我搓麻绳的全部工序。把麻树砍回，从中折断，剥下麻皮，浸水一日，刮掉粗皮，精皮劈丝，丝抡成股，两股搓成绳。

野麻长在山顶荒芜的土地里，与野草同生，已多年无人问津，自由疯长。

我带林哥哥去看野麻地。

一阵风吹过，宽大的麻树叶翻过来，一片灰白色。山中寂静，初夏的生机却簌簌有声。眼见之处全是绿意，从前的小路已被青草覆盖，荆棘枝条肆意伸展。黄豆地、红薯地、花生地——之前在丛林中开辟出来的土地，又重新被灌木丛占回。对面前山左山右山的线条柔和，山底江边的稻田多数长上了一层蒿草。新砌房屋在草地上前进。

野麻地的坡下，一座废弃的瓦房露出了房梁，中间一圈瓦已经塌陷。我记得，这座房的房主曾是一个挖煤矿工，我还没离开柳梢头时，他便死在了矿下。风水先生认为这是屋场问题，女主人带着三个儿女搬了家，用微薄的抚恤金租了另一个村里的另一套瓦房居住，而这座他们自己的瓦房，在很多年前，已是牛屋。现在，牛也没有了。一棵梧桐树在塌陷处长出，这种梧桐树中心空洞，长势凶猛，比一般同类要高大。

当林哥哥开始徒手拔麻树的时候，我突然醒悟过来，我是被他催眠了吗？我叫停了他。但他双手在面前推来推去。

他突然问我：“你是不是要追杀我？”

我愕然：“我干吗要追杀你？你双手在面前推来推去是什么意思？”

林哥哥：“这个黑洞不是你故意招惹过来的？”

我：“没有黑洞。”

林哥哥：“我知道了，你追杀我是因为我没有跟你结婚。”

我：“这跟结婚有什么关系？”

林哥哥：“PS不是跟你结婚了吗？”

林哥哥的记忆混乱了。他突然抱住头，说痛，要晒太阳。又拉起我的手，让我摁住他的手腕处，嘴里喃喃说着神门穴，神门穴，然后昏了过去。

母亲诊断，林哥哥是丢魂了。等给奶奶出殡完毕，就帮他收魂。

第三天早晨，念罢祭文，时辰刚好，送葬队伍开始启程。

村长是代子，他为奶奶端黑白遗照，一个人面对棺材，被两个稍微强壮一点的大叔搀扶着倒退走，三步一小拜，九步一大拜。这是大孝礼。

村长也老了。供跪的草垫换成了皮垫，但并没减轻他的难度，站起来时，他明显有些吃力，需要手的帮助。

去往坟山的路不是崎岖小路，是宽阔的水泥路，为了绕开稻田，转了很多弯。虽然水泥路好走，但行葬队伍依旧行进缓慢，大家似乎都在享受着这种缓慢，似乎恨不能在走走停停中，把升起的太阳再一手摁下去。

鞭炮声，唢呐声，舞狮锣鼓声，所到之处，无不鸡飞狗跳，声声有效。这是一次人气盛会，悲伤中带着死亡的狂欢，奇妙的嘉年华。

我带着林哥哥走在喜气洋洋的送葬队伍里，送葬人头上白色的长条包头巾拖在他们脑后，在烟雾缭绕中扬起又落下，让大家看起来像在跳舞一样。

香线燃烧在空气中，我记得这味道，是奶奶自制的香线。

童年的夏天，她带我上山，捋一把又一把的香叶，回来放在石磨里捣碎，加上米汤水，然后在木签上捻成一条一条细长的香线，最后放在米筛里晒干。

每年农历二月十九日，是观音菩萨的生日，那一整月，奶奶都很温柔。对菩萨虔诚恭敬，对我轻言细语。我想念二月里的奶奶，非常想念。

棺材终于进了坟山。

高高低低的土堆与石碑是柳梢头的历史，大家这时表情凝重了。棺材已经停放在墓坑边，底下垫着木块，准备下葬。送葬队伍围在棺材边，看道士、锣鼓队、舞狮队、鞭炮队、花圈队做最后的热闹。坟山里人影舞动，响声四起。

林哥哥死死盯着墓坑，顺着他的目光，我也朝墓坑望去。

墓口呈梯形，头宽约三尺，尾宽约四尺，深，约六尺，没见底。按照柳梢头的习俗，棺材下葬前，女儿或媳妇要先滚坟，才能下棺。滚坟就是下到墓坑里去打几个滚，哭喊几分钟。女人被人拉着，慢慢放到坟坑底下，躺倒，大哭着翻滚几回，即可被拉上来。这样做的意思一为表孝心，表示不忍亲人下葬，二是让坟阴阳通气，滋养后人。

因为母亲年事已高，村长早已安排好村里的一个哭坟专业户来滚坟，是一个身体壮实的青年女人，傻子的二妹。

最后的热闹完毕后，傻子二妹站在坟坑前大哭几声，接着两个强壮男人便拉住她的手，准备把她放下去。

这时我紧拉着林哥哥的手，离坟坑后退几步，不敢让他靠得太近。

但就是这个时候，林哥哥猛地反拉我的手，向前冲出几步，一个跳跃，把我一起带进了坑底，滚坟的二妹还在顶上没下去，所有人都还没反应过来。

掉下去时，他先着底，我压在了他身上。

上面一阵骚乱，墓坑的光线顿时被遮住。黑暗中，我似乎听见林哥哥说：“好了。”

我们被七手八脚地拉上去时，林哥哥面色红润，一脸笑嘻嘻。乡亲们议论纷纷，说我和林哥哥好孝心，特别是林哥哥，表面上痴呆了，实际心里还是明白的，他这是要报答奶奶呢……还说林哥哥从小就跟我最要好，是个好女婿……（说得我一脑袋糨糊）……他们就是没说要把崴了脚的林哥哥送医院，而是直接安排把林哥哥送回村，由母亲主持给他收魂。

奶奶一手收魂大法，全都教授给了母亲。

小时候，我见过奶奶行法。

人有三魂七魄，大概数量太多，很容易走丢，一走丢，人的精神就会出问题，所以，要收魂。

收魂前，要准备一碗水，一升米，一只小酒盅，一块手帕，一把剪刀，一黑一白两条棉线。

母亲从怀里掏出了一副牛角卦。那是奶奶的遗物。

母亲对坐在凳子上的林哥哥说："从现在开始，不许再说话。"

她把米倒满酒盅，用手帕紧紧包裹，抓住手帕的四角，把酒盅倒过来。

对那碗水哈一口气，对包裹的米哈一口气。咒语开始了。

她用酒盅对着坐在椅子上的林哥哥，在他头上绕圈，学着奶奶的口音开始念："王母娘娘、天仙地仙水仙三座仙娘……弟子不才……请指示弟子林迁的魂丢在了那条路上……弟子将加倍供应……香火不断……接旨！"

我不知道母亲是否学会了所有的咒语，但奶奶从前念清楚过的地方，她就念清楚，奶奶从前嗡嗡嗡而过的地方，她也嗡嗡嗡而过。林哥哥闭着眼睛，不知道有没有在听。

念完咒语，母亲便小心翼翼地打开手帕，米粒的形状将告诉他林哥哥的魂丢在了哪里，它在去往哪条路上，或是附在了什么身上。如果还在路上，就很好找回，如果是附在了某个东西身上，则要请示很多神，打上很多卦才能收回。

打卦是一个有趣的环节，因为那似乎可以和诸神讨价还价。阴卦不行，阳卦也不行，一定要打上阴阳卦才算数，可以一遍又一遍地打，一遍又一遍地地讨价还价。

但最难的，是观看米粒的形状。这是从一种具体看出另一种具体，真的很难。我曾经跟着奶奶看过很多次，但只有她讲解时，我才明白正确答案，这跟学校的考试几乎神似。

我看着母亲手里的那一酒盅米粒，看来看去，越看越觉得它们只是一杯米粒。

林哥哥突然睁开了眼睛，他一抬手，打翻了母亲手中的米粒。

完了完了。母亲在叹气："这是老天爷的意思，你的魂，再也找不回来了。那棉线，也不用搓，不用戴了，留不住了，留不住了……"

搓棉线是最后的程序，是在跟诸神讨价还价找回魂后，用黑白麻线搓成一股，戴在脖子和四肢上，免得魂再跑走，一直戴到它们自然断掉。

林哥哥突然抱住了我，说："小尔，我累了，我的魂，就由它去吧。"

我的眼泪流了下来，但我并没有想哭。

我问母亲："他的魂在哪里？"

母亲说："在虬枝树下。"

第十三章　长生

林哥哥死于肝脏衰竭。

他在虬枝树下，跟我讲了最后一个长生的故事。我问他，故事是哪里来的，他说，偶然得来的。

从前有一个女人，带着妹妹和女儿住在山里，家里没有男人，她每天上山采果打柴，妹妹则在家里喂鸡养鸭，鸡鸭长大，便挑到山下的孟庄去卖。

有一天傍晚，山中出现一名道士，道士对女人说："明天这个时辰，你在这里等我。"女人看了他一眼，没有应声。

第二天傍晚，女人正要走时，道士又出现了，说："你果然如约而至，来，我带你去一个地方。"

女人："我虽然是个寡妇，但也是良家妇女，我怎么会随随便便跟男人走？"

道士："我不是男人，我是道士。"

女人："得了吧，你以为我不知道你们采阴补阳那一套。"

道士吓了一跳。

道士："……如果你知道，你应该很清楚，我不会找你这样高大又急躁的女人……实际上，我的修炼已经对着日月完成了。"

女人："你是说自己已经成仙了？"

道士："正是。"

女人："那你找我干什么？"

道士："你光知有采阴补阳，不知有采阳补阴吗？"

女人："我没有那闲工夫。你让开，我要回家了。"

道士："我跟你开玩笑的。喂，你到底想不想成仙啊？"

女人："我无德无能，怎么能成仙？再说了，有女仙人吗？不要跟我说何仙姑，那是瞎扯。"

道士："除了何仙姑，你是第二个。"

两人瞎聊了半天，最终女人还是跟着道士去了。道士带她进了一个岩洞。岩洞里什么也没有。

道士说："你要成仙，就一个条件，明天回去，把你妹妹和女儿杀了。完后你到这洞里来，想上三天，就能成。"

女人："我跟你有仇吗？"

道士："没有。"

女人："我那死了的老公跟你有仇吗？"

道士："没有。你们家谁也跟我没仇。"

女人："那你是拿我逗乐吗？"

道士长叹一声："唉，我有苦衷的。我们每年要完成一个成仙指标，是随机选取的，这一年就快到头了，我不幸选到了你。你只能选择速成法。"

女人："我看你不是什么仙人，根本就是个疯子。我是鬼迷心窍才跟你来这破洞的。"

女人说完便走了，道士跟在她后面，说："你还有三天时间考虑。"

女人扬起柴刀作势要砍道士，道士才没再跟了。

第二天，第三天，道士都没再出现，女人决定将此事忘了。到第四天，女人坐在山中石头上休息，忽地想起这件事，不禁感叹：世界上竟然有这样的疯子。外面世界到底变成什么样子了？

这时，石块底下也传来一声叹息，女人低头一看，一条蛇从石块底下钻了出来。蛇说："那个道士是在帮你妹妹和女儿，你这个蠢女人竟然不知道。"

女人大为惊讶："蛇都能讲话了，我这是在做梦吗？"

蛇："做梦也好啊，外面的孟庄早就变成梦庄，梦也能到那里去卖了。但是，你的梦也值不了几个钱。"

女人："你为什么帮着那个道士说话？你们是传说中的妖魔鬼怪吗？"

蛇："我只是听不得女人叹气而已。你这个蠢女人，你心里觉得成仙是件好事，才舍不得杀你妹妹和女儿。"

女人："成仙不是好事难道还是坏事？杀人才是坏事。你口口声声说我蠢，你有什么聪明的？"

蛇："你跟我来，我给你看两样东西。"

女人："你怎么跟道士一个德性？不去。"

蛇："我可没道士那么有耐心。你不去就不知道成仙是什么了。"

女人："去哪里？"

蛇："那边。"

蛇带女人来到一处乱石堆，乱石堆里有两棵树，长得张牙舞爪，面目可憎。

蛇："那里是两棵果树。"

女人："乱说，我从来没见那两棵树结过果子。"

蛇："那是因为果子太小，你看不到。那两棵树的果子，一个吃了可以让你变聪明，一个吃了可以让你长生不老。"

女人："那个道士吃了？"

蛇："我是守护这两棵树的，谁也不准吃。"

女人："那你带我来是什么意思？"

蛇："你不是以为成仙就是长生不老吗？"

女人："难道不是吗？"

蛇："成仙是可以长生不老，但如果成仙是为了长生不老，大家大可以来这里抢果子吃。"

女人："我发现跟你说话真费劲，你有屁快放好吧。"

蛇："蛇是不放屁的。我可以讲话快一点。道士要你杀了妹妹和女儿，实际上是为她们好。因为她们是被杀，冤死，下辈子就可以投个好胎。而照你们现在的情况，万一饿死或蠢死，表示没能力做人，下辈子就得做牛做马。"

女人："什么叫蠢死？等下我就抽死你。"

蛇："你听清楚我说话的重点没？女人真是比蛇还难缠。"

女人扬起柴刀："这就是你的重点？"

蛇："好吧，我直说吧，那道士要你成仙，实际就是要你一个人承担苦难。你懂了吗？”

女人：“那你歪七歪八说那么多干吗？我承担的苦难还不够多吗？我现在每天就在做牛做马！难道我还要真做个畜生，把自己唯一的两个亲人给杀了吗？那我要成那个狗屁仙干什么？少在这里跟我说鬼话！这梦我不想做了，醒来，醒来！”

女人果真醒来了，妹妹和女儿在身旁，一脸奇怪地看着她。

她想把梦讲给她们听，欲言又止。她起床看了看天色，妹妹问：“什么时辰了？”

她说：“丑时了。”

妹妹：“那该起了。”

女儿说：“我也该起了。”

她们每天都得早早起床。女人说：“别急，你们听听我的梦。”

女人便把梦跟妹妹与女儿讲了。

妹妹听完，二话不说，从门外拿起一把斧头，回屋便把女儿给劈了。又朝女人走去，要劈女人。女人急了，躲过去，伸手抢了斧头，顺手一不小心把妹妹给劈了。

女人发了疯，拿着斧头冲上山找道士，就在她走进岩洞那一刻，电闪雷鸣，她放下了斧头，成仙了。

故事就是这样。这样一个破绽百出的故事，我却一直没忘记。

那个妹妹最让我感兴趣，故事没有讲她，但正是她让故事突然转折，是她顿悟般把女儿给劈了，然后应该是顺水推舟般地让姐姐劈了自己。她是对鸡和鸭厌烦了吗？她没想过成仙吗？她还想投胎做人？

林哥哥回答说：“做不出那样的事，便猜不到那样的心。多情也许不能长生，无情才能。”

天边涌来一团淡青色烟云，毛毛细雨飘落下来。

每年的这个时候都会下雨。雨后，山更青，水更静，天边会有虹。

如果林哥哥不要求回京城，那他的死，会是另外一番光景，一番我在脑海里想象过无数次的光景：

彼时，雨后，我和林哥哥在江边桥头，林哥哥的头枕在我的腿上，我曲腿坐在青石上，面对远处的山。

烟波澹澹，山水安闲。岁月深处，隐约传来我和他少年时吟唱的歌声。歌声清脆，稚嫩如新，似那亘古江水流来。

天地悠悠，过客匆匆，潮起又潮落。
恩恩怨怨，生死白头，几人能看透。
红尘呀滚滚，痴痴呀情深，聚散终有时。
留一半清醒留一半醉，至少梦里有你追随。
我拿青春赌明天，你用真情换此生。
岁月不知人间多少的忧伤，何不潇洒走一回。

茕茕人去，恋恋歌旧。
歌声断断续续，名字和面孔，就要忘记。
那圆圆的红，是太阳即将落下，还是即将升起？

就在这时，林哥哥放了一个长长的响屁，似乎负担顿时泄尽，身体轻盈了起来。

他说："我要死啦，小尔。"

我没回答，过了一会儿，笑了。

林哥哥问："笑什么？"

我说："我想起一个故事。从前有个贵族女人，快死的时候，放了一个响屁。当时守在床边的，有一个她豢养的哲学家，听到屁声后便说：'啊，以一声啼哭开始，以一个响屁结束，多好的一生啊。'"

林哥哥想笑，但他没有力气了。

我笑得左边眼角渗下一滴泪来，自己都没有觉察到。

林哥哥用手接住那滴泪，泪珠晶莹剔透，白光闪灭。

此时，江面上忽地跃出一条大鱼，大鱼回身展翅，化成一只大鸟，向那天边的虹飞去。

【完】

2015年8月30日星期日

于北京市西城区关岳庙墙外铁影壁胡同

离骚乐园

第一章　鼓楼之歌

1.

你在渴望些什么？

与第三任男友分手后，小尔问自己这个问题。可一直答不上来，她感到胸闷气慌。每天早上醒来，都像是从另一个世界回来，又得重新面对这个问题。

2016年6月16日，父亲节前三天，星期四上午十点，小尔在站浑圆桩，想要使气在体内贯通。她练习孙式太极拳大半年了，太极拳能让她泄掉体内的郁气。

小尔的父亲得了神经性疱疹后遗神经痛，彻夜长痛。医生说只有脾气暴躁的人才会得这种病。有一种止痛药很好，可吃多了会让人傻掉。选择痛还是傻？父亲选择了痛，用针灸加中药进行治疗。

浑圆桩站了半个小时后，小尔感觉自己成为一棵长在土里的树，枝条环抱一个虚空的圆。师父说，你要想象手里抱了一个氢气球，它要往上升，你要拉住它，同时，它还在不断地涨大。意念，用意念，意念一定要坚定，要强大，一切都依靠意念。

与第三任男友分手时，她用尽意念对他说：我想做一棵没有枝丫的树。

男友信了。

男友是个人类学家，《菊与刀》的作者也是人类学家，她提到中国有乐感文化、西方有罪感文化以及日本有耻感文化。小尔的男友在此基础上提出了全人类的“病感文化”，即人人都有病。小尔这种行为，以男友来看，就是病感文化的一部分：知道自己有病，还不想治。

男友像哥们一样拍拍小尔的肩膀：保重。之后迅速消失，成为前男友。

你到底在渴望些什么？

也许是个孩子。小尔试着回答。可是，现在没钱也没丈夫，怎么办？

她去南锣鼓巷买了一条两个月大的小狗，要价四百，砍到四十。小狗爱眯眼看人，如乜如醉，得名小醉。

彼时，小尔独自带着小醉住在鼓楼大街，初恋林迁和第一任男友PS都在京城，三人互不联系。

鼓楼大街在东城和西城的分界线上，街边杵着两幢古董建筑，胖的是鼓楼，瘦的是钟楼，各自被红墙圈着，中间卡一个水泥广场，周边聚拢着咖啡馆和饭店，如果俯瞰，聚集之物像鞋子上的泥巴一样，应该被刮掉。

当过京城的地方，都有鼓楼。在远古时期，鼓被尊为通天神器。而现在，它至多算个宅货，关在楼里，不鸣不响，死物。

清代划每夜为五节，从晚上七点开始，每两个小时为一更，依次为：初更、二更、三更、四更、五更，早上五点到七点，为亮更。初更和亮更，先击鼓，后撞钟。二更至五更则只撞钟不击鼓。击钟鼓时先快击十八响，再慢击十八响，快慢相间计六次，共一百零八响。

失眠的人有数可数，从这一点来看，古时的城比较慈悲。

小尔没分手时有个坏习惯，晚上和男友吵了架，便揣一把水果刀出门，直奔鼓楼墙底下，挖墙角。她想挖到那堵墙有了狗洞时，就和男友分手。幸亏提前分手，保住了一堵墙。

有一天深夜，小尔从别处打车回，经过鼓楼围墙外。

司机："你不觉得这里阴森森吗？我每次经过都感觉不舒服。"

小尔："那你经过故宫舒服吗？"

司机："那地方我从来都是绕着走。"

此司机的第六感异于常人。小尔要求下了车。

她不自觉来到自己挖过的墙角下，狗洞未成，心有戚戚。

鼓楼正面有一扇门，从来没开过。里头有两棵柿子树，一公一母，一到深秋就异常风骚。小尔转到了正门前。是夜，这扇从未打开的门忽然开了。

小尔："你怎么开了？"

门："我乃情窦初开。"

小尔："瞎扯。那你通往哪里？"

门："深渊。"

小尔："能耐啊。不如击个鼓来听？"

没有答。

小尔："撞个钟也行。"

门："滚。"

2.

十个月后，小尔在鼓楼的安静医院找到了林迁，他被断定为癔症性多重人格患者，可以不用住监狱。

小尔问医生："他犯了什么罪？"

医生："聚众淫乱。"

林迁："我没有，那是行为艺术，我只是想让这座城市再敏感些、滋润些。"

医生："那你知道她为什么来看你吗？"

林迁："她是我分裂出来的人格。"

小尔问医生："现在人格分裂可以传染了吗？为什么医院里这么多患者？"

医生："你该庆幸他没有坐牢。"

林迁："小尔，你是我分裂出来的对不对？"

小尔："对，我是你的分裂，全世界都是你的分裂。你还记不记得，我送过你一个万花筒？"

林迁："不是我送给你的吗？"

小尔："不重要了。听我说，你现在的脑袋就是个万花筒，全世界都是你的分裂。所以，无所谓了，别担心。"

林迁："那你看到我的行为艺术了吗？"

小尔："不然你以为我怎么找到你的？"

林迁："我就知道你能找到。那是我故意留给你的密码。"

小尔："瞎说，是医院给我打的电话。"

林迁："他们怎么知道你的号码？"

小尔："我破译了你的密码。"

林迁："你把我弄糊涂了。"

小尔："没关系。"

林迁："我是不是要死了？"

小尔："神经病。"

林迁："我死了，有一笔遗产想要给你。"

小尔："什么遗产？"

林迁："等到时候再说。"

林迁倒头睡了。

小尔叹了一口气。

要是从前，林迁一定会问："怎么又叹气了？"

小尔也会答："我只是心中有些虚弱。"

3.

在去往山西平遥的高铁上，看到"不要走"三个字，小尔突然崩溃，止不住流下许多眼泪。她有些厌恶自己，可停不住，泪腺此刻已经脱离了神经控制。旁边的女人递给她湿纸巾。

平息下来，小尔问女人："你考虑过人生的结构问题吗？"

女人："你指什么？"

小尔："比如结婚这种事。"

女人："我二十岁不小心怀孕，结了婚，现在儿子十岁。"

小尔沉默了。

女人无声一笑，接着说："顺其自然就好。两年前，我离了婚。"

小尔感激女人的一念之善，没有把天聊死。

小尔："我想砍断人生所有的枝丫，一个人走到底。"

女人露齿笑了："你这么说，让我想到一支箭。"

小尔也笑了："一支箭？"

女人："你想射向哪里？"

小尔："这我倒是没想过。"

女人再笑。

过了一会儿，小尔回答："离骚乐园。"

女人："什么？"

小尔："箭，射向离骚乐园。"

女人："那是哪里？"

小尔："我也不知道，只是有人跟我提起过，说是他心中最好的地方。"

女人掩饰住讶异。

女人："你是做什么职业的？"

小尔："朗读师。"

女人："嗯？具体做什么？"

小尔："上门为人朗读他们喜欢的书。"

女人："哦。还是第一次听说。"

小尔："在家政网站里可以注册。你有喜欢的书吗？"

女人："一时还真想不起来。"

小尔："没关系。"

女人退到了陌生人的界线，结束了谈话。为避免尴尬，女人佯睡。直到下车，两人没有再说过话。

4.

从平遥回来，小尔一个人在电影资料馆看了一场电影：*Youth*（《年轻气盛》），讲述两个老头在疗养院度过最后时光的故事。

里头有一首主题曲名为*Simple Song 3*（《简单歌3号》），是故事中音乐家老头曾陷入爱河时写给女高音家妻子的一首歌曲，听起来的感觉可以描述如下：

简单重复，简单重复，简单重复，短而快。

深情吟唱，深情吟唱，深情吟唱，慢而长。

低沉，低沉，高亢，高亢，高调而轰鸣。

高调而轰鸣，高调吟唱，高调吟唱。

最低音，轻细长。

欢快尖锐，欢快尖锐，欢快尖锐，尾部拉长。

咏叹，咏叹，咏叹，尾音。

尖而细的结束音。

戛然而止。

第二章　地坛深渊

1.

从鼓楼正门到地坛西门，步行二点四公里，穿越鼓楼东大街，左转至安定门内大街，直行过安定门，经安定门外大街，三十分钟，见地坛牌坊。

PS住在地坛西门牌坊对面的小区里。外面光鲜，内里楼道可见水泥墙壁中裸露出钢筋。楼梯七转八拐，极其阴暗。房间多角，风水差。

安定门护城河的西河沿，有一排拆迁的房子。“拆”字写上了三五年，新旧叠加，却怎么也赶不走死赖的住户。停水断电砸窗都难不倒他们，只是周边的商家饭店都倒了。PS本来想到西河沿去住拆迁房，可舍不得他的合租邻居。

十二平方米的卧室住着一对小情侣，五平方米的储物间住着一对小夫妻，PS住客厅隔断间，十平方米。还有五平方米是公共餐厅。对于PS这种意淫狂来说，客厅隔断间最大的好处是：不隔音。小情侣的打情骂俏，小夫妻的舞枪弄棒，尽收耳底。

床头这边是小情侣。

床尾那边是小夫妻，年龄比小情侣还小。妻是美容师，夫是装修工。装修工配美容师、装修工配保姆、装修工配饭店服务员，都是这个城市的底层夫妻标配。他们租房，多小都能住。五平方米的储物间，一张床，一部电视，满了。

他们的对话，总是夹杂在电视声里。

电视："低保户长期贷款限额是八十万，你们没有收入证明，最多贷六十万。"

夫："学什么钢琴，吃饱饭就行了。"

妻："就你农民，我女儿以后不要做农民！"

电视："你还是找房主商量，或者找熟人借钱吧。我帮不了你。"

夫："我将来能供她上大学就了不起了，你不要进城三天就以为自己是城里人了。把那玩意儿给我脱了，看着就想吐。"

妻："你懂个屁！这叫塑身衣好吧？我们店长特意奖励我的，看看，是不是更挺，更翘了？"

电视："也有可能是经过反复打击造成的，看不出原来是什么形状。"

夫："你脱不脱？"

妻："你管我！"

夫："我还管不了你了？"

一阵动手厮打。

夫："娘的，这还是个开裆裤？行了，别脱了。"

一阵类似打斗声，电视声掩盖不了。还有木头床撞击墙壁的声音，三合板特属。

听到这里，PS也该过自己的性生活了。他的性生活也是有规律的，一般是周六早上和晚上。现在是周六傍晚，他耐不住提前打开了电脑里的"慎用"文件夹。

2.

距离地坛三公里以外的西海附近，一幢灰色别墅里，小尔正在为一个老头进行朗读服务。这是她第三次上门，每次老头都是从大书房的整壁书架上抽出一本书，翻开一页，说："从这行开始。"

小尔接过书。老头七十多岁了，坐在大软皮摇摇椅里，夕阳的光线从窗帘缝隙穿进来，停在摇摇椅的踏脚板前，有一股杀气。小尔坐到老头旁边的矮脚凳上，如同并肩作战。她看了一眼光线里的灰尘，开始朗读。

老头的眼皮微微颤动，似闭未闭。小尔感觉自己的声音窜上头顶百会穴，又引进一股寒气，途径乳中穴，窜进了肚脐眼。她坐正，把尾椎松掉，腹部鼓起，把寒气从下体送出。做这些动作的时候，她忘了自己在读什么，好一会儿，才回到对文字的理解中去。

她读得很慢，尽量不带感情。

内容来自普鲁斯特的《驳圣伯夫：一天上午的回忆》，关于写作的探讨。普鲁斯特认为写作应该抛弃智力，深入到内心，让过去生命的瞬间一一复活，这才是最真实的，最富有诗意的，没有撒谎的。他甚至在这本书里复活了某个上午手淫的时刻，他描述了自己感受到的兴奋与永恒，眼前出现的玫瑰色、朱红色以及黑色。

读到这一段的末尾，小尔才知道普鲁斯特在描写手淫，她有些恼怒，这个老头什么意思？他是变态吗？

但老头未等小尔发作，便及时出声了。

老头："就到这里。"

小尔合上书。朗读时间是一个小时，还没结束。她决定不对朗读的内容做评价，猜测客户内心的瞬间变幻太累人，况且她有把握这个老头恐怕连意淫都不行了。

老头："陪我聊会儿天吧。"

小尔："我不擅长聊天。"

老头："聊天的秘诀是保持兴趣。"

小尔："噢。我现在对什么都没兴趣。"

老头："念头和情绪都是谎言，只有智力才能拆穿这些谎言。刚才读的那一段，你有没有觉得被冒犯？"

小尔："从服务的角度来讲，我可以控制我的感觉。"

老头："你知道我为什么挑你来帮我朗读吗？"

小尔："我的推荐人很可靠。"

老头："不，他根本不靠谱，但他说你不想结婚，想写一些东西。听起来很自负，我喜欢跟自负的人打交道。"

小尔："我不自负，我只是有点绝望。"

老头："你知道婚姻的秘诀是什么吗？"

小尔："我没打算结婚。"

老头："果然不会聊天。再给你一次机会。"

小尔："婚姻的秘诀是什么？"

老头："马尔克斯在《霍乱时期的爱情》里说，社交的关键是控制恐惧，婚姻的关键是控制厌恶。可这还不是秘诀。秘诀他是在一开始悄悄透露的。写得很隐蔽，一般人不会注意到。"

小尔："你为什么注意到了？"

老头："我需要长话短说吗？"

小尔："没事，我们还有时间。"

老头看了小尔一眼，笑了："你现在有兴趣了？"

角落里的那条老迈的黑色斗牛犬站了起来，看了一眼小尔和老头，沉稳地走出了书房。

老头看着狗走出去，小尔没有回答。过了一会儿，老头才说道："秘诀是，丈夫一定要坐在马桶上撒尿。"

小尔盯着老头看。

老头得意："想不到吧？小说里的那位医生，直到撒不准时才坐下来，为时已晚啊。所以，他偷情时被老婆抓到了。我跟你说，我结婚第一年开始，就坐在马桶上撒尿。"

小尔："所以你偷情没有被老婆抓到？"

老头："你没明白，这表示我体贴她，她不用为四溅的尿液烦恼，我不用为她的烦恼而烦恼。这才是关键。"

小尔："所以她比你先去世？"

老头责怪地看了小尔一眼："聊天最忌讳的是太直接，这样会聊不下去。你的意思我明白，但我不怪你，因为你还没结过婚。"

小尔："那个黑白相框里是她吗？"

老头："她还活着。"

小尔："那她人呢？"

老头："跟你聊天很愉快，我们下次继续。"

老头闭上了眼睛，宣告聊天结束。

小尔把书放回书架，帮老头拉了拉身上的薄毯子。夕阳已经完全下去了。

小尔关上书房的门，看了一眼书架。普鲁斯特的旁边，是柏拉图的《会饮篇》。《会饮篇》通篇都在谈论爱，但没有提到过婚姻。

约了人，小尔去坐二号线。所有地铁通道，她最喜欢二号线的味道，风吹来时，湿度刚刚好。作为南方人，有时她对这种湿度的渴望犹如缺氧，会用鼻子深深嗅寻，闻到了便狠命呼吸几大口，等待气息平缓下来。她会故意错过两到三趟车，就是为了在站台上多吸几口这种来自地下的湿味。

之后她相继发现了八号线、十四号线的湿度也不错，但最好的，还是二号线。二号线是所有地铁中挖得最浅的，泥土味道最正，站台也宽阔，人又少。她爱二号线。本来她的幸运数字是四、六、九，现在，她又加上了二。

此刻，小尔在站台边，靠着大石柱，深吸浅呼，有一瞬间，她停止了胡思乱想，头脑里什么也没有复活，完全的停止。这是脑袋里的软件停止运行，有人修行多年才能做到。地底下的瘾性呼吸，能不能纳入离骚乐园？小尔控制不了多久，脑袋又开始活跃。二号线的湿度掩盖了雾霾的存在，她的鼻孔识别出雨后泥土的气息。有时，为了得到这种气息，她会去嗅淋浴间的下水道。自从来到京城，她便有了这种瘾。

雨后泥土的气息，她蹲了下去，一股寒流从脊背直窜脑顶。她想起家乡的岩洞，站在岩洞前的那一瞬间复活了：阳光浓烈，青草迷漫，黑黢黢的洞里，传来远古泥土的气息，来，来，来，似乎有邀请，诱惑人前进。那阴凉，清透，幽惑的气息，夹带着她始终也无法破解的密码。那到底是一种什么诱惑？

你到底在渴望些什么？明知前路黑暗，为什么还是不停下来？

3.

地坛公园里的每一棵银杏树都有认领者，树上挂着他们的名字。每过几十年，名字就会换掉。树会怎么想？流水的人名铁打的树？

周一上午没生意，PS无聊，买了蒙古大肉串，边啃边进地坛瞎逛。看着那些有名字的银杏树，他有些发愣。树却怡然自得，风吹来，此起彼伏而应，映衬出PS的无聊。PS感觉到树叶的不怀好意，走开了。

养生园外，有一处不开放的园子，PS在那园子墙外静坐。远处一票老戏友在唱昆曲：

没乱里春情难遣，蓦地里怀人幽怨……甚良缘，把青春抛得远！俺的睡情谁见？……

《牡丹亭》配养生园，PS啃完了肉串，坐得更远一些。只剩下鸦叫和蝉鸣，PS昏昏欲睡。不注意间，长凳的一头，忽然多了一个婀娜的女人。PS惊醒，还以为自己在梦中。那女人正走神想心事，并没有注意到另一头的青年男子PS。

PS盯着女人看，女人脖颈细长，有两圈纹路，年龄在三十五岁以上。女人眉头紧锁，失魂落魄，正是需要人安慰的好时机。

PS继续盯着女人，女人依旧未察觉。女人深深的沉思感染了PS，他想起大学时代和小尔去看过的一出话剧。讲一个想死的男人，走进公园里，坐到一条长凳上，他不断挑衅坐在另一头的一个矮个子男人。矮个子男人本是善良的，但最后，他愤怒地杀死了那个想死的男人，中了想死男人的圈套。

PS想：要是这个悲伤的女人向我挑衅，我该怎么办？

她的样子好想死啊。

这时，女人站起来走了。从后面看，女人体态丰腴，大屁股在长裙下自由摆动，释放着天性。PS密切关注着女人的背影，女人忽然倒下了。

PS愣了一会儿，才向女人跑过去。

PS把女人送到了附近的地坛医院，女人醒来时，问PS："我怎么了？"

PS："你没怎么，只是太累了，需要休息。"

女人突然哭了，PS万分不解，难道她以为自己得了绝症？

女人："从来没有人这么直接地告诉过我，包括医生。他们说了一堆废话，却从来没有对我说我只是太累了。"

PS暗暗猜测女人的职业。

PS："除了太累，我认为你还需要锻炼，最好开始每天跑步，增强免疫能力。"

女人："你是上天派来拯救我的。"

PS忍住笑："你信老天爷？"

女人严肃地点点头。

一周后，女人坚持要请PS吃饭，把他带到了京城最好的意大利餐厅。打开菜单看到标价时，PS有了要被女人包养的警觉。他只敢点了一份肉酱宽面。女人帮他加了牛排、西班牙火腿和水牛奶酪，还开了一瓶红酒。

PS猜测女人的职业和年龄。他看着女人保养良好的面孔，四十五岁？

女人："你是做什么行业的？"

PS："噢，做点小生意。"

女人："什么小生意？"

PS："什么好卖卖什么。"

说完感觉有点不对，又加了一句："我喜欢在大街上游荡。"

感觉更不对了。又加：“以前卖碟比较多。”

女人：“算我们有缘，我是做影视行业的。”

PS：“制片人？”

女人：“嗯，我自己开公司。最近压力比较大，让你见笑了。”

PS：“嗯，影视行业的人都不太注意身体，你得多注意一点。”

女人忽然深情地注视着PS，PS不自在，赶紧喝酒。

女人：“平时喜欢喝红酒吗？”

PS：“嘿嘿，还行。你那天为什么去地坛？”

女人低头沉吟。

女人抬头：“你见到我的时候，我刚跟前夫吵完架。就在地坛牌坊下面吵的。不自觉就走进去了。我们以前经常在那里散步。”

PS一时接不上话。

女人：“你喜欢看电影吗？”

PS：“喜欢啊。以前卖的碟，我都看过。”

女人：“你学什么专业的？”

PS：“先学的计算机，后学的中文。”

女人：“那你说不定有潜质成为昆汀·塔伦蒂诺，知道他是谁吗？”

PS：“知道，也是个卖碟的，后来成为了大导演。可我更喜欢库布里克。”

女人：“那是个混蛋，你比他善良。库布里克要是看到我这样的老女人晕倒在路上，是不会送她到医院的。”

PS：“他会送。第一，你不老；第二，他也喜欢漂亮女人。”

女人笑了：“臭小子，嘴挺甜，你多大了？”

PS：“比你小不了多少。”

PS为自己张嘴就来的调情能力感到意外，毕竟多年没有运用过了。宝刀依旧能亮剑，他略有些小兴奋，不想再理会那种被包养的幻觉。

女人：“想过要从事影视行业吗？”

PS：“我自由惯了，胸无大志。”

女人：“影视行业也很自由啊。不要浪费自己的才华。”

PS：“别聊我了，聊你吧，你前夫是做什么的？不好意思，这个问题能问吗？”

女人端起酒：“干了它，你可以问我任何问题。”

PS给自己酒杯倒满，和女人碰杯，干了。女人也干了。

女人：“爽快，你这个弟弟我认定了。告诉姐，你叫什么名字？”

PS：“姓史名文博，擅长Photoshop，人称PS。姐，怎么称呼你？”

女人：“我姓戴。你叫我戴姐就好了。这是我的名片，收好了。”

PS接过女人的名片，名片上写的是英文名字：Daisy。翻过来，有细小的中文名：戴兰。

PS：“Daisy不是雏菊吗？”

戴兰：“没错，我的人生本来就文不对题。”

PS："戴姐，伤心事就别想了，干杯。"

戴兰："你还是叫我Daisy吧。"

PS："想起一部电影，《为黛西小姐开车》。"

Daisy："为电影干杯。"

两人又干了一杯。Daisy闭眼的次数加多了。

Daisy："我前夫是个导演。我本想把他打造成斯皮尔伯格，他偏偏想要做塔尔可夫斯基。我认为他没那个天分，我说塔尔可夫斯基有个会写诗的父亲，你家里连个会读诗的都没有。就为这个，他跟我翻脸闹掰了。"

PS："你戳中了他的要害。再说，你想让他成为美国导演，他却想成为俄国导演，冲突是必然的。"

Daisy："哈哈，小文，我欣赏你的直接。来，跟姐再干一杯，今天姐高兴。酒逢知己千杯少，醉笑陪君一万觞。"

PS："姐，文化人啊。"

Daisy："必须的。别废话了，干！"

4.

又一个星期后，PS和Daisy手挽着手在地坛散步。

他现在为Daisy开车，成了她的司机。

那帮老票友，今天唱《桃花扇》：

……奈朝来背地，有人在那里。人在那里，装模作样，言言语语，讥讥讽讽。咱这里羞羞涩涩，惊惊恐恐……

戴兰跟PS讲她九华山的师父是怎样修炼成金身不坏的故事。

PS色眯眯地插话：“Daisy，我决定从今天开始，为你写日记。”

戴兰（反应了一下PS的言外之意）：“你真坏！”

第三章　方家胡同

1.

《离骚乐园》不止一本诗刊那么简单，它还是一个组织，简称LS。LS的目标，不是写诗，而是写诗的行为艺术。林迁在方家胡同四十六号院新开的餐厅“大开嘴戒”里，把这个目标具体成一句话：把这个城市涂满诗歌。

钟楼后面的一堵围墙上，用蓝白色涂鸦着一行字：God is Dead。

LS的第一次行动目标，是把这行字换成一句诗，要中文。

每个人都可以写一句，先在“大开嘴戒”朗诵，然后大家投票选出最好的。接着择一个“良辰吉夜”，由电影学院美术系一个眉目清秀的美术师，涂鸦到钟楼后面那堵墙上，覆盖蓝白色的“God is Dead”，用红白色。

当时LS里一共九个成员，写出的替代句分别如下：

1：菊花万岁

2：生日快乐

3：复活吧！

4：怒放！

5：爱陌生人

6：相信现在

7：照镜子！

8：干杯！

9：醒醒！

读完后，大家一阵沉默。

这奇妙的沉默让他们有些尴尬，尴尬来源于谁也不会点明的自知之明。这些诗句，也许都无法替代那句话。但那句话，必须被替代。怎么办？

慷慨激昂一阵商量后，他们把票一致投给了一位已经去世的法国诗人，一致认为应该写上他的诗句，因为，那句诗就写在“大开嘴戒”餐厅的墙上：

我是另一个（Je est un autre）

这位诗人名叫兰波，和所有天才一样短命而激烈，电影《全蚀狂爱》（*Total Eclipse*）展现过他的疯狂。电影学院的那位美术师是兰波的脑残粉，可美术师最近被一个同年级的演员甩了，这个演员的床头也贴着这一句。所以，美术师为了躲避痛苦，在涂鸦的那个晚上，擅自修改了替换内容。

对于这被替换的内容，离骚乐园的九位诗人嘴上都表示不满意，认为过于直白，过于狂妄，过于责任重大。但他们心底里又有些兴奋，认为这个小错误就是阴差阳错的天意，而天意，正是他们的心意。

最后覆盖“God is Dead”的是：

诗人归来

2.

孔编辑跟小尔约在钟楼咖啡馆见面，她是小尔前同事，想让小尔翻译《教父家族》，一本《教父4》的剧本改编成的小说，剧本没有拍成，编剧挂了，所以从剧本变成小说出版。十万字，一个月。救急。

孔编辑：“你最近在忙什么？”

小尔：“去了一趟平遥。”

孔编辑：“感觉怎样？”

小尔：“做什么菜都想放醋了。”

孔编辑：“我电话里跟你说的事你想好了吗？”

小尔：“我英文并不好。”

孔编辑：“英文好的太多了，但中文好的少。我要的是你的中文。”

小尔："一个月十万字，不会有好中文。"

孔编辑："所以就更考验基本功了。这样吧，我真是到极限了，千字再给你加十块。"

小醉需要买狗粮，还需要打针驱虫修毛美容办狗证。

本来是不给它买狗粮的，但发现它眼睛无故流泪。小尔上网查，才知是吃了人的菜，有盐，狗不能吃盐。跟了小尔一个月后，小醉总算学会了控制，控制不在家里随地大小便。为了奖励它，小尔给它吃好狗粮，五十块一斤。小尔自己吃的大米，才五块一斤，十斤吃半年。

小尔："我自己也在写东西。"

孔编辑："又写？你忘了一个单身女人写作的条件是什么了？"

小尔："要有钱，要有一个房间。"

孔编辑意味深长地看了小尔一眼。小尔没钱，房间是租来的。

孔编辑："有什么非写不可的吗？"

小尔："没有。"

孔编辑："那你在写什么？"

小尔："一个故事吧。"

孔编辑："什么类型的？"

小尔沉吟，说不出是什么类型。

孔编辑："是个什么故事？"

小尔谨慎地组织语言，孔编辑已经猜到了。

孔编辑："又是不伦不类文艺腔的？我跟你说，别浪费时间了！你得先挣钱！"

小尔："我知道。"

孔编辑："知道你还写它干什么？我跟你说，纯娱乐故事都没人看了，纯文学故事就更不用说了。你要写最好写那种可以改编成影视的故事，要是被看中影视版权，你就发达了。"

小尔："你不懂，我是用来治病。黑塞在荣格的治疗下，才写了许多作品。我没钱看心理医生，只能自我治疗。"

孔编辑："少来，作不死你，穷人没权利有心理问题。别以为我不知道你在写什么，我跟你说，太纯粹的东西，死得快。"

小尔："比如呢？"

孔编辑："比如鼓楼西大街和东大街都开过纯粹的湖南米粉店，后来都倒闭了。"

小尔："那美术馆后街的螺蛳粉店，传奇星广场的肠粉店，阳光100的牛肉拉面，还有外馆斜街的biangbiang面，不都还在吗？"

孔编辑："肠粉店上个月倒闭了。"

小尔："你会不会聊天啊？"

孔编辑："我说的是实话，你别不乐意听。你还记得咱以前喜欢听的那首，朴树的《别，千万别》吗，开头就说别做梦了，你都二十四岁了。你算算自己现在几岁了？"

小尔："最近在练拳，会永远年轻。"

孔编辑："醒醒吧，大家现在都在研究如何集两代四老之力买车买房绵延子嗣走上人生巅峰，你却在这里一副要架个独木桥过河的样子，你不是找死吗？你何不干脆出个家，断了亲朋好友的念想算了？"

小尔："好像也对啊，我到底还在留恋些什么呢？"

孔编辑："留恋？大龄未婚文艺女青年，只有四条路：孤寡、后妈、拉拉、出家，你就留恋吧。"

小尔："这么恶毒？"

孔编辑："不是恶毒，是统计。你没事去金宝街金融街走走，别总是待在这种脏乱差的地方搞得思想消极。"

小尔："那些地方，看不见的脏乱差，你不觉得更恐怖？"

孔编辑："记住，每一万字给我交一次稿！听到没？踏实地工作，是你唯一的出路！"

小尔："出路，什么出路？"

孔编辑："别跟我装了。"

小尔："然后呢？"

孔编辑："然后？行了，我不跟你瞎扯了。你好好工作保重身体。老板，结账！"

聊完出来，孔编辑刚才煞费口舌喝了不少水，忽感尿急，又不肯上附近脏乱差的公共厕所，再次跑回了咖啡馆。

巷子里，咖啡味儿正与尿素味儿一争高下。

小尔边走边等，不知不觉转到了钟楼的后面，一行醒目的红白色涂鸦在夜光中暗哑发亮。

诗人归来

小尔久久注视。她有一种预感，林迁就在附近。

3.

“大开嘴戒”的餐厅老板名叫范中文。人人都质疑范中文是个艺名，他便干脆给自己取了一个挑衅的英文名，叫F-word（脏话），可朋友们嫌太拗口，给他取了另外一个英文名：Fan（范、扇子、粉丝），因为跟“范”同音，最后，大家还是叫他范中文。

范中文是水瓶座，他的梦想，就是集齐十二星座的美男子，把他们的画像挂到他的京城自助铁板烧餐厅，以召唤更多的爱美顾客。

林迁是巨蟹座，范中文的第六个星座目标，注定会被挂上墙壁。

《离骚乐园》发刊那天，林迁在“大开嘴戒”的庭院演讲。

林迁：“离骚是什么？”

他本来想自问自答，结果新来的美术师打岔：“我知道！就是离开风骚，不再风骚！”

其他人哄笑。

林迁：“不，离骚是为了更好地风骚，永远地风骚。骚是诗歌，也是诗人，离骚就是不得志的诗人和他忧愁的诗歌。不得志的诗人才是好的，诗人是不能得志的，得志便猖狂，得志便消亡，所以，诗人必须离骚，离骚才是诗人真正的乐园，这就是我们创刊的来由。”

美术师："我还以为创刊来由是我们都不喜欢女人呢。"

林迁："你错了，我们不是不喜欢女人，我们将她们视为母亲、视为姐妹、视为女儿。我喜爱这世界上的一切妇女，犹如喜爱我自己。"

美术师："你怎么忽然传道士附身？你老二出问题了吗？"

美术师是来砸场的，林迁刚要发作，范中文一杯酒倒进了美术师的嘴里，两人嘻嘻哈哈，林迁更生气了。

林迁其实是不善言辞的，他知道自己的演讲很滑稽，但在这个九人团体里，大家总是在表演，滑稽也无所谓的。

只是，这个美术师，林迁怀疑他跟范中文有事瞒着他。

林迁演讲的时候，范中文从头到尾都笑吟吟地看着美术师，不时说一两句脏话表示对他的欣赏。

林迁很不高兴，但他不想把这次发刊演讲给毁了。他一个人站在麦克风那里，坚持走完最后一个环节：念发刊词。

他的声音很冷，带着凛冽的湘音。

事缤纷其变易兮，又何可以淹留？

今天是2016年6月16日，《离骚乐园》发行了第一期内部刊本，共收录九位诗人的八十一首作品。作品不在好坏，是我们的情绪，证明我们的存在。

我们都是被蝮蛇咬了一口的人，除非有人同样被咬了一口，否则他们不会理解我们。在这个乐园里，我们不疗伤，我们只寻找美的愈合。

我们在《离骚乐园》写诗，我们是诗人，也是普通人。

我们是他人，我们是所有人。

我们相信现在，相信此刻，相信今在，不论永在。

……

不断有三三两两的人起身离去，他们喝多了酒，要去旁边的日光酒店开房。在座只剩下了四个人，范中文和美术师在窃窃私语，还有两个在吃肉吹牛。林迁念不下去了，他知道他们都没有把《离骚乐园》当一回事，这是他一个人的表演。

林迁直接跳到了最后一句：

老冉冉其将至兮，聊逍遥兮容与。

林迁闭嘴停下来的时候，范中文假装殷勤地跑过去："完了？接下来是什么环节？"

4.

隔方家胡同一个街区，是成贤街，孔庙就在成贤街上。可从安定门内大街进，也可从雍和宫大街进，其实，也是一条胡同。

《离骚乐园》发刊会后，林迁做代表，范中文陪同，去文庙（即孔庙）祭拜。他们打算从方家胡同步行到雍和宫大街，再从雍和宫大街拐进成贤街。

其时，槐花刚刚开放。

林迁："你知道槐米可以入药治疗痔疮吗？"

范中文："你同我说过。"

林迁："那个美术师多大了？"

范中文："成年了。"

路过方家胡同小学。

林迁："老舍曾经在这里当过校长。"

范中文："你同我说过。"

林迁："你打算什么时候把我挂上墙壁？"

范中文："别乱说。"

走出胡同口，林迁指着右手边的北新桥方向。

林迁："那时候沈从文住东四那边，他天未亮就起，坐电车到故宫上班。天冷就买个烤白薯，下雨了，就披个麻袋，境况窘迫，想要个单独办公室都没有，非常嫉妒在人艺写话剧的老舍。没想到，老舍后来比他先死了。"

范中文："你到底想说什么？"

林迁："没什么，只是感受一下时空的无情。"

拐入成贤街，范中文闪身进了一家文房四宝店。

林迁叫住他："你做什么？"

范中文："上次路过看中一件东西，想送给你。"

林迁："不要。"

范中文没理，兀自进去。林迁站在门外等，不一会儿，范中文出来了，手上多了一个用报纸随意包着的东西，扔给林迁。

林迁打开，是几个月前他看中的东西。直口，圆唇，柱状深腹。

这个紫檀笔筒，要三万块，他买不起。

林迁："不是什么人都有资格送礼物给我。"

范中文："明白。"

林迁："我不是轻易能让人用礼物裹挟的人。"

范中文："明白。"

林迁收了笔筒，不再问美术师的事。

林迁："我看你那烤肉店也不挣钱。"

范中文："一直没告诉你，哥挣钱的是另外两门生意。一是开在西城教堂附近的鲜花店，专门供应东西两城区的婚礼鲜花，由我一位兄弟打理，他曾是东西两城区的老大。二是开在潘家园的古董店，供应一些小东西给北欧，由一位在欧洲倒卖文物三十年的老骗子打理，他反正退休了闲着没事干。所以，以后你想要什么，给哥使个眼色就行了，懂吗？"

林迁没有说话。

范中文的自助铁板烧，分88/位，138/位，168/位，258/位四种选择。肉都是配好调料，腌制好，一盘盘放在架子上自取。厚重的铁板放在炭火上烧热后，把配好的菜倒在上面，自己翻炒。

离骚乐园9位是常客，至少吃够258/位的标准，但范中文从来不收钱。

每种肉的配菜里，都有洋葱，林迁不爱吃洋葱，范中文每次都叮嘱厨房给他单独配。

范中文这种人，总是做得让你没话说，你甚至不能说他庸俗，因为所有人都将这些理解为仗义和细心。林迁替他觉得累。

走到孔庙门口的时候，他决定，范中文想怎么做，就随他怎么做吧。他会收起他的伤心。

范中文买了票，招呼林迁进去。两人直奔大成殿。

一群初中小姑娘在大成殿门口欢快地合影，她们穿着同样的校服，却不厌其烦地做着不同的表情和姿态。在与她们擦身而过的那一瞬间，林迁想起了少年时的小尔。

1909年3月25日，荣格来到维也纳与弗洛伊德会面。突然间，从书架那儿发出一声巨响，荣格对弗洛伊德说："你瞧——我说过它会响，果然就响了。这就叫催化显示现象。"

所谓的"催化显示现象"，简单而言就是"想什么事情，什么事情就会发生"。1930年，荣格首先使用"共时性（Synchronicity）"一词来命名这种神秘的巧合。1952年，荣格在《论共时性》（*On Synchronicity*）一文中，详细定义了"共时性"的概念。他把共时性描述为"两种或两种以上事件的意味深长的巧合（meaningful coincidence），其中包含着某种非意外的偶然性事件"。事件之间的联系不是因果律的结果，而是非因果性联系的原则（acausal connecting principle）。可以从"心灵母体内部"与"我们外在世界"，甚或同时从这两方面跨越进入意识状态。

以上可以解释，当林迁看到穿校服的中学少女，想到小尔的时候，而小尔正从孔庙的门口进来。

少年时，林迁曾在檐下为小尔读《论语》。那天下雨，雨声有绵绵之音。林迁手里拿的，是钱穆版的《论语新解》。他故作老成，用低沉的声音读出孔子的自述："吾十有五而志于学，三十而立，四十而不惑，五十而知天命，六十而耳顺，七十而从心所欲，不逾矩。"

小尔问他："什么叫知'天命'？"

林迁说："就是知道自己该干什么不该干什么。"

小尔再问："那'从心所欲不逾矩'是什么意思？"

林迁答："就是，只要你自己认为是对的，其实干什么都是对的。内心的唯一很重要。"

小尔三问："林哥哥，那你以后要干什么？"

林迁当时没有回答。他发愣的时候，小尔夺过了他手中的书，问了最后一个问题。

小尔："林哥哥，孔子活了七十二岁，你觉得自己能活多少岁呀？"

阴沉的天空忽然起了雷声，随即落下水牛眼泪大小的雨滴，打在大成殿高高在上的屋顶，噼里啪啦，打断了林迁的思绪。抬头望见"斯文在兹"四个字，他想起了少女小尔脑后的辫子。

而门口，正刷票过关的小尔纳闷：为什么两次孔庙之行，都会遇上雨？

小尔先去平遥看的孔庙。那里的导游说，平遥的大成殿，是全国孔庙里，保存最完整最古老的一座，因为受地震的影响，有些右倾。

去里头祭拜的，都是家长带着孩子，他们一个个虔诚许下考上名校的愿望。

那次小尔没有拍照，也没有跪拜，她心中空空荡荡，独自行至后院。就在见到“万世师表”四个字时，天空落下雨来，伴随闪电，是雷阵雨。小尔进左厢武魁房避雨，对面是文魁房。

平遥大成殿的背面墙上，写着一个大大的“魁”字，鬼字上的一撇，去掉了。导游说，谁能夺魁，谁来加。

魁是主宰文章兴衰的天神，帽子被人摘掉，露出秃顶，他会高兴吗？

魁也不过是一个长柄汤勺，在西方诸神的地狱里，长柄汤勺是一种惩罚，也是一个笑话，自己用来喝汤喝不到，你要喂给别人喝。

但别人即地狱，集体让人无底线。反右倾时，擅长让人打落牙往肚子里吞，消化不良而亡的，是作协那帮文章刽子手。

《易经》履卦曰：“素履之往，独行愿也。”孟子也吹牛：“虽千万人吾往矣。”

可见，不搞集体活动的人，才牛。

一句话，还是做“单身狗”好。小尔坐在武魁房里，胡思乱想得沉醉了。

武魁房有四个泥塑人，他们在模仿乡试。两个考生，坐在两个隔间里，两个监考号军，站在隔间外监视。毫无生气，做工奇差。

房间里还有一个真人，是名中年妇女，坐在凳子上抠脚，也没有多少生气，没有多看小尔一眼。

一声响雷劈来，像是直接劈在头顶，威风凛凛，终于感觉到了生命意志。在等待雨停的时间里，小尔心思活动着，应该去京城的孔庙看看。隔那么近，路过那么多次，却没去看。舍近求远，要不得。

林迁和范中文，出殿在檐下看雨，四下黯淡。

范中文："我以前学导演的时候，一直想拍一幕这样的场景，不知怎么搞的，到现在都没拍。"

林迁："什么场景？"

范中文："就像现在这样，一个男人，在昏暗的天光中，站在屋檐下看雨。"

林迁："为什么？"

范中文："不知道，就是脑子里总是想起这一幕。"

林迁："曾见过这一幕吗？"

范中文："也许是小时候，放学回家，总是看见我爸站在窗前的背影。"

林迁："他老站在窗前干吗？"

范中文："不知道。可能坐久了腰痛。"

林迁："你想他了？"

范中文："不是，说不清。"

林迁："那你拍我吧。"

范中文："什么？"

林迁打开手机，递给范中文："此刻，现在，都恰恰好，拍吧，我就在看雨。"

林迁没再管范中文，专心表演看雨。

范中文用手机拍他，从镜头中看去，他有点惊讶，像是第一次见到林迁。

而林迁感应到，心中一动，说："范，你知道吗，我们第一次见面后，我写了一首诗，但一直没有送给你。"

范中文："那你现在读给我听吧。"

林迁沉默了一会儿，开始低声念。

范中文凑近拍林迁的脸、唇、眼睛、后脑勺、耳朵、然后拉开，拍背影。

境

常有野兽出没
风雨之夜
山顶洞人到来

边城
无中心可逃离
旋涡深而黑

没有光
光是曲线
一片树叶张开
水滴滑落

太迟了
不是雷声缓缓而至
而是闪电 没有出现

范中文在雨停之前拍完了。他把视频发到了自己邮箱，手机还给林迁。林迁想看一眼，范中文说："你回去再看。"

雨停了，他们穿过庭院，走向国子监。

与此同时，小尔走向大成殿。

国子监的门口，有一尊孔子塑像。塑像背后，写着四个字：一以贯之。

孔子曾"大开嘴戒"曰：吾道一以贯之。

林迁忽然发笑。问范中文："你怎么理解一以贯之？"

范中文以为他又要提美术师的事，有些防备。

范中文："我讲随缘。"

林迁："从出生起，就是一个人，之后一一战胜人生的恐惧，到死，也是一个人，没有伴侣，没有孩子，这是不是一以贯之？"

范中文："这叫孤独终老吧？要我说，只要言行一致，就是一以贯之。"

林迁："人生在世，太多废话，太多废事，哪能言行一致？"

范中文："废的东西，就像一张照片的背景，抠掉后，就假了。"

林迁："你这么说，让我想起一个人，他擅长Photoshop，外号PS。"

范中文："以前的朋友？"

林迁："不是。我不知道他是否认识我。"

小尔就在孔子身前，她听到了，她认出了林迁的声音，但她并没有相认，而是转身离开了。

他们很久没见了。她从来没有不想见他，她一直都想见他。但现在还不是时候，特别是他身边有另外一个人的时候。

想见，却不见，是不想对一个说爱你的人马上回应也爱他，是不想在醒来之后即刻打碎昨夜的梦境，是不想亲手翻开那部毫无悬念的天命之书。

林迁曾说：比喻是说给傻瓜听的，请对我说直接的话。

不见，就没有话。一切都在省略当中成为最好的抉择。

5.

《离骚乐园》是内部刊印，每次一百本，用毛笔和毛边纸誊写，线装。

第一期的封底诗，是林迁的一首：

失去了什么

我无从辨别
恩赐或是其他
到底失去了什么
从不知道

有一天我看见

红色风筝慢慢坠落在
绿色草地上
失去的颜色
如此耀眼

林迁谁也没告诉，自从母亲去世，他就再也无梦。再也无梦后，就再也写不出诗了。拿出来的诗，都是旧作。他变成了电影《童梦失魂夜》（*The City of Lost Children*）里那个失去做梦机能的人。他能回忆起童年的梦，但都是噩梦。

有一个噩梦经常在他脑子里重复，那是关于他的出生。他曾经跟小尔讲述过一个诗意的版本：母亲摆脱了计划生育队的追逐，跑进了大黑山。他在一个美丽的清晨，像鱼一样游出了母亲的子宫，诞生在温暖的草地上。

而实际上他梦到的是：在他出生前，大肚子的母亲一直在艰难地奔跑，他在母亲的肚子里颠簸翻滚，没有出路。眼前一片漆黑，耳边到处都是恐吓的声音，氧气越来越少，快要窒息。那是出生前最艰难的时刻，他找不到出路也没有退路。跟随母亲十个月，他早就知道关于自己将来的一切：他将没有父亲，他将贫穷，他将遭到驱逐，他将永远漂泊。

为什么还要出生？这是他在出生时，就已经遇到的问题。

从孔庙回去后，林迁打开范中文拍的视频。在他念诗的时候，范中文把镜头从他身上移开，对着庭院中的槐树。其时风雨如晦，叶动成花，一切犹如另一个世界。镜头中的他，也是另一个他。

第四章　PS日记1

1.

5月5日，立夏。

我们在她家里见面，这次用了三种不同姿势，她称赞我的力度和温柔，说很舒服。完事后她到佛堂上香。我怀疑那是一种催情香。

佛堂里挂着她师父的金身画像，一个萎缩的老太太，被金水裹身，发出铜光。

她买了许多香水百合，客厅卧室到处插着，我刚进门时差点被熏倒。

阿姨被驱使走了。她穿上围裙，戴上手套、头套和口罩，像一个法医解剖尸体一样，给我做了饭吃。有清蒸扇贝和辣炒蛤蜊，她说自己吃半口荤，荤菜只吃鱼和蛋。

我没什么胃口。

5月12日，护士节。

我提议去酒店。但她有洁癖，认为酒店的一切都不干净。她买来的百合花，每一片叶子都让阿姨擦拭干净。

我又建议自己带床单被套去酒店，她认为这个主意不错，一点也不嫌麻烦。

她为我扮演了嫦娥与护士，而我要扮演猪八戒和医生。

难道猪八戒不脏吗？搞不懂她的洁癖是什么标准。

5月20日，无风。

今天她试探性地对我说："如果我给你钱，你会怎么想？"

我感觉彼此之间的距离突然拉近了。

我问："你是怎么想的？"

她答："我不想有太多的感情牵绊。"

我咀嚼了一下这句话。正好。

我说："好。你想给多少？"

她试探性地："五百？"

我说："好，如果我俩同时达到就免费。怎样？"

她答："Good idea。"

事后一想，我真是脑子抽风吗？同时达到为什么要免费？

谁想产生情感牵绊了？

咱们走着瞧。

5月27日，星期五。

她问我，“你的日记写得怎么样了？”我说：“都记下了。”

她问：“写多长？”

我答：“不超过三百字。”

她笑了：“你知道吗？我一直觉得男人光头最性感。”

我看着她的眼睛，她说的是真的。

我下楼花一分钟剃了一个光头。

这天，我们同时达到了。

她又请我吃了一顿海鲜大餐。我还从来没请她吃过饭，并且没有这个想法。

或许可以请她看个电影。

2.

PS和戴兰开车去离京城最近的乌兰布统草原，PS喜欢这个地方，天高地阔，四下无人。

待了两周，PS以为自己会瘦二十斤，没想到反而壮了十斤。

夜很长，星很亮，一天晚上，闲下来的时候，他们一人给对方讲了一个故事。

PS先讲：

从前，有一个在邮局工作的小伙子，在送信的时候，看上了当地一位富商家的女儿。从此，他便想给她写信，写写删删，删删写写，几万字作废。一年后，他终于递出了第一封情书，并开始天天等在她上学的路上，只为见她一面。那时，小伙子十八岁，姑娘十四岁。

两人礼尚往来，二十岁时，小伙子在信里跟姑娘求婚，姑娘思考了四个月后，答应了，回信说只要小伙子不强迫她婚后吃茄子。

这件事被富商发现了，富商大发雷霆，当即赶走了一直照顾女儿的姑姑，以惩罚她的同谋之罪。他千辛万苦培养这个女儿，是要做贵夫人的，可不是什么邮递员的妻子。可邮递员说，除非你一枪打死我。碰上了不要命的，富商只好带着女儿去游历，让她见识一下世面。艰苦的旅行打败了女儿的身体，但并未打败她的爱情。她依旧和邮递员悄悄通信，一年半后，父亲带她回到家乡。

父亲以为他们再也不会联系了，便把这个家交给了已经十七岁的女儿来管理。

女儿接过管家钥匙那天，以为自己获得了自由，开心地上街采购，采购一切她看中的东西。

小伙子在她回来的第一天就获得了消息，他悄悄地尾随着姑娘，想要给她一个惊喜。他跟了姑娘一路，就在姑娘收获满满心情大好的时候，一个回头，她见到了小伙子。一刹那，她无法相信，站在面前这个孱弱且激动得发抖的年轻人，就是她心心念念的恋人。她的爱情忽然就在这一刻消失了，一丝不剩。

戴兰："没有人的爱情会突然消失。"

PS："我也始终不明白。"

戴兰认真地想了想，说："我想，是因为她父亲使出了最致命的一招。"

PS："什么？"

戴兰："你不是说，父亲回来后，就让女儿来管家了吗？这就是最致命的一招。女儿由一个渴望爱情的姑娘，变成了一个理财算账的管家。她考虑问题的角度变了，所以，爱情消失了。"

PS忽然明白了当初自己为什么离开小尔。他一直以为自己是对生活绝望了，其实不是的，真正绝望的人不会还活着。他只是一开始以为自己是一个战士，后来发现，他什么都不是。他连自己都找不到了，爱情自然也丢了。

戴兰："后来呢？"

后来，姑娘和一名高收入的医生结婚了，成为了一名贵夫人。小伙子重病一场，以远航来治疗自己的伤痛。他本想为姑娘守身如玉，可惜，在远航当中，他被一个疑似寡妇的女人强奸了，连那个女人是谁都没弄清楚。

他惨兮兮地回到了家乡，他的恋人已经跟他形同陌路。但他一如既往地爱着她，觉得她越来越高贵。自己必须要变得更好，才能配得上她。于是，他发愤图强，找到了做航海事业的叔叔，从秘书做起，一步一步继承了叔叔的事业。

他始终没有放弃他的爱情，所以，他没有结婚，只是跟各种各样的女人交往。他用一个小本子记下自己交往的对象，从不与谁发生长远的关系。在这些交往中，他也总结了一些关于女人的经验。比如，他发现寡妇才是这个城市最自由的女人，她们体面地结束了被束缚的生活，不再渴望婚姻，还得到了遗产和尊重。比如瘦女人比丰满的女人更主动更有意思……

戴兰："好了，不要比如了。讲重点。"

PS："重点是什么？"

戴兰："重点是，这个男人一厢情愿的爱情，是怎么收场的？"

PS："问得好。"

他也曾经绝望过，因为贵夫人对他真的非常冷淡，还跟医生生了两个孩子。但活着活着，他突然得到了一丝启示：也许，他能比那个医生活得长。

他就靠着这个不怎么光明的启示，继续坚持着自己的爱情。

终于，他七十五岁那年，那个八十一岁的医生去树上捉鹦鹉时掉下去摔死了。

医生去世的第二天，他便上门跟贵夫人求婚。贵夫人打了他一个耳光，以为他疯了。

但他不着急了，因为贵夫人现在成了贵寡妇，他对寡妇，已经有一辈子的经验。他又开始给她写信，那些信，经过时间的充实，变成了心理医生的引导和人生经验的交流，丝毫没了以前情书的肤浅。贵寡妇接受了他的信。

又写了一年的信，在他七十六岁，贵寡妇七十二岁的时候，他们终于在一起了。

他带她去航游世界，他们在窄小的船舱里，整日整日地做爱，把一辈子欠下的，都做完了。

戴兰："你从哪里看到的这个故事？"

PS："有人讲给我听的。"

戴兰："复述者复述的往往是她自己理解的故事。"

PS："嗯，所以我后来又亲自读了这个故事。"

戴兰："是一本小说？"

PS："嗯。"

戴兰："这是一个过于浪漫的爱情故事。"

PS："我倒觉得它是一个讽刺婚姻的爱情故事，读来好笑又哀伤。"

戴兰："如果他们没有隔离一辈子，他们的爱情，就不会死而复生。"

PS："你是过来人。不过我相信爱情总能死而复生，你信吗？"

戴兰："你想听现实版的故事吗？"

PS："不要讲得太惨就好。"

戴兰："不是很久很久以前，有一对男女相爱了。女人为男人生下了一个孩子，才发现，这个男人已经结婚了。后来，这个男人事业失败出家，女人另嫁。"

PS："完了？"

戴兰："完了。"

PS："你确定这个男人是出家了？"

戴兰："很久没见，说不定又还俗了。"

PS："那不管他了。"

戴兰："有点心烦。"

PS："你要不要听屈原的《天问》？"

戴兰："不要，要天吻。"

PS向戴兰附上唇去。比起做爱，他其实更喜欢接吻。在舌头与舌头的来回试探较量纠缠之间，千言万语已经在脑电波里传递。而做爱的时候，他嫌自己过于自大和清醒。而清醒意味着辨别、反对和逃避。

他不想看清自己的生活。

第五章　西海夕阳

1.

无题

看见
不要走
三个字
她哭了
半年余后

生活
应归于简单
所有伤心事
也就三言两语

哭泣
也是简单的
完后
不要怕
走吧

刚割完的草坪，那气味让小尔迷恋，那是纯正的草汁泥土味儿。再次上门去西海老头家时，院子里的草坪刚割完。等管家走开，她忍不住附身去嗅，像小醉一样。此刻，气味的记忆在她的嗅觉里复苏，狗尾巴草、辣椒草、马鞭草、水牛花、野草莓，统统复苏了。记忆觉醒的时刻，她看见多年前，自己在学校足球场的草坪上，对PS说：“我会带你回家乡，带你看我躺过的每一片草坪，睡过的每一块石头，还有，在这些地方，做过的每一个梦。”

李宗盛唱：旧爱的誓言像极了一个巴掌，每当你记起一句，就挨一个耳光。

嗅觉这种功能，曾经是被贬低的。柏拉图就认为，只有妓女才使用香水，而身体本身散发的气味，是灵魂的坟墓。作为人类，眼睛和耳朵，是优先于鼻子的。可他忘了，鼻子在整个面部当中，处于中心位置。难道这还不是一种启示？

鼻子在中医里被称为“面王”，根部主心肺，周围候六腑，下部应生殖。

嗅觉被贬低，是因为它跟性联系在一起。小尔也曾怀疑，是不是自己禁欲太久，所以嗅觉变得格外敏感？后来她又怀疑，是不是因为戴了一个冬天的防霾口罩，所以鼻子又回到了童年时的嗅觉？又或者，是因为跟小醉待太久，所以越来越像它？

人体的汗液、血液、唾液、呼吸、尿液、粪便、溃疡、脓包、指甲缝、胳肢窝，无不散发出气味，灵魂的气味，又是哪一种？有人认为所谓女性的体香，是因为从这些体液中散发出奶香味。灵魂是奶香味吗？

还有人会患有嗅味幻觉症，即闻到一些莫须有的气味，也许那才是灵魂的味道。小尔问过老头有没有嗅味幻觉，老头确之凿凿："有啊，当然有，我经常闻到自己慢慢腐烂的味道。"

进门时，老头告诉她："你可以带小醉来西海游泳。"

老头看到她嗅草了。

见小尔惊讶，老头便挥挥手："走，散步去。"

老头的老狗应声而出。

院子侧门打开，便是西海。朗读时间定在下午六点到七点，这是西海夕阳最美的时段。

老头的法斗黑狗，很是享受，扭着屁股，在前面带路。

西海边，人声少，大家或是静静地钓鱼，或是散步，或是被夕阳的美震慑，呆呆坐在那儿犯傻。

老头："大雅，游泳！"

大雅扑通跳下水，老头和小尔在岸上走，它在水下跟着游。

小尔忍不住笑了。

老头又很得意。

老头："你还写东西吗？"

小尔："做点笔译挣钱。"

老头："我是说自己创作。"

小尔："算不上。"

老头："突然有个想法，你给我朗读你自己写的东西，怎样？"

小尔："不行。"

老头："加钱。"

小尔："多少？"

老头："一倍。"

小尔："可是，你为什么要听我写的东西？"

老头："你穷我富，我做点慈善，不可以吗？"

小尔："这个理由不动人。"

老头："还穷讲究，那我换个理由……想欣赏你的才华，可以吗？"

小尔："你并不知道我有那种东西。"

老头："别抬杠。"

小尔："你想写回忆录吗？"

老头："我没有什么可回忆的。"

小尔："好吧，那我放心了，还以为你要考察我帮你写回忆录。"

老头："鬼丫头。你翻译什么？"

小尔："简单通俗的小说。"

老头："翻译诗歌吗？"

小尔："不敢。"

老头："你对我不诚实。"

老头忽然从长线衫外套口袋里掏出一本仿旧纸本子，那是小尔放在包里的。

小尔："你居然翻我包？"

老头："当然啊，你要是一个变态，包里藏把刀，趁我不注意把我杀了，抢走我的藏书怎么办？我早就看出来了，你对我的藏书垂涎三尺。"

大雅跳上岸，大口喘息，哈喇子流下。那才叫垂涎三尺。

小尔气得笑了："还给我。"

老头："你不该翻译关于年龄的东西，但我看了一眼，为了你好，你应该朗读这篇东西，朗读会帮助你改善语感。"

老头打开本子，递给小尔："从这行开始。"

小尔接过，庆幸老头没看到她自己写的诗。看来以后来老头家，要记得把这个本子从包里拿出去。

那么多人译过这首老诗，小尔再译，是因为之前没读懂，亲自译一遍，才懂了。她像多年以前林迁为她随意读过的一样，为老头朗读。她是按照原文的韵脚译的。

当你老了，头白眼昏，在炉火边打盹，
就取下这本书，
慢慢追忆，慢慢读。
你曾有温柔眼神，眼中倒影深深。

几多人爱你年轻容颜，昙花一现。
爱你美丽优雅，真真假假。
只有一人，爱你魂灵圣洁，
爱你备受摧残的脸。

炉火还在燃烧，你弯下了腰。

你喃喃自语，爱，哪去了……

它已信步在高山之巅，

把脸藏在星星后面。

小尔声音越念越小，夕阳也越来越淡。林迁的脸慢慢在眼前清晰可见，就在西海半明半暗的湖面上，像是戴上了VR眼镜，小尔又看到水边村的那座桥，桥上夕阳醉沉。林迁的声音和她的声音重叠，她吓到了，声音渐渐低至全无。她听到是林迁帮她念完了。

老头打断了小尔的失神。

老头："念得不错，念出了威逼利诱的味道。这个家伙，用老来吓唬姑娘，用无法兑现的承诺来诱惑姑娘，难怪姑娘不嫁给他。"

林迁和水边村都消失了。

小尔有些恼火。

小尔："诗人在被拒绝之后，还能保持这种心态，已经很不错了。"

老头："有人向你求过婚吗？"

小尔："你很失礼。"

老头："我已经到随心所欲的年纪。而且，你明显在为这件事发愁。"

小尔："我哪里表现出来了？"

老头："活到我这个岁数，能一眼看出人的忧愁。"

小尔："吹牛谁不会，我能一眼看穿忧愁。"

老头："丫头，看穿不是大智慧，献身，才是大慈悲。"

小尔："你的意思是我可以嫁给任何人吗？"

老头："不是，是你要不抗拒一切降临到你身上的事。这叫，无有恐惧。"

大雅抖掉了一身的水珠，水珠在夕阳下折射出彩虹之光。

绕西海散步一周，朗读时间结束了。

老头："丫头，你觉得几岁算老？"

小尔抬头看看老头，老头一米八几的个子，背微驼，干瘦，嘴角有点不自觉地抖动，假牙齐整，灰白的头发在脑后扎个小辫，眼里一如既往温存着戏谑的光。

小尔："你还不老。"

2.

小尔住在八步口胡同九号。

八步口胡同，往北走，是鼓楼西大街，可以见到一堵灰色围墙，是宋庆龄故居。穿过后海夹道，便是后海西河沿。往南走，是北二环路，二环路的沿途，便是德胜门公园，小尔经常带着小醉在此溜达。德胜门公园西起德胜门桥，东至旧鼓楼大街，再往东，是北二环城市公园，一直到安定门内大街，接上五道营胡同。五道营胡同的隔壁，就是孔庙所在的成贤街。林迁经常出入的"大开嘴戒"餐厅，距离小尔的住处三点一四公里。

八步口胡同的特别之处在于，它胡同一边是房子，另一边是一道红色围墙。围墙里头，从前是关岳庙，现在是西藏驻京办事处，游人免入。

关岳庙围墙的高度，大约三米，加上墙脚，接近四米。红色墙外，有一棵歪脖子杏树，每到春天，开放满树白花，影子映在红墙上，婆娑无限，犹如时间的礼物。小尔路过，总是忍不住拍一张。人家是红杏出墙来，八步口胡同是白杏入墙去，显出了特立独行。再配上胡同头尾两所公厕，春风一过，夜晚便沉醉了。

胡同靠南一头，设有便民运动设施。夏天的时候，小尔在散步时间躺在做仰卧起坐的弓形凳上，晚上看一两颗星星，白天看瘦弱的银杏树。石凳上喃喃咒骂儿媳妇不孝的老太太，乒乓球桌上吵架的男孩女孩，都让她想起PS来。

小尔曾和PS一起学过民谣吉他，吉他老师教他们的第一首弹唱曲目，是比他们年纪还大的一首歌：《请跟我来》。

PS总是故意模仿着吉他老师的深情款款，注视着小尔的眼睛，把每个节拍的第一个音重弹：我踩着不变的步伐，是为了配合你到来，在慌张迟疑的时候，请跟我来……

有多久没有梦到过PS了？小尔算算，至少半年了。和人类学家分手后，小尔梦到过一次PS。是在工作场合见面，PS有了两个孩子，变得又黑又瘦，非常疲惫，不想对自己的生活说一个字。他们相对无言，只是深深地打量对方。连老板都看出了他们之间的情意，故意先走。但老板走后，他们就告别了。所有的话都无从说起，也无法假装轻松无事。唯有沉默，唯有注视，唯有告别。醒来时，小尔明白，她此生所有的爱情，都已经失去。

从此就要做个实用主义者了吗？

小尔租住的大杂院，有四户邻居。左邻是房东中风坐轮椅的父亲，八十来岁，由一个阿姨照顾，两儿一女隔三差五轮流回来看看。他总是耷拉着头，小尔没有见过他的真面目。右舍是一个孤寡老太，八十多岁，由一个阿姨照顾，四个女儿很少露面。老太太河北口音，经常等在巷口喃喃自语：这小阿姨买菜咋还不回来？要是见到小尔，一定会拉住小尔聊一会儿天，悄声告诉她：胡同里有两户人家在为狗打架，还有一户人家的猫生了，另外，对门那个大叔，是个混子，不要理他。

对门有两户，一户是小尔回去时正在扶南瓜藤上房的那对大叔大婶，大叔踩在一个旧柜子上，喝了酒，嘴里骂骂咧咧。大婶给他递布条，回敬着大叔的骂骂咧咧，两人仇深恨长，嘴里出来的话没一句能听。

另一户是做北冰洋汽水和燕京啤酒批发生意的，山东人。门口总是停一辆全是空瓶子的大卡车，小尔从来没搞清楚过他们家里到底有多少人。

南瓜大叔不用任何人提醒，任何人都知道他是个老炮儿混混，成天喝得醉醺醺，爱剃光头，爱光膀子，爱骂老婆骂狗。他的狗，脖子上栓一条粗铁链子，他踢它骂它，狗离家出走一个月，他才算态度好了一些。他成天没事，在胡同里支一张桌子，喝茶喝酒玩手机。也没人跟他聊天，老婆让他骂得傻傻呆呆，言行迟钝。两人一聊，三句便是对骂，五句后老婆骂不过，便回屋躲避，他再骂下去，也无趣，自己收声。这样的夫妻也过了一辈子。他们生了一个长得似乎跟他们没关系的儿子，偶尔出现在胡同里。有一次，见小尔在墙下乘凉看书，这个二十来岁的小伙子便过去聊了一会儿。小尔这才得知，他在一家饭店做保安，最近的愿望是想进影视圈做个群众演员。小尔给他推荐了一部电影——《我是路人甲》。认为他看完后会打消这个想法。他更好的选择，应该是去健身房做健身教练。

他的背影，有些像PS。

PS擅长的，是十公里长跑。那时跟小尔约会，他们只是绕学校后山散步两公里，之后便躲在树丛里接吻，吻得心满意足之后，开始相互比赛背诗。他们信誓旦旦地约定，婚后再洞房。当然，没有细节到是租房还是买房。等到毕业时分了手，这个问题便不存在了。许多问题都不存在了，比如要不要办婚礼，比如要不要生孩子，比如家务怎么分工，比如到了七年之痒该怎么办。

小尔京城的房东，是一个面容姣好的阿姨，气质温柔娴雅，但一开口就毁了。像所有中老年阿姨一样，她无法自控地需要用唠叨来填充日渐空洞的生活，一样的话至少重复四次，在电话里和丈夫对骂三字经脸色毫无波澜。房子说是第一次出租，风格明显是按照她的喜好布置的，充满了20世纪的特征。茶几铺镂空纱布，沙发铺镂空纱布，餐桌和书桌铺一层已经泛黄的透明胶皮。小尔搬过去后，把这些都撤掉了，她跟在小尔身后唠叨，玻璃不能划伤，桌面不能划伤，地板不能划伤，小狗不能上沙发，衣柜的门要轻拉，洗澡间不能尿尿，厨房要常清洗，墙壁上不要贴东西……不像是第一次当房东。当小尔问她问题时，她却一概答不上；怎么叫煤气？我问我老公；怎么联网？我问我女儿；电暖气怎么调成自动的？我问暖气公司。她到底是被宠坏了还是有患了更年期遗忘症？小尔不得而知，只是为美人迟暮的堕落而遗憾。

为了节省时间，小尔从不反驳房东的任何唠叨。这个阿姨其实是她遇见的大妈级房东里，最正常的一个了。虽然唠叨中有土著必不可少的脏话，但总算没有咋咋呼呼震出耳屎的大嗓门。唯一较难忍受的，是她嗓子里的尖音部分，人到中年的破嗓，漂亮女人的破嗓，那尖音在连续的唠叨声里，变成一扇被大风抽着巴掌的门，来回地尖声哭泣，常常刺得小尔出了神，不知她到底说了些什么。为什么大多数的漂亮女人，总是没有一副好嗓子？

二环胡同里的生活，跟所有穷人一样，单调，迟缓，鸡零狗碎且自得其乐。

京城土著们的语言习惯，也跟所有土地上的农民一样，穷尽了国骂和生殖器字眼的组合变形之可能，并且在脑子里自动把它们过滤，一脸无辜地将之用成助词、语气词，或是必不可少的标点符号。一个喜欢咬文嚼字的人，坐在一群喝酒吹牛的纯雄性京城土著堆里，必然遭受千刀万剐般的文字酷刑，直至心脏麻痹头脑休克。

夏夜，关岳庙红墙下的生活，是一幅时间停滞的民俗画卷。路灯下精神旺盛的麻将，人腿边昏昏欲睡的黄狗，餐桌搬出来永远也吃不完的晚餐，喝不完的茶水聊不完的天，背着双手踱来踱去兀自嘀咕的老太太，房顶上行路无声犹如顶尖刺客的猫，已被关进笼子在楼顶阳台咕噜咕噜的鸽子，南瓜藤下西红柿前听评书的白背心老头子，跳上跳下讨论作业和游戏的小孩，以及频繁路过东张西望不知何来何去的游人……

只有一个问题一直让土著们隐隐焦虑且殷切期盼：我那破房

子，到底什么时候拆?

睡在出租房里的小尔，也在焦虑：我什么时候有钱?什么时候有一间自己的房间?

3.

教父

他喝下一口斯特雷加
抽了一口雪茄
他说，我不是黑社会
我是生意人

儿子说，你杀了人
他很难过
他转过身
你太年轻，太天真

我来到这世上
绳索紧身
愈行愈紧
刀，是最后的通行证

我并非耍刀人

我是丈夫，是父亲
我用海水平息悔恨
我和恶魔竟存

没有忍耐，不是男人
没有责任，不是男人
没有细心，不是男人

我给孩子升起我的月亮
日出之前
他不必知道
我是谁人

正当更有力量，更有前程
不必担心随时丢命
然而，人各有命
我无法阻挡，你步我后尘

孩子，我是父亲
这灯下
你看我背影
难道不光明？

他放下斯特雷加

掐灭雪茄
他说，走吧
今夜风大，早点回家。

《教父4》讲述了柯里昂的大儿子桑尼是怎样成长为一个黑手党的，简单来说，在对友情和爱情一一幻灭之后，他便具备了黑手党的必要素质。他有一个最终安慰剂便是：一切都是为了这个家。

他假装忘记了第一次见到父亲杀人时的震撼，假装对自己亲手杀死的朋友无动于衷。家庭的脉脉温情，掩盖了一切。家似乎成了犯罪最好的理由，所以，小说名为《教父家族》。

一个月，十万字，意味着每天要保证三千五百字左右的翻译量。按一个小时五百字算，每天要连续工作七个小时。

千字八十块税后，对英文这个最广泛的语种翻译来说，已经算是好的了。这样一个月下来，也只有八千块的收入，加上给老头家政朗读的收入（一次两百,一个月五次），小尔一个月的净收入，是九千。房租加水电去掉三千，其他吃饭穿衣日用品交通电影短途旅行，等等，一个月下来，还是月光。

翻译这行，也是没法做下去了。不如还是乖乖回去做编辑？或许策划一套畅销书出来，能发个小财？

或者，去学学穷人如何理财？

想什么就会来什么，一条理财信息，通过一个读书群，及时推送到了小尔的手机上：你想从此不用上班实现财务自由吗？财商决定财富，来做你自己的摇钱树，财商体验营，地址 ×××。

小尔抱着学习的心态，满怀好奇地去了。

地点是在京城电视台附近的一栋商住两用楼里，家庭式办公室。所谓财商体验营，是玩一个测试财商的游戏，叫做现金流，用的是美元现金模仿市场交易。

一共去了四个玩家，他们介绍自己：

我是一个幼儿园老师，我男朋友是学金融的，是他介绍我来的。

我是一个化妆师，也是朋友介绍来的。

我是学工商管理的，自认为财商不错，到这来confirm（确认）一下，很高兴认识大家。

小尔撒谎："我是一个编剧，最近在写一个关于理财的剧本，出来体验学习一下。"

小尔发现，他们都换上了表演人格。幼儿园老师扮演着求知者，问着关于游戏的全部问题;化妆师则扮演着赞美者，每当有人赚了钱，她便负责夸奖；那个学工商管理的，则不动声色地扮演示范者，示范着该如何买股票炒房子。

游戏一开始，玩家会抽定一张身份卡，有工程师、门卫、医生、司机等。不同的身份卡，意味着不同的工资收入以及贷款数目。小尔抽到的是门卫，月工资最低，她在另一张卡上填好月工资、银行存款，房贷、车贷，然后跟着工商管理男一起念卡片上方的一行字：尽快让你的非工资收入超过你的总支出。

这就是这个游戏的目标。完成目标代表着你获得了财务自由，可以从老鼠跑道进入快车道。

老鼠跑道是游戏的开始。每人选一只老鼠代表自己，通过掷骰子来前进。骰子落下的地方有几种名目：银行结算日，表示可以领工资；额外支出，表示要花钱；生孩子，表示每月支出上要多一笔钱；失业，要停赛三轮并交出工资的十分之一给银行家。大生意或小买卖，就是你赚钱的机会。手上现金超过一万，可以做大买卖，低于一万，则是小生意。市场风云，表示你的股票可能会涨，也可能被清空，房子可能有机会卖，也可能被无条件收回。

总之，在老鼠跑道的唯一任务，就是抓住一切机会赚钱。赚钱的目的是到达快车道。快车道上，有跟老鼠颜色相同的一块奶酪，代表玩家的人生目标，游戏一开始，就要标出。这些目标代表着不同的消费，去戛纳电影节，十五万；去珠穆朗玛峰，三十万；游览世界七大奇迹，三十万；办一所慈善学校，五十万；与世界名人共进晚餐，二十万；等等。

游戏时间是一个小时，只要有一个玩家先来到快车道，并把骰子掷到了人生目标一格，且能支付相应的金额，那么，祂便完成了人生目标，游戏结束。

因为工资最低，小尔选择了一个最低消费的人生目标，且符合她给自己编的身份：去戛纳电影节。

她本以为收入最高的医生会最先冲出老鼠赛道，但没想到，是她这个门卫最先。因为，她的收入低，总支出就低，而做生意的机会是平等的。她很快便通过买卖股票实现了非工资收入超过总支出。

但进入快车道后，因为总收入太低，全世界的生意机会摆在她面前，她也做不了。只能不停地掷骰子，只有骰子停在了奶酪那一栏，她才能实现人生目标。

荒谬出现了：实现人生目标这种事，最后是靠掷骰子的运气。

那么，这个游戏到底是测试财商还是测试运气的呢？

那天，小尔成为了这个游戏的赢家，她被赞美财商高，又被邀请成为会员，两百块，一周可以玩四次。她还被推销两本理财书籍：《财务自由之路》与《小狗钱钱》。

小尔这时才意识到，这极有可能是一个传销机构。他们传销的，是人对财富的渴望。

财务自由。这对于小尔来说，就像是一道照进现实的梦想之光。她信了这个游戏，遗憾的是，她没法信那些人，更没法信自己。赢了游戏，并没有让她觉得自己财商高了变得更聪明了，反而，她被弄得更糊涂了。

一开始要设定的这个人生目标，是什么意思？到底是为了它而积累财富，还是为了积累财富而虚设出了它？为什么所有人一开始就困于老鼠赛道？生存于穷人而言，就是像老鼠一样活着？还有，财商，会不会和情商智商奸商一样，也是一种“熵”？

熵的概念由德国物理学家克劳修斯于1850年提出，是一个描述能量消耗的参数，其本质是反应一个系统内在的混乱程度。关于熵，有一个原理，叫做熵增原理，也就是热力学第二定律。

简单来说，熵增原理认为热量从热的地方流到冷的地方，要想把这个过程反过来，就得额外消耗能量。宇宙中每个局部的熵减少（能量增加），都须以其他地方的熵增加（能量减少）为代价。

在一个封闭的系统里，熵总是增大的，一直大到不能再大的程度。这时，系统内部达到一种完全均匀的热动平衡的状态，不会再发生任何变化，除非外界对系统提供新的能量。如果说宇宙是一个封闭系统，那么一旦到达热动平衡状态，就完全死亡，万劫不复。这种情景称为“热寂”。

如果把这个理论放到财商上，其显示的熵增定律就是，在你生命这个系统里，你的财商越高，其实就是你摄取了别的能量越多，同时也消耗了你自己的能量。你每一笔财富的增加，都会是一次熵的结果，简单来说，你是用生命在交换财富，并最终陷入不可停止的疯狂与混乱，最终到达热寂（死亡）为止。

而从大的财富系统来看，一处财富的增加，必定有别处的减少，有时甚至是掠夺性和悲剧性地减少，并不值得推崇和夸耀。

所以，财商或许就是潘多拉的盒子。

小尔用有漏洞的逻辑抗拒了财商这回事，从此没再去过那个财商体验营，财务自由对于她来说，依旧遥遥无期。

她只得安慰自己说：“你正在享受不追求财务自由的自由。”

4.

PS给戴兰当了司机后，许多的时间，都是在等待。

这一天，是在蓝色港湾等。

戴兰给一个新导演的电影首映捧场，在传奇时代影城。她看好这个导演。年轻导演曾在车里对戴兰说：“您放心，我从来不热衷于个人情怀，唯一关心的，就是怎样把投资人的钱收回来。”年纪轻轻，练就了一身深厚的无耻功夫。

PS看过这个导演的第一部片子，因为过分迷恋镜头技巧而失去表达焦点、失去故事节奏感。关于能力的事，其实也没什么，有什么的是，他身边总有整形整得整张脸都快要垮掉的女友，审美实在太差劲。但这些PS都没有跟戴兰讲。作为一个资深混子，他坚守了一个混混的朴实原则：出来混，自己混也让别人要混。所以，他从未说过这个导演的坏话，但这也不意味着他要给他捧场。

PS不想进影院，戴兰下车后，他把车停在地面停车场，打算去附近的朝阳公园瞎逛。

可他没走多远，就折回了车上。他看到了小尔。

小尔从地下滚梯缓缓升上来。此生他最想看到又不想看到的人。

就在昨夜，他还梦到了她。梦到她在梦中，说了许多梦话，夹杂着家乡话、英语和普通话，他想听清楚，却什么也听不清楚。梦中她应该泄露了她的一些秘密，但他无法解密。他想叫醒她，又不忍心。他在梦里不知道，自己才是梦中人。

PS坐在车里，看着小尔走过马路，拐进了朝阳公园。

彼时天色未暗，灯光已起，天边蓝色和黄色交汇。

这样一个颓败的黄昏，让人心情软绵绵，实在太娘娘腔。PS讨厌这样的黄昏。

发了许久呆之后，似乎有记忆在心头复活。

大学的时候，他为了追求小尔，从计算机系换到中文系，两人一起比赛写诗，但经常没有题材可以入诗，于是约定为了写诗而谈恋爱。毕业分手那天，他把那首失恋诗给撕掉了，诗集也烧毁。他没算过已多久没有写诗的冲动。

普鲁斯特说写作是等待诗意的觉醒。

为了不让写诗的冲动觉醒，PS产生了奇怪的逻辑，他决定放倒座椅睡一觉。

还真的睡着了。

醒来时，车窗外噼里啪啦下起了雨。

天色向晚，去朝阳公园，怕是有约会吧。PS阻挡不住涌上心头的冲动，遂从杂物箱找出一支笔，找不到纸，扯过放在前窗的临时停车号码牌，反过来，在背面开始一行一行写字。

远处，财商体验营的广告旗被打湿了，只是风大，仍招展着，上面有一行反射出水光的字：

庆幸吧，今天是你的生日。

今天是我的生日。PS喃喃而语。是的，每遇见小尔一次，就像是重生一次。“岁既晏兮孰华予？”年纪大了，明年是否还能花开，无法百分百相信了。只有沉重的肉身，不断提醒大地的存在。不管是否脚踏实地，你都无法飞翔。PS还是伤感了，他怪罪于蓝光渐浓的夜幕。

PS给戴兰做司机的收入是每月五千，加上一个月四到六次的服务以及不经意的小费，他的月收入也保持在九千以上。有一天，戴兰问他：“你理财吗？”

PS像许多人一样回答：“无财可理。”

戴兰送给他两本入门书籍：《财务自由之路》《小狗钱钱》。

授人鱼不如授人以渔，戴兰在PS拒绝了搬到她家做房客之后，明白PS不是一条她可以长久豢养的鱼，她喜欢他，欢喜他获得自由。这样他便可以毫无纠缠地离开她，她也能获得自由。

PS读完那两本书之后，毅然告别全景立体声爱情动作片出租房，立马搬进了安外西河沿的免租拆迁房里。

他读到的财务自由概念是这样的：让你的非工资收入，超过你的总支出。

所以，他的首要任务，是降低支出。

最大的一项支出是房租，他搬到了拆迁房里后，总支出如下：

房租：0元

其他零花：1000元

总收入：9000元

这样，他每个月可以理财的数目是八千块。跟着戴兰买基金，一个月大约有一百块的收入，这么算算，一年以后，他可以实现非工资收入超过总支出。他祈祷拆迁房一年不要拆。

拆迁房没水，他从旁边没有搬走的洗车店里接来水，给对方的好处是用戴兰的车办了一张洗车年卡。没电好办，直接接上电线即可。

他选了一间靠二环护城河的房子，五楼，视野“高瞻远瞩”，经常可以看见年龄不小收入很低的已婚男女，在护城河两旁的树林里偷偷摸摸，“上下其手”。

他一个人住在一间大大的客厅里，只放一张床，一只浴缸和一张桌子。他希望拆迁房十年不拆，这样，他就可以彻底走向自由之路，从此整天在大街上游荡，去寻找那些快要晕倒或已经晕倒的中年女人，帮助她们面对人生破产的事实，让她们鼓起勇气，重新开始。完美的未来。

这样的未来，不需要再次遇见小尔。

5.

年轻导演讲了一个故事，戴兰非常喜欢，两人一拍即合，签订了五年三部电影计划的合同，并开始推进第一部。导演找来了编剧写剧本，戴兰带着故事去找投资。PS又开始在各种不夜之地等待戴兰到深夜。

一开始，戴兰会邀请PS跟她一起去，说："跟着一个制片人开会，你会学到这个行业的全部知识。"PS问："那你怎么介绍我呢？"戴兰脱口而出："不需要介绍啊。"随即她又补了一句："你可以是我的生活助理。"

PS为了那如露如电的尊严拒绝了，并给了一个看似真实的理由："我喜欢的是电影，并不是影视行业。"

戴兰没再强求。只是告诉他："我知道你的意思，你在诟病这个行业。但每个行业都有每个行业的问题，你在哪里都躲不掉，重要的是面对问题，解决问题。"

PS只好摆出深情款款的姿态来摆平她："我等你。"

他在三元桥等，在三里屯等，在国贸等，在酒仙桥等，在望京等。

每次聊完出来，戴兰都很兴奋，都会问一遍PS："你真的不喜欢这个故事吗？我跟你说，他们（指投资商、发行商等）都很喜欢！"

故事讲的是，一个毒贩大佬被一只缉毒警犬给咬伤了下体，他恼羞成怒，花大钱雇了一个杀手来杀这条警犬。结果发生了意外，杀手和警犬不小心调换了灵魂，杀手变成了人身狗魂，警犬则变成了狗身人魂。最后，这个狗魂杀手必须跟着他的主人——一位缉毒女警，去抓住他的雇主——毒贩大佬。

戴兰说，这是她从业二十年以来，遇到的最商业最好看的故事，有喜剧有爱情，有宠物有英雄，有公路还有动作，一定会大卖！她走上人生巅峰的日子，就要到来了！

PS对这种纯娱乐纯套路的商业故事，早就不再买单，而且认为这个年轻导演会把这个片子拍得一塌糊涂，因为他没有审美能力。但见戴兰这么有信心，他由衷地为戴兰感到高兴，有时甚至还会提供一些点子供戴兰一笑。比如，这个狗魂杀手在拉完大便时，是不是应该后腿狂踹一阵马桶？

戴兰大笑，说："点子不错，但演员恐怕不会愿意演。"

总之，运作这个项目的前前后后，是戴兰最开心的日子。

所以，在第N次戴兰问PS喜不喜欢这个故事时，PS真诚地回答："喜欢。"

有制片人以为这个项目会死在狗上（狗太难拍），结果不是。公正地说，应该是死在戴兰的背运上。

戴兰认为这个项目绝对要组一个大盘子，主创除了导演，其他都要用大牌，导演那块请一个知名监制来充当门面。摄影、美术、灯光、化服道、剪辑都用一线，演员除了狗，男女主都要一线。

可一线演员就那么几个，档期都排满了两年。怎么办？戴兰通过进口片那边的渠道，敲定了一个韩国一线明星，定金先打了百分之五十。可紧接着，意外出现了，50%定金打水漂。

戴兰这时还没被打击到，紧锣密鼓，改谈中国一线演员。一圈问下来，不是想自己当导演了，就是准备生孩子了。

戴兰对PS说："其实我也不喜欢这个行业，但我喜欢电影，喜欢这个名利场里头个个都欲望膨胀，生气勃勃，在这里头待着，我就觉得自己永远年轻。"

戴兰动用了几乎全部的关系，最终敲定了一个一线演员，定金30%。

但没多久，这个演员被举报了。

所以，这是运气问题。戴兰后悔自己没事先去雍和宫烧香。

演员定不了，项目推进遥遥无期，投资人等得不耐烦，撤资了。导演和编剧问戴兰要钱，戴兰恨不能收回定金，哪里还肯继续买单，双方闹翻。

导演临走前对戴兰说："你等着吧，我律师会给你发律师函的。"

戴兰说："等你有律师再说吧。"

一切像闹剧般收场。光定金就让戴兰濒临破产。戴兰在想着最后的退路，但还没想到，还不甘心。

那天，在四环路上，戴兰坐在PS旁边，非常疲惫，放下了椅子，准备躺一会儿。

她对PS说："给我放王菲念的《金刚经》。"

《金刚经》念了起来，她慢慢躺下，然后，无意看到了临时停车牌后面有字。她起身拿起，发现上面涂鸦了一首诗：

色美

这世上
从不浪费一个 漂亮姑娘
一丝邪念
便足以燎原

多情 是弱智
弓箭从不惺惺相惜
弦外之音
不要听

牌卦打开
大贰让人期待
从远古起
猢狲就住在树上

丑人还在繁衍
多沮丧的事
美的责任
在此 不在彼

有河 就有水色

偏僻的地方

天色昏暗

美人双手 无法合十

如果遇见菩萨

就问一句 您往何处去?

PS心中忐忑，但不动声色。

戴兰："你写的？"

PS："嗯。"

戴兰却没再说什么，放了回去，再次躺下。她睡着了。

难道她误会这是写她、讽刺她的了？

PS没有解释。送她上楼。

戴兰："你回去吧，我今天累了。"

PS点点头，没有进屋。

他回到车里，把临时车牌拿出来，撕碎，扔进了旁边的垃圾桶。

第六章　千年婵娟1

1.

老头："1995年，我完全忘了自己那时在做什么。"

小尔："我不信。"

老头："那我再想想……真不记得了。"

小尔："我那时爱上了一个人。"

老头："那时你几岁？"

小尔："……不记得了。"

老头："你为什么要写这么一部小说？"

小尔："因为我不会写剧本。"

老头："不是因为忘不了某个人吗？"

小尔："我记性已经不好了。"

老头："在我面前这么说，有点过分吧？"

小尔："你说嫁人的事我考虑过了。我承认，我想过结婚。"

老头：“为了什么？”

小尔：“为了不再为结婚这件事烦恼，为了安心写字。”

老头：“丈夫可不是什么18世纪的贵妇人，有培养艺术家的爱好。”

小尔：“我可以为他做饭打扫，生儿育女。”

老头：“结婚也不是这种交换。”

小尔：“我还有别的目的。”

老头：“说来听听。”

小尔：“尽心培养孩子，倾三代之力，形成一个书香门第。”

老头：“钱钟书和杨绛都没有培养出一个文豪来。你凭什么吹这个牛？”

小尔：“这不算吹牛吧？”

老头：“你无权决定孩子的未来，也无能为力。”

小尔：“你现在是劝我不要结婚吗？”

老头：“结婚很容易，遇到一个与你相同的人，也容易。我听说现在是大数据时代，大家没有隐私，任何平台都可以向你推荐一个可以做你丈夫的人，那个人也保证合适。”

小尔：“什么不容易？”

老头：“我是劝你专心做自己喜欢的事。”

小尔：“你怎么反复无常？”

老头：“你太容易受影响了，要坚定一点，结婚的人那么多，不少你一个。”

小尔：“你为什么改变了说辞？”

老头：“因为我更加了解你了。你该写作，其他对你来说，都是虚妄。”

小尔：“写作也是虚妄。”

老头：“你在虚妄中生根发芽，开花结果，便不虚妄了。”

小尔：“那成重度妄想症了。”

老头：“说来说去，你找到结婚对象了吗？”

小尔：“我打算去相亲。”

老头：“相亲这种事，几百年了还没过时？”

小尔：“结婚这种事还在，相亲怎么会过时？”

老头：“你真的要去？”

小尔：“你会给我介绍人吗？”

老头：“不会，我不是婆婆妈妈型的老头。但下次你来，我会给你一个锦囊。”

小尔：“什么锦囊？”

老头：“先给我读你的小说。”

2.

如果不是火车上的大胡子断定我得了谵妄症，我肯定会反驳十五年后语文老师对我的评价，但现在，我怀疑这也许是假的。因为别人对你的评价，很可能只是你心里的一种向往。

这样的事当然不止一次发生过。我记得，那是公元前313年，先生三十岁，我十六岁。先生的妻子，已经去世，我不过是一个丫头，能服侍先生这样的人，已经很满足。那时候，先生已经降级为三闾大夫，怀王已经不喜欢先生。南后倒是喜欢先生，可先生只忠于怀王。宋玉每天早上都来给先生请安，公子子兰则每天都来烦我，给我讲王宫里的各种八卦，他真是太庸俗了，要不是看在他是个跛子的份上，我早就给他下药了。

那天早上，先生兴致很好，弟子宋玉来请安时，先生为他作了一首诗，那是一首赞美诗，我很嫉妒。因为，我一直希望有一天先生能为我作一首诗。这个愿望，到我死去的那一天，才实现。那首诗，叫做《橘颂》。

就是那一天，南后诬陷了先生。先生一回到家，就对我说："备绢。"我随先生进了书房，先生闭目静坐，等着。我注意到，先生的眼皮一直在轻轻跳动，那是先生气极时才会有的情况。我不知道发生了什么，疑惑间，不觉手下迟缓。先生没有睁眼，轻声说："婵娟，用朱漆白绢。"我应承了，铺白绢，兑朱漆，刚取下毛笔，先生便睁了眼，伸手接过。先生细长的眼睛从未发出过那种光芒，我有点畏惧。先生深呼吸一口，一鼓作气写了下去。"思君其莫我忠兮，忽忘身之贱贫。事君而不贰兮，迷不知宠之门。"这是我能记住的句子。很久以后，这首诗被称做《惜诵》。那一天，我一直站在先生身旁，白绢上的朱字一个个都让我心惊肉跳。写到最后，先生面红耳赤，像是喝醉了酒。他放下笔，抬头看我，像是第一次见到我。

我问："先生，到底发生什么事了？"先生定定看着我说："大王疑我与南后有染，你信吗？"我心一紧，似豆荚开裂。我望着先生良久，等心中豆子落地，说："我只信先生。"先生点头："好，好，婵娟，有你，平无憾了。你才是精色内白，类任道啊。”先生低吟一声，出了门去。我苦苦思索，先生夸我了？是要给我重大任务吗？

我合上书，问："老师，你还记得我吗？"

语文老师定定地看着我，记不起的样子，一点也不为难。师母却觉内疚了，说："你老师自从骑摩托车摔过一大跤后，有些事就记不起来了。今天早上我跟他说你要来看他时，他还是记得一些的，这本书就是他准备的。"

我放下书，端起一杯茶喝了一口。是绿茶，太浓，犹如苦药，却很熟悉。

没错，这茶正如公元300年前那一天，我替先生喝下的毒药。那天，先生出门后就没再回来，有人带话给我，说他疯了，在街上长啸吟诗，痛哭流涕。我着急着忙去找他，连鞋子都没有换，穿一双丝面拖鞋就出门了。

等我找到先生时，已经是第二天晚上。前一天，我在街上遇见南后，她骗我说先生已经死了，因为我知道她污蔑先生的秘密，她把我抓进了大牢，那时，我就已经抱定了必死的决心。但一个敬仰先生的卫兵把我放了，并告诉我，先生没死。第二天晚上，我在太庙找到了痛苦颓地的先生。

在太庙找到先生的时候，我还不知道会替先生喝下那杯赐死毒酒。我跑得气喘吁吁，先生见我口渴，便递给我一杯酒解渴。

那是南后父亲送来的酒，先生会不知道是毒酒？只是先生知道自己不能再保护我。我也义无反顾。先生说："婵娟，这杯甜酒给你解渴。"

我毫不犹豫地接过。

教室里的课桌，似乎二十年来没有换过，已经破旧不堪。讲台和黑板倒是换了，以前是个水泥讲台，同学们经常在上面打乒乓球。教室后面靠里，本来有一间门，班主任需要住那里。语文老师，当时也是我们的班主任。有时候上课，他会睡眼惺忪地从教室后面走过。有一次，坐在前排的我不小心打了一个大喷嚏，想看后面同学们的反应，却看到他正好从教室后面经过，听见喷嚏，嘴角一动，笑了。后来，我便常常做一件巧合的事。每当见他经过，我就用圆珠笔芯戳鼻孔，打出一个惊天动地的喷嚏。

难道他从来就没有发现过这其中的巧合吗？

当我喝下那一杯毒酒，在先生怀里死去的时候，我告诉先生，宋玉背叛了他，他给宋玉写的《橘颂》，宋玉不配。是的，宋玉不配，先生对我点点头，婵娟，那首《橘颂》，应该为你而做。"后皇嘉树，橘徕服兮。受命不迁，生南国兮。深固难徙，更壹志兮……青黄杂糅，文章烂兮。精色内白，类任道兮……独立不迁，岂不可喜兮……年岁虽少，可师长兮……"我在先生悲沉的声音中，心满意足地闭上了眼睛。

据说，先生在自沉之前，一直呼唤着我的名字。可惜，我不能再替他死一回了。阴阳两隔，我知他，他不知我。其实，他念念不忘的，还是大王大业。他临终前，为大王作了最后一首诗，《惜往日》。我是夫人的随嫁丫环，从夫人去世到我为他而死，他没有碰过我一根手指。在他怀里死去，那是我们最亲密的一次。

当我还在思索怎么回答师母提出的问题时，篮球突然朝我飞了过来，我本能地伸手去接，却忘了弯曲手指。最不灵活的拇指受伤了。和当年一样，球是语文老师传的，他是传给男同学的，但男同学没接住，我不自量力去接了。师母为我的受伤嗔怒语文老师，我却想起了墨菲定律：事情只要有可能变坏，那么它终将会变坏。关键在于，在我们的世界里，所有的事情，无一例外，都有这种可能。因为我们的时间箭头，射向的是未来，而不是过去。我们无法修正错误，也无法不犯错误。在我的时间里，1995年的错误，是全部错误的开始。

语文老师的选择性失忆，师母并没有从中受益。有人说，人们终究会忘记丑陋的事，只记得美好的事。我对此表示怀疑。因为只有丑陋的刺激，才促使我们拼命不想忘记那些罕有的美好，可见，我们对丑陋的记忆更深。时间的箭头，更喜欢将人钉在耻辱的柱子上，好让你找到记忆的坐标。

我在男同学的客厅里游荡，客厅太空旷。客厅里挂了两幅画，一幅绿度母，一幅白度母。我久久凝视着白度母，白度母是观音化身之一，能赐众生长寿与智慧。可我站在她面前，觉得自己很白痴。

婵和娟是两个意义对立的字，婵是女汉子，娟是小女子。这两个字合起来，是指力量强大的弱女子。多么奇怪。或许，我配不上“婵娟”二字。白度母算是婵娟吗？我走近去，这是一幅绣像。真丝硬缎，湘绣针法，用比发丝还细的羊毛细线刺绣而成。湘绣素雅，擅用黑白灰三色的渐变。不过，这幅白度母是仿作，因为上面写着“仿作”二字。我很奇怪，原作是谁？男同学在身后说：“来，尝尝我的清炒豆角丝，待会儿给你看样好东西。”“白度母是谁绣的？”我问。“前妻，我制的图。”他答。

先生也为我描过图。公元前300年的雪夜，我在先生描绘的线条中上下求索。心似双线网，中有千千结。千年后回首，蓦然得见，那些千千结，似乎从未褪色。那时，我最享受的事，除了听先生吟诗，便是为他刺绣。把我的心结，绣在他盖的被褥上，结在他穿的衣裳里。绣进木兰和秋菊的苦寒中，结在芰荷与芙蓉的高洁下。在那两根丝线的翻飞与起落中，跟随着先生的呼吸，把自己的命紧紧勒进他的命里。

我没有后悔过。有过的心意，是不会消失的，它们总会依附在什么地方。一幅画，一首歌，一只橘子，一个喷嚏，或者，一针刺绣，都有可能。人会消失，心意不会。我的谵妄症让我看见了它有所依附，就如四时有序，万物有归。物质有物质的依据，谵妄有谵妄的来历，公元三百年前的婵娟，谁又能证明不是我呢？只是，我不想回到过去，也不想走向未来，我只想停在，1995年。那是我心意的依附所在。

第七章　皇城遗址

1.

离骚乐园的诗歌行为艺术，第二次行动目标，是皇城根遗址公园。那里有一段假城墙，故作颓垣败壁。他们要在这堵墙面上，涂鸦上一首诗。

“我觉得这事应该双子座的人去做。”范中文说

“为什么？”林迁问。

“万一他被抓到了，他很会交涉。”

他们九个人里面，没有双子座。

林迁顿时明白了，又是那个欠抽的美术师。

美术师是一个惹人讨厌的家伙，他自称悲剧大师，意思是喜欢破坏美好的东西。“大开嘴戒”餐厅的装修设计，是他弄的。

整个方家胡同四十六号院，原来是中国机床厂的厂房区，占地面积九千平方米，原来建有礼堂、锅炉房、恒温车间，办公楼

等。后来，各种文化创意园兴起，这里也建成了一个文化创意园，搬进了各种文化创意公司，还有咖啡馆、文化沙龙、小剧场、风格餐厅、主题酒店、视觉设计、现代艺术，等等，大家都在比拼自己的装修设计（也许就是所谓的创意所在）。“大开嘴戒”，以猖狂的风格博人眼球。

“大开嘴戒”在整个院子的中心位置，是一座全玻璃房，分前院和后院。后院两层，前院一层。房顶全部是双层充氮玻璃，很贵。

当时美术师提出设计方案所用材料时，范中文就表示抗议：“我一个烧烤店，你给我弄那么贵的房顶干吗？”

美术师：“要的就是这个范儿，氮气玻璃隔热防风降噪，想变白就变白，想透明就就透明，你不喜欢吗？再说了，氮气，氮，D-an，多么好的名字，是不是？”

范中文踹了美术师一脚：“用吧，用吧，就房顶，其他的不要氮气，真空就行。”

后院两层，美术师在中间弄了一个竹林七贤景致，但那七贤都是肌肉裸男，关键部位用竹叶遮一遮。这七位美裸男，是美术师让自己做雕塑的同学按照古往今来最美的七位男人雕塑的。但谁也认不出有哪位是古人，倒是看出了不少明星脸。这个设计，范中文挺喜欢，竹子和雕塑，也没花什么钱，七贤男还有实用价值，每个手里都各领风骚地端着一个盘子，盘子里放着自助烧烤用的菜。前来取菜的男女顾客，都可以近距离大方地行注目礼，拨开竹叶，往往都能满意而去。

前院美术师给种了一棵柏树，直接从玻璃房顶穿出去，一柱擎天的气势，只是漏雨，但就算浇树了。

每个桌上的烧烤抽风机，美术师都给设计成烈焰红唇的大嘴巴模样，算是切了“大开嘴戒”的题。

前院前，还有一块庭院，是露天烧烤位。美术师说要仿照故宫的庭院，让它寸草不生，全部用砖砌地面。但小草还是从砖头缝中钻出头来，和那棵孤独的柏树遥相呼应。范中文看到时，认为这是最好的设计。

整个装修设计完成后，范中文跟美术师成了好哥们。美术师比林迁先认识范中文，所以他对林迁毫无顾忌。

问题是，他一开始对范中文并没有起意，反倒是见他有了林迁后，才想起要搞破坏。这就是他惹人讨厌的地方。

双子座爱逢场作戏，爱耍小聪明，但偏偏，范中文餐厅的墙上，还缺一位双子座。

黑夜，美术师领命去皇城根遗址公园涂鸦，他叫范中文一起去，范中文想了想，拒绝了。美术师问为什么。范中文说，腰痛。

美术师知道他的意思，还是要避个嫌。但他有信心，林迁的照片，很快就要挂上墙了。

2.

林迁认识范中文，就是在皇城根遗址公园。

皇城根遗址公园是2001年9月11日那天开放的，和美国双子楼及五角大楼遭遇恐怖袭击是同一天。

从元代起，京城由紫禁城、皇城和外城三部分组成，最里面的是紫禁城，即故宫，最外面的是外城，即现在二环一带，中间为皇城。

现在的皇城根遗址，是明代的东华门遗址。全长二点四公里，南起东长安街，北至平安大街。是真正的一条街心公园：两边过车，中间是公园。

那天，林迁临时在此地下车，迷路，见一堆人在下围棋，便找最外围的男子询问："请问，从这里去中国美术馆，怎么走？"

男子回过头，居然还年轻，三十八岁上下，浓眉大眼，面相慈祥。他打量林迁一眼，没理他，又回过头去看下棋。

林迁悻悻走了，京城土著一般都不会这么不友善，这男人，估计是个浑不吝的老炮儿。林迁打算找一个老太婆问路。

那男人就是范中文。

林迁走出去大约三百米后，范中文追上了他。

范中文："哥们儿，京城这么好找的路你都搞不清，你得有多白痴？"

林迁："我是怕走进死胡同。"

范中文："我就不爱问路，宁愿用手机导航。"

林迁："今天出门忘了带手机。"

见林迁挑不起火来，范中文笑了。

范中文："得了，中国美术馆是吧？算你运气，我忽然也想走一遭，跟上吧。"

其实就是一直往北走，从皇城根北街走到皇城根南街，见到五四大街，便到了。

范中文却不说，见清瘦俊朗、唇丰臀翘的林迁转身时，他便有了邪思。

范中文：“美术馆今天展出陈大羽的作品，你知道吗？”

林迁：“我是临时起意而来。”

范中文：“明白了，哥们你也是性情中人嘛。陈大羽的作品，你一定会喜欢。这哥们儿够爷们儿，大气，我特喜欢他画的那公鸡，那叫一个挥斥方遒冠绝群雄啊，一个字：牛！”

林迁：“嗯，他的庄子逍遥游系列，比较合我心意。”

范中文：“你看过他的作品了？”

林迁：“看过了。”

范中文：“还想看？”

林迁：“还想看。”

他们经过了中法大学旧址。

范中文：“你毕业了吧？”

林迁：“嗯，刚毕业。”

范中文：“学什么的？”

林迁：“先秦两汉诗歌研究。”

范中文：“这么偏门，研究生？”

林迁：“嗯，博士。”

范中文：“嗬，研究些什么？”

林迁：“你不会有兴趣知道。”

范中文：“说来听听。”

林迁：“就是诗歌。”

范中文："这样吧，我问个专业问题，你毕业论文写的什么？"

林迁："你不会有兴趣知道。"

范中文："说来听听。"

林迁："《周礼春官大司乐研究》。"

范中文嘿嘿笑了起来，打消不懂的尴尬。

范中文："不怕你笑话，哥们我年轻时候，也是个诗歌爱好者。"

林迁："是吧，那1989年的夏天你在干什么？"

范中文："谈恋爱啊。你谈过恋爱没有？"

他们走到了亮果厂胡同口，林迁停了下来。

林迁："大哥，我有个不情之请。"

范中文："尽管说。"

林迁："你能请我吃碗螺蛳粉吗？"

范中文："啥？"

林迁："我今天出门什么也没带。"

范中文："和女朋友吵架了？"

林迁："不是。"

林迁带范中文拐进亮果厂胡同，来到了美术馆后街的秦记柳州螺蛳粉店。

林迁帮范中文点了一碗微辣猪脚粉，自己点了原味中辣，外加两杯酸梅汤。

范中文吃得很狼狈，受不了酸笋味儿。

范中文："你怎么想起要吃这玩意儿？"

林迁："吃不惯？广西独特的酸笋，不是臭。"

范中文："明白，比臭豆腐好多了。不过，这是小女生爱吃的吧？"

林迁："嗯，有位朋友特别爱吃。想起了她，所以来吃一碗。"

范中文："前任女友？"

林迁："邻家小妹。"

范中文："不在京城？"

林迁："在。因为某种原因，她不再联系我。"

范中文心里有了底，三下五除二把粉像敌人一样干掉，然后从钱包里取出一张名片，递给林迁："让我请你吃饭，你找对人了。有空去我店里，随便吃。"

范中文，自封京城第一自助烧烤店——"大开嘴戒"——的CEO兼董事长。

林迁看着名片，抬头问："'大开嘴戒'？跟库布里克的《大开眼戒》有关系吗？"

林迁丰厚的双唇因为辣椒的刺激，变得分外红艳，看得范中文心惊肉跳。

范中文端起酸梅汤："兄弟，有眼光。咱俩有缘，真想喝一杯。"

林迁："下次去你店里喝。"

范中文："那就这么说定了？"

林迁："嗯，好。"

范中文强压住兴奋，悄声说："哥哥告诉你一个秘密。"

林迁："什么？"

范中文："哥毕业于电影学院的导演系。"

林迁笑了，朝范中文竖起大拇指：“明白了，‘大开嘴戒’，好。”

那天，范中文对林迁很周到，凭嘴上功夫帮没带身份证的林迁取得了美术馆的门票，进去后，又大卖力气地跟林迁瞎扯一通关于绘画、书法、摄影，以及他熟知的电影，没怎么敢提诗歌。但林迁基本确定了他想要干什么。

一周后，林迁来到“大开嘴戒”，范中文在二楼的办公室迎接他。

一进门，范中文就在林迁身上嗅嗅：“酸笋味儿？”

林迁点头，是吃完螺蛳粉过来的。他想小尔的时候，就去吃一碗。

范中文关上了办公室的门。

3.

皇城根遗址公园的诗歌行为艺术，范中文没有去，林迁去了。

他就站在美术师身后看他干活，没有帮忙。

美术师把字一个一个刷完，又刷了一幅画，是一个张大嘴巴的头像。

美术师说：“这就是‘大开嘴戒’的标志。”

林迁：“那不是《迷墙》的电影海报吗？”

美术师：“早知道我该画《天鹅绒金矿》的海报。”

林迁：“一个人虚荣心最大的满足，莫过于被传说是个罪犯。”

美术师：“《道林·格雷的画像》，这个我知道。你是在给我把风吗？”

林迁：“我在想要不要举报你。”

美术师：“想了三个小时还没想好？”

美术师靠墙边坐下，抽出一支烟，问林迁：“来一根？”

林迁不吸。但也靠墙坐下。

美术师：“这些东西，最多三天就会被人刷掉。”

林迁：“其实我已经写不出诗了。”

美术师：“看出来了。”

林迁：“怎么看出来的？”

美术师：“我刷这面墙，你站在后面那副自恋的样，难道是对我着迷？”

林迁：“我和范中文是在这里认识的。”

美术师：“我去，这里也被咱们占领了？”

林迁：“没有。我那天和前任在公车上吵架，然后半路下了车，什么都没带。”

美术师：“范中文接手挺及时。”

林迁：“你接手太早了。”

美术师：“不开心啊，要不要打一架？”

林迁：“可以喝酒，不想打架。”

美术师：“正好，我知道这附近有个二十四小时的酒吧，走吧。”

跟美术师去喝酒，这是林迁来之前未料到的。

他本来打算跟美术师打一架，但在美术师说“看出来了”之后，忽然觉得这么做巨傻。他被自己打败了。

美术师带他去了白米斜街一家啤酒吧。林迁记得，进去时看到门口有两只黑猫，被范中文架出来时，门口竟然成了两只白猫。

啤酒吧出售欧洲的各种啤酒，一杯一杯卖。里面巨吵，聊什么都可以。

两人坐下来，有些尴尬，毕竟从未单独一起喝过酒。谁也不说话。

直到十杯下肚。

林迁从凳子上滑落：“我是一个诗人。”

到后来，林迁不记得自己说了些什么，只记得两个人都从桌上到了桌下，美术师坐在地上大笑，对旁边的人说：“大家看这个哥们，想要通过实践爱情来写诗，结果，现在爱情丢了，诗也写不出了，真是活该，哈哈哈哈。”

没人理睬他们。

林迁一拳朝美术师揍过去，却是空的。这才发现自己已经躺在地上。

他想站起来，站不稳，去拉桌子腿，哗啦，把桌子扯倒了。杯子还紧紧握在左手。他看看自己手里的杯子，有些莫名其妙。

服务员过来清理，让较为清醒的美术师打电话叫人来接他们走，不然就要赶他们出去躺大街了。

美术师打电话给范中文，说：“你那小朋友喝醉了，想打我呢。”

范中文很快带了司机过去，一人架一个，把烂醉的两人扔到了车上，一句话也没跟他们讲，这家伙就是这么精明。

车停在“大开嘴戒”院子里，椅子给他们放倒。两人在车上睡了一夜。第二天早上林迁醒来时，美术师已经走了。

林迁自己又步行到皇城根遗址公园，昨晚的字已经被刷掉，红墙还是红彤彤，像什么也没发生过。

林迁头痛，但还记得昨晚美术师一行一行刷上去的白字。

千年祭坛和百年陵墓
乌鸦和红墙
不鸣不响的钟鼓楼
你，时间泛滥的土地
又要哪位年轻人灌溉？

第八章　PS日记2

6月6日，爱眼日。

她喜欢很长时间的前戏，我也不遗余力。

探索她身上的敏感部位。

一一照顾到，至少要花上三十分钟。

今天她也照顾我，像是重新开发，每到一处，便问："有感觉吗？"我点头或摇头，她便确定了我的反应区。

6月9日，生日

她和那个导演闹掰了，筹备的电影项目暂停，投资人撤资，财务师卷款逃跑。我生日这天，她被法庭传唤。我送她去西城区法院，第一次见她失去了骄傲和优雅。

她陷入伤感，说："举目望去，我周边都是一群吸血鬼，没有可以依靠的人。人到中年，人人都说我需要你，你却并无成就感，这是为什么？"

我专心开车，无法回答。

那晚，我温柔地把她抱在怀里，告诉她不要怕。

她哭了，说了前夫的一个秘密：前夫喜欢她把他抱在怀里睡。

她的眼泪润湿了我的手臂，她睡着了。

窗外大雨。

有种“念天地之悠悠，独怆然而涕下”的悲鸣。

6月10日，醒来。

看到她写了一首古诗。用毛笔写在书房的宣纸上，字颓败而美丽。

不惑去日短，天命来时长。

青丝未新妇，白发已老娘。

身轻难负重，心远必承伤。

五指纹渐止，一梦尚铺张。

她从佛堂出来，说：“给你补了一件生日礼物，在阳台上，自己去看。”

是一棵树，墨西哥棕榈树。这种树强健，不需要过度照顾，能自给自足。

她说：“你吊儿郎当胸无大志，但你够男子汉气概，我喜欢。而且，你像极了一个人。”

“谁？”

她装作没有听见。我也没再问。

就当她说我像这棵树。

6月26日，夏至。

她对吃很讲究，总是带我去昂贵的餐厅。

这天，我告诉她，我从此要吃素，吃一年。

她："为什么？"

我："我许了愿。"

她："在我佛堂里许的？"

我："不是。就是自己对自己许的。"

她："为了谁呢？"

我："一个朋友。"

她："谁？"

我："你。"

我后悔了，这近乎写给她一封情书。我想收回来，我们不应该涉及更深的感情。

这天，她又做饭给我吃，简单的打卤面，里面放了一种特殊的菜，叫做鹿角菜，清热。男子不可多食。

这次她没有戴口罩及其他。

我有些惆怅。不知跟她该如何收场。但我马上制止了这种念头。

我并不需要担心收场这种事。

唯一该担心的，是那待拆迁的房子，要再坚持久一些。

六月二十六日，失眠。

我的拆迁房大客厅里，放着一张行军床，一只白浴缸，还有那盆棕榈树。

酒店、客厅、卧室、书房、阳台、厨房、楼顶、汽车、公园在诱惑我，越是禁忌，越是诱惑。

并不是所有诱惑，都需要去尝试。有些诱惑，可以用来检验控制力。就当是自己与自己玩的游戏。

这些是我的敌人，我需要更多的控制力。

第九章　德胜公园

1.

从大宗派来说，太极拳属于武当派，发源于湖北武当山，盛行于明末清初，是著名的内家拳派。而太极拳后来又有分支，影响比较大的有：陈氏太极拳、杨氏太极拳、吴氏太极拳、武氏太极拳以及孙氏太极拳。

孙氏太极拳为清末武人孙禄堂所创，与别家太极拳的不同之处是，孙氏太极拳融合了形意拳和八卦掌的功夫。孙禄堂在近代武林中有“天下第一手”之称，靠的就是三家功夫的融合。他先学形意拳，师从郭云深，后学八卦掌，师从程廷华，最后学太极拳，师从郝为真。这三位师父，都是名家。

郭云深以“半步崩拳打遍天下”而著称，有徒弟李存义，李存义有徒弟尚云祥，尚云祥有徒弟李仲轩——《逝去的武林》一书的口述者，当代武侠片导演徐浩峰的二姥爷。逝去的武林，留下草蛇灰线之迹。

孙氏太极拳的底子，实际是形意拳。孙禄堂传世的主要著作有《拳意述真》《形意拳学》《八卦掌学》《八卦剑学》《太极拳学》，统称《孙禄堂拳剑五书》。

孙氏太极拳的第二代掌门人，是孙禄堂的小女儿孙剑云。孙剑云七岁开始习武，本名贵男，字书庭，后因一手剑法深得父亲真传，出神入化，遂改名剑云。书法、绘画、武术，是孙剑云的三家功夫。她重情义，为抚养大哥留下的四个遗孤，终身未嫁。生于1914年6月6日，逝于2003年10月2日。留给徒弟的一句重要话是："武功，必须要有文化陪伴。"

到公园教习武术的，已跟实战无关，属于全民健身了。德胜公园的夏师父，师从孙剑云，十岁开始习武，专攻拳术。后供职于国家博物馆，如今已年过六十。他耿耿于怀的，是这一身实战功夫，没有徒弟来传承。到公园免费教练，不过是散心。跟随夏师父打太极的，治病的多，习武的少。夏师父擅长拳术，他的陈师弟，擅长器械，曾拜师于长枪大师朱云通老先生。一个攻拳，一个攻械，这是他们师兄弟二十年前的约定，二十年后，他们聚首，眼神交流的是：徒弟在哪里？

冷兵器时代早就过去了，武学千年，天收回去了绝大多数。武术到了当代，跟文物已经差不多。花不起功夫，便得不到传承。

夏师父不知道，曾在他隔壁单位（故宫博物院）上班的沈从文，七十多岁时也发出过同样的感慨，当时他苦恼领导不重视文物研究工作，同时又后继无人，他在给领导的信里写道："无人接手，无可奈何，一切只有交付于天！”

小尔分手后，为静心，花一千多块两天时间，从金陵太极会馆的火师父那儿学了陈氏太极拳简要九式。可随即她发现，这个会馆的精髓是如何用太极思维来进行企业管理和人际交往，火师父是一个献身于金融投资领域的企业家。那么高的学费，实际是买一个人脉，可这些人脉对小尔来说，毫无用处，她犯了误入藕花深处式的美丽错误。小尔只得到了陈氏太极精要九式，这也算是一个好的开端，对于太极，她没有后悔。

一个早晨，她在德胜公园比画陈氏太极精要九式时，发现有另一个中年男人也在打太极，打得极其轻灵，人却如鸵鸟一样有高稳之气。

她问：“你这是什么太极？”

男人答：“吴氏太极。”

问：“练了几年？”

答：“三年。”

问：“有什么感觉？”

答：“除了吃坏肚子，没再生过病。”

又一个早晨，小尔的陈氏九式打得意兴阑珊。

又一个中年男人路过，问：“你这是打的什么太极？”

小尔如实告之。

问：“怎么这么简单？”

如实告之。

问：“那边有个师父专门教太极，你想不想去学？”

答：“好呀。”

男人："我帮你引荐。"

小尔问："你没学？"

答："我就学个站桩。"

问："为什么？"

答："站桩能了烦心事，我就为这个。"

不好再深问。

跟着男人去，见到矮大紧的夏师父。小尔之前见过，但不知道他在教太极，因为他过于温柔，轻言细语。

但他确实教太极，而且教得极为细心。有其然，也有其所以然。练法与打法，有问必答。

夏师父打拳，犹如黑熊的温柔，刚柔并济。

小尔从夏师父处免费学会了孙氏太极拳九十七式，花了三个星期。之后又断断续续学了太极剑以及形意拳里的劈拳。形意拳劈、崩、钻、炮、横五法，劈是基础，属金，走肺。一个劈拳，就可练三年。

有一天，小尔练了一个小时后，问师父："师父，我能成为大师吗？"

师父真诚地回答："你可能永远也成不了大师。"

小尔问："为什么？"

师父："你看，你每天练拳一个小时，根据一万小时理论，你要三十年后，才能精通，精通之后，你至少要再花一万个小时才能建立门派，教学相长，一通百通，也就是说，保守估计，六十年后，你能成为大师。但我不知道，你是否能够活那么久啊。但理论上讲，只要你够长寿，你还是能够成为大师的。"

小尔：“师父，你这是在打击弟子吗？”

师父：“佛家需要棒喝，武家需要打击。都是好事。”

小尔：“多谢师父。”

小尔知道，由于她没有花功夫站桩，这些拳法，都难以深入。师父再怎么打击，也没有用。她只是散装弟子，要学真东西，是要正式递帖拜师的。徒弟相师父，师父相徒弟。师父没暗示，徒弟不敢递帖。

一年期间，只有两个弟子递贴了，一个四十多岁，一个二十多岁。并举行了正规的仪式：在拜师宴上读拜师帖，奉茶，听师父训话，请证明人和师父在拜师帖上签字。

小尔看着那个二十多岁的保定小伙子，他浑身上下充满了蛮劲，拜师宴后一直拉着师兄弟论武行拳，看似一个武痴，可能是这个门派的未来。

但师父担心的是他文化还不够，缺乏自我管束。果然，拜师宴上，他失手打伤了人，师父很伤心。

文人习武，会流于理论，但武人习文，可臻于化境。这也许就是孙剑云老师父说武功要有文化陪伴的用意。

小尔这种弟子，就像那地坛公园唱戏玩的，不过是个票友。

但只要长寿，还是有希望的。小尔如此安慰自己。

她遵从师父的教诲，在非高峰时段的地铁里站桩，在空无一人的游泳池里打拳。或许有一天，小周天真的会降临。

2.

要成为某个领域的专家，需要一万小时。按比例计算就是：如果每天工作八个小时，一周工作五天，那么成为一个领域的专家至少需要五年。这就是一万小时定律。如果减半，则是十年，十年磨一剑，古人不是夸张。

这其中的关键是作息规划。

蝴蝶犬混血儿小醉的一天是：早上醒来，散步，吃早餐，睡觉，吃中餐，睡觉，晚上散步，睡觉。生活的组成是两餐饭，两次散步，三段睡觉。简单得近乎“空”。它最大的欲望是：吃。

相比之下，如何分配时间，如何辨认出自己最大的欲望，倒成了小尔最大的问题。

把谈恋爱这项去掉后，她还剩下翻译、练拳、朗读、吃饭睡觉、洗漱打扫、看电影、读书、练书法、散步、写文章，等等事情。

翻译和朗读是生存，每天至少花掉八个小时，吃饭和睡觉是活命，每天至少花掉九个小时，还剩下七个小时，练拳一个小时，散步一个小时，读书两个小时，写作两个小时，洗漱打扫半个小时，还剩半个小时，看电影和练书法，就成了随机的事，看电影至少要一个半到两个小时，它会占用散步或读书的时间。

实际上，每一件事都可能超时，超时是快乐所在，不可抑制。

可以去掉的，该是什么呢？

结论是，用于生存的时间，太长了。

用于生存的时间太长，可芸芸众生，谁不是呢？（也许获得了财务自由的人可以除外）在巨大的生存压力下，人们发泄，放纵，打捞救命草，聚散离合，寻找出路，质问意义。人间炼狱，不就是这个意思？

有时走进人多的地铁，所有人都在看手机。在巨大的静默中，小尔不可抑制产生一种虚幻感，头顶开始起风，灵魂已然出窍。而眼前的人群，像是被催眠了的行尸走肉。她想跳出这范围之外，但之外也是黑色深渊。

为了活着而活着，是生命的悲剧，是不可承受之重。但去掉这层重，却是虚无，是人间的画饼充饥，是喜剧，是不可承受的轻。

小尔想，或许，谈恋爱是不可以去掉的，那是拯救清醒的好办法。

问题是，现在恋爱这种事还能麻醉自己吗？靠什么蒙蔽自己开始？要不要同居？要不要AA制？控制不了厌恶怎么办？怎么分手好？分手后养的狗想他了怎么办？

一想到这些具体操作问题，就非常扫兴，无意实施了。

思想的巨人，行动的矮子。母亲对小尔的定论。

沉溺如同无休止的纵欲，所以，丧失了行动力，是必然的。

小尔改变了作息，调节了气息，难以改变的，是灰心丧气。

到哪儿去找一个像萨特和波伏娃一样的非婚姻终身伴侣？要花多少时间？要受多少侮辱？老天到底有没有给你安排这件事？

静止是死亡的开始，或许，只是需要一场旅行？旅行唯一的意义，不过是时空的流动，跟散步也没多大区别。或者，换个城市生活？同样的事情又来一遍，也使人厌倦。

失眠是因为想太多。需要把注意力集中到腹部，氧气不要往脑袋上供应，就会睡去。

第二天早上，小尔睡过了头。

小醉也跟着睡过了头。

他们错过了早晨。

无晨

思辨是容易的
雨后尘土的气息
难以相处

落叶四季都有
时辰都在
开始是荒鸡 最后是中夜

语言比思想更黑
眼睛 接不住光亮
错过的 是在大地上迎接太阳

为何 要挽救光阴
不如睡去 不如醒来

无言之树 带露之花
不是无意义
只是未必对你有意义

3.

说是锦囊，可小尔拿到手一看，简直可以出一本书了。

是写在一本皮面本子里的，也不知道老头戴着老花镜，写了多久，估计挺有灵感，一下笔就收不住了。

相亲中必须要问的十五个问题：

1. 你多大了？

注：要准确地回答哪一年出生的，是否和身份证上一样。

小尔："年龄差距你的标准是什么？"

老头："大五岁或小三岁都可以考虑。"

小尔："这个标准到底怎么得来的？"

老头："离婚统计学。"

小尔："我不信。"

2. 你叫什么名字？

注：一开始用网名聊的人，一定要问真名，真名太难听不能要。比如：曹操。

小尔："同意。"

3. 你的工作具体内容是什么？

注：工作名称和工作内容千差万别。比如：他说，做互联网

创业的。很有可能是做网络婚介的。

小尔：“你是怎么知道的？”

老头：“经验。”

4. 你的作息时间是怎样的？

注：至关重要。从一天、一周、一年的作息，可以判断此人的一生。

小尔：“作息难道不可以改变的吗？”

老头：“除非生活发生戏剧性转折。”

小尔：“什么叫戏剧性转折？”

老头：“就是他突然感觉到命运控制他，他想要反过来控制命运。”

5. 你理想的婚姻是什么？

注：他对婚姻的认识，就在这个答案里。包括以后的家务分工。

小尔：“既然是理想的婚姻，都会描绘得很美。”

老头：“你能判断出吹牛和修辞。问细节。”

6. 你抽烟喝酒做运动吗？

注：他的健康状况在这里。

小尔：“我能接受他先去世。”

老头：“除非在你还年轻的时候。”

7. 你理想的生活是怎样的？

注：他对人生的认识在这里。

小尔：“看透未必能行透。”

老头：“看都看不透，智商太低不能要。”

8. 你平时听什么音乐？看什么电影？读什么书？

注：他的全部内涵在这里。

小尔："丈夫要达到知己的要求吗？"

老头："除非你一个知己也不要。"

9. 你谈过恋爱吗？

注：遇见理科男，一定要问这个问题。他有可能对恋爱毫无经验。

小尔："那我正好可以培养他啊。"

老头："等培养好了就成别人的了。"

10. 你离过婚吗？

注：隐瞒婚史的渣男大有人在。

小尔："不是说离过一次婚的是宝吗？"

老头："那他会主动告诉你。"

11. 你定期洗牙吗？用电动牙刷吗？知道刷牙要刷舌苔吗？

注：如果你喜欢接吻，必须问。

小尔："同意。"

12. 你早餐吃什么？

注：早餐是他的生活质量。

小尔："我的早餐都没质量。"

老头："那你更需要一个做早餐的丈夫。"

13. 你喜欢吃什么菜？

注：他可能永远只喜欢吃他妈妈做的菜。

小尔："那还问干什么？"

老头："你可以更了解他，以后还可以通过食物来谋杀他。"

小尔："……"

14. 你的星座、属相和血型？

注：可以参考。

小尔："人真的有那么简单？"

老头："决定于你。"

15. 你在哪里上的大学？

注：哪里人不重要，大学把那个人完全改变了。

小尔："我听说第一份工作会改变一个人。"

老头："一起问。"

这十五个问题，不能叫锦囊，该叫社会调查。如果用统计学，能回答完这十五个问题还让人满意的男人，早就跟人百年好合去了。所以，小尔决定把锦囊收起来，当做纪念。锦囊带来唯一的好处，是把她的相亲冲动打消了十之八九。

老头："不听老人言，吃亏在眼前。"

小尔："我吃亏已经两千年了。"

4.

那时候，林迁住在东四十四条。本应念做东四、十四条，但每次，他都喜欢念做东、四十四条，似乎这样更有气势。

一座房主自建两层平房的二楼，大约十五平方米，一张床，一张桌子，一个衣柜，木地板，有电暖气，有洗澡间。一千六百块一个月，林迁已经十分满意了。离开集体生活，他总算有了自己的立锥之地。

这个空间里，占用面积最多的，是书。桌上，衣柜里，地板上，床上，都是书，他睡三分之一的床，书睡三分之二。

范中文从来不来他这里，他也从未去过范中文住的地方，他们只在“大开嘴戒”见面，范中文的办公室，办公桌或者沙发床，或者地板。那里是他们的离骚乐园。这里是他的大隐老寺。

他在黑暗中，躺在床上，睁着眼睛，看着远古的深渊，想诗。想好了，一骨碌爬起身，记在本子上。有时洗完澡，赤身裸体，拉开窗帘，看着窗外的屋顶和树叶，想诗。想好了，穿上衣服，记在本子上。有时打开电脑，点击某个视频，在房间里踱来踱去，想诗。想好了，记在本子上。

他帮导师做一些项目，枯燥的论文占去了大部分时间，但那可以获得房租和生活费。他想停止写诗，但无法停止。他从未想过，自己有一天会写不出诗。

院子里有一棵大椿树，叶子总是落在门前，枝丫随风摇摆。林迁有时打开门看椿，看房顶，还有房顶上偷腥的猫。

楼下是一对做麻辣烫生意的小夫妻，傍晚出工，上午在院子炖海带，炖土豆，各种乱炖，还在对面房顶晒奇奇怪怪的小鱼干，引来脏兮兮的贼猫。

隔壁是一座高大的青砖瓦房，像是富贵人家，椿树和柳树的枝丫照在青砖墙壁上，影子妖娆无边，引得林迁总是举起手机拍照。

林迁拍树影，拍房顶上的猫，拍最先发黄的那片树叶，拍在树杈上落下去的太阳。胡同里有两个男人在聊天，其中一个矮胖忽然大声讲话，读那么多书的人，脑子绝对读坏了，基本就是个傻子。

林迁知道，京城土著把人分两种，牛和傻。矮胖讲得似乎有点道理，但林迁认为更有道理的是，牛不过是更牛一点的傻。

林迁爱上了拍照，只拍人，用手机飞快地拍，去人民广场拍，去火车西站拍，去火车南站拍，去火车北站拍，去机场拍。

杨德昌的电影《一一》里，有个小孩，专门拍人后脑勺，他的理由是：大家看不到自己的后脑勺，他可以拍给主人看。林迁拍照的目的，正好相反，他看不见自己，他想通过别人，来看到自己。所以，他去一切人多的地方，拍众生相。

广场上全是拍照的人，林迁拍这些在拍照的人，他们总是眼睛微眯，表情严肃，对于他们拍摄的对象，要求严格，不能挡住领袖的像，不能遮住英雄的碑，不能和不相干的人亲密合影，所以，他们拍照速度很慢，连林迁都拍得没了耐心。

西站到处都是枕地睡觉的人，他们随便人拍，只是很难拍到脸，拍出来太现实主义，诗人无法承受，最终统统删除。南站是高铁站，高大空旷，座位上的人整整齐齐，渺渺小小，不是呆呆看手机，就是昏昏打瞌睡，拍出来像是死穴，删除。北站出来的人，最生动，他们总是有点蒙，为什么那个最显眼的地铁入口不能进？为什么这个广场被高楼包围了？到底要怎么过马路？林迁喜欢北站。机场人们走路太快，很难抓拍。而且，这里的人，都面无表情，他们大多数都戴着耳机，有的戴着墨镜，一切看起来，都那么隔离。删除。

很难拍到快乐的人。有时还会遇到愤怒的人：“你拍什么拍？”

林迁讨好一笑：“好玩嘛。”

人：“滚！”

林迁很沮丧：“人们拒绝拍照的理由很可能是因为他们不喜欢自己。”

林迁问自己：“你喜欢林迁吗？”

那个在柳梢头曾经放火烧过三座青山而被永远驱逐的少年，那个站在杂草丛生的岩洞边宣布自己要做诗人的少年，那个在湘江边想要体验全人类的情感而下定决心的少年。那是林迁吗？

林迁是谁？

他翻开手机，竟然没有一张自己的照片。他脱光衣服，走到镜子前，给自己拍照。曾经壮实红润的少年，现在变成了苍白瘦弱的诗人，这就是林迁少年时的梦想？

林迁是一个诗人吗？他从来不怀疑这一点。他怀疑的是，在他的离骚乐园里，世界是否已经隐藏了他的面孔，他的感官是否已经渐渐失去作用？不然为什么他的心越来越麻木，所有的痛苦，他都能够不动声色地照单全收，所有的失去，他都隐隐有一种期盼？

现在他不能写诗了，母亲死了，关于出生的噩梦也死了。他是否应该结束流浪，结束诗人的身份，回到故乡，把自己埋进故乡的土里，写完最后一行关于来处的诗句？

他回顾了自己的一生，除了小尔和诗歌，没有其他给过他安慰。生而无父，老来无子，是为孤独。奇怪的是，他从未想要一个家。为什么诗歌选中了他，他找不出线索来，为什么诗歌最后又抛弃了他，他也找不出线索来。

跟母亲没有关系。与母亲的子宫分离后，情感上再无关联。她为他找了一个父亲，但他不承认。被驱逐才是他的渴望，回归不是。他没有故乡。

他想爱这个城市，想把这个城市涂满诗歌，但他涂上的诗歌，都消失了。如同梦消失在梦里，如同尘埃落进了尘埃里。

5.

傍晚，小尔带小醉去德胜公园散步。公园里的巡逻保安坐在石凳上发呆，从侧面望去，他深色的皮肤和皱纹，黄绿色的军帽，以及保安服上被烟灰烧出的黑洞，都让小尔想起父亲。

小尔打电话回柳梢头，母亲接起电话，小尔问父亲在干什么。

“现在凉快，他在地里种辣椒、茄子和空心菜。”

“他不是不喜欢吃茄子吗？”

母亲：“我喜欢吃。”

四季有不同的播种，每次打电话回去，他总是在地里。

他对那土地爱得深沉，每一寸都翻遍，每一天都相见，照料它，期待它，从不抱怨，只有理解。那土地也从不叫他失望，那是有良心的土地，跟京城这片土地不同。京城这片土地，可能古往今来人太多，良心被糟蹋坏了。引诱许多年轻人用青春来灌溉它，它却像铁树一样难以开花，许多人都颗粒无收地离开了。

走过紫薇花树盛开的夹道，能远远望见德胜门箭楼。

袅袅兮衰风，中心波兮英落。

城墙被推倒了，城门独自矗在那里。周围的一切，都是新的。

相对无言。在静默中，小尔听见人生的谎言纷纷坠下，真相凸显。

你到底在渴望些什么？答案会跟随肉身一起尘埃落定。

行走中，小尔脸上忽然撞到蜘蛛网丝。原来，蜘蛛在深夜忙活。天地间的热闹，其微小，其盛大，都是这般永恒与脆弱共生。小尔心中一放，犹如得到安慰，犹如把脸藏在繁星间，犹如漫步在群山之巅。

那天，小尔回到八步口胡同九号。回去的时候，保安已经没有坐在那里。途径荒园子的蓝色铁门，上面涂鸦着一行白字：

我愿成为任何人。

第十章　千年婵娟2

1.

一个有朝霞的早晨，王夫人将十二岁的婵娟接进了府中做贴身侍女。王夫人脸上没有悲喜，淡淡地说，既然相公相中了你，那便是你的福气。你也该跟你的过去告别了，名字也改了吧，随我姓，今早有云，就叫朝云吧。

从此，我的姓名便成了王朝云。七年后，侍寝先生，先生赐字子霞。先生年长我二十六岁，本以为，他会先我而去。谁料，我与先生的全部缘分，也不过二十二年。与先生永别时，先生六十一，我三十四。我去后四年，先生去。旦为朝云，暮为行雨，本乃倏忽之物，怎得地久天长？

水光潋滟晴方好，山色空蒙雨亦奇。欲把西湖比西子，浓妆淡抹总相宜。这是第一次相见，先生赠予我的诗句。从那时起，我便下定决心，愿用一辈子的努力，去做他的知音。那时，我是西湖歌女，腰细能握，手似柔荑。只是，我的粉面尚在含苞待放中，只有赏花高手才能识别我的水光潋滟。朱唇启合之间，一曲终了，先生当即为我赎身。那时，我对男女之情还没有真感觉，风情是学来的。真情这种感觉，是后来从王夫人那里领悟的。王夫人不是我的情敌，我只是先生日后一手培养出来的知己。先生的这种爱好，在那时是认真的。只是到了鬼祟的20世纪，就被一个五十六岁的男人描述成了象征性的《海边的王国》，那里住着永远十四岁的洛丽塔。

先生选择十二岁的我，是从容的，从容地等我长大。为我赎身后，他赋词宽我心：琵琶绝艺，年轻都来十二。拨弄么弦，未解将心指下传。主人瞋小，欲向东风先醉倒。已属君家，且更从容等待他。七年的从容，已足够让我成为他的知己。当然，这是王夫人教导的功劳。在她的堂姐去世的时候，她答应过要好好照顾先生。我从她那里，首先学会了什么叫做承诺，包括她对我的承诺。她从未亏待过我，对于我来说，她是这个世界上，我最值得依赖的人，我永远是她的丫环。先生因诗作入狱的那四个多月里，她从未慌乱，只是叫我和她一起，把先生的诗作，一篇一篇地烧掉。火光前，看着她起了皱纹的脸，我突然想起，曾经，我被母亲唤做婵娟。

那天早上，我在男同学的客房醒来，他已经出门了，客厅大桌上，放着那幅画。

十五年过去，画的颜色已经消退，纸张也已经薄脆，我已经不认识画上的人。这是一张注定无法留存的画，我怕一碰触，它就消散了。那时，我和男同学还不懂得选择载体。这纸张，是短命纸。用千年之寿的纸张，才能承载千年不变的容颜。我叫朝云的时候，是懂得这个道理的，后来，忘了。

千年前，先生得澄心堂纸和八松梵墨，皆先生至交好友潘翁所赠，庆祝先生大难不死出狱。那天先生长啸吟诗，举杯开怀，趁着酒兴，让我为他画像，就在有千年之寿的澄心堂纸上。

我迟迟不敢下笔。澄心堂纸本是南唐后主李煜的专利，潘翁是仿制的，但纸面依旧坚洁如玉。这样的纸，下笔不洇，可存千年。先生对我一笑，唇厚齿齐。我放下心来，画下心中的先生，并在右上角，加了一轮十二的月亮。先生问："这是什么？"我答："是婵娟。"先生又朝我一笑："你今年多大了？"我答："十七。"

先生没再言语，而是在画像上加了一首诗：平生文字为吾累，此去声名不厌低。塞上纵驰他日马，城东不斗少年鸡。

先生连同诗和画，都送给了我。我想我已经准备好了。可王夫人没有准备好。没关系，我愿意再等。先生的画像，我收在箱子里，两年后，王夫人对我说，拿出来吧，今晚你可以去先生房里了。

那一夜，我是十九岁的王朝云。画像右上角的月亮，圆满了。先生没有俸禄的四年，是王夫人最快乐的四年。先生终于完全属于这个家了。可我知道，先生还有更多的快乐。

我怀孕了。我把那幅画藏了起来，没再打开。先生就算没有俸禄，依然是文坛最风骚。他的诗词，比以前写得更好了，可惜，他没有再为我写过，直到我去世。我并不遗憾，我遗憾的是，在也无风雨也无晴的日子里，没有在晚上，多看几眼月亮。

我们的儿子，不提也罢。世界上最美丽的东西，都不会存在太久。

儿子没了后，我有了一间禅室。我把先生的画像挂在里面，面对着它，每天在一丈四方之内参禅。可禅是什么呢？蝉，婵，禅，有什么区别呢？我参的，不过这些东西。先生并没有劝慰我，只是让人给我送了一只玉蝉。玉蝉嘴部，中心刻着九格，周围标示四方。我久久端详，某一天，一道闪电在我脑中劈开，我看见自己端坐在那九格之上，而禅室四角，向我刺来……

我的嘴唇和男同学的一样红润了，因为我正在吃他给我买的牛肉粉。男同学看着我，叹了口气，说，人贵有自知之明，我早就想通了。

千年前在方丈之室的我，也是这样想通了。我看见了自己的位置。禅，不过是一种方位关系。而这种关系，永远都在变化。我顿悟那天，有人来报，王夫人，病危。我看着那幅画，我把自己画在先生的头顶上，阴上阳下，合适吗？那不是泰卦吗？坤上乾下，是好的。

离开杭州十五年后，先生带我旧地重游。先生老了，我长大了。我明白了自己在这个世界的位置，在先生身边的位置，还有，在我自己心目中的位置。我心目中，王夫人排第一，先生排第二，自己排第三。道生一，一生二，二生三，我们三个之间，我也理解为这样的顺序，没有王夫人，没有先生，就没有我。在杭州，我无须缅怀往事，也无须担心先生，我所忧虑的，是夫人的身体越来越差。

夫人在先生重返京城再度得宠时开始衰老，而先生的衰老是在此之后。先生一生在官场中起起伏伏，夫人也随之辗转反侧。到了晚年，她不再求云帆沧海，只愿能风平浪静。先生过了高兴劲儿，也体会到了夫人的这种心境。随后，他请辞京城。之后的杭州与扬州，先生的身体开始走下坡路，他玩不动了，酒也越喝越少。夫人去世前夕，我日夜守候床前。回光返照的时候，她对我说，你之前不是给他画过一幅画吗？拿来给我看看。我说，在禅室的时候，已经烧掉了。她笑了，说，你遇见他的时候，他已经老了。你不知道他年轻时什么样子吧？来，备笔墨，我给你留存一幅。

夫人临终前，给我画了一幅先生年轻时候的画像，齿齐唇厚，衣袂飘飘。那一年，先生十九岁，与夫人的堂姐成婚。堂姐十六岁，夫人八岁。待到堂姐去世，先生续娶夫人时，夫人已经二十一岁。等待那么多年，是值得的。这是她最后留给我的话。

夫人去世后，我住到了禅室里。那幅画像，我也收了起来。取而代之的，是一幅字："如梦如幻如泡如影如露如电。"先生似乎很沉着，但双手渐渐枯萎，肚腩也慢慢瘪了下去。我知道，那一肚子的不合时宜，不是消失了，而是和他融为一体了。

我们没有告诉对方彼此的衰老，也从未讨论过越来越困苦的生活。夫人去世后，先生的运气日渐颓败，新上任的皇帝将之一贬再贬，直至惠州。临行前，先生问："谁愿随我去？"他站在那里，眼皮轻轻跳动，我知道，他很紧张。他有一个朋友，年老体衰时，侍妾都离开了。我只是看着他，嘴角一动，什么也没说。他的眼皮不跳了。随他去，舍我其谁？他心底洞明。只是，他希望我不去。

惠州共五人成行：先生，我，小少爷，两个老嬷嬷。生死相随的情浓言淡，先生全心全意地承受着，我们之间，不用再靠言语交流。我担心他会更加衰老，没想到，更加衰老的是我自己。枝上柳棉吹又少，天涯何处无芳草。我所担心的，不是我这身柳棉即将随风逝去，而是在我的尽头，再也没有"芳草"能为先生而垂青。

前生后世，就像语文老师摊开在桌上的那两只手，可望而不可即。

关于手的作文，你要写些什么呢？他这样问我。我就站在他对面，无处可逃。紧张之下，眼前浮现的竟是一个手部动作，我不自觉地十指交叉，两拇指伸直，指尖相抵，两食指弯曲，也相抵，其余依旧交叉。

"哪里学来的？"他看着我的手指问道。

我这才惊觉，自己手上，已有一些动作。多年后，我才知道，那其中有风，有空，能开花，却是入定。冥冥之中，那就是我要对他说的话吧。关于手的作文，我能写些什么呢？花了一周时间送给他的画，他并没有明白。而我那神秘的手势，连我自己当时都没有明白，所以，我松开了手，想要一个自己更不懂的答案：我想写一首诗。

这是一种挑衅吧，我以为。我等着看语文老师的反应，但却被他的手再次吸引。他做出了我刚才的手势，两拇指伸直，指尖相抵，两食指弯曲，也相抵，其余手指交叉，并在食指之后。那一刻，我有微弱的侥幸：或许，他发现了我画中的秘密？我的心顿时像阳光下暴晒的豆荚一样，跳了一下，但并没有裂开。因为，他放弃了手势，抬头说："哦，诗？你会写诗？"

是的，我不会写诗。他的质疑是对的，那天，我羞愧地离开了他的办公室，不过，我没有承认自己不会写诗，而是在一种渴望膨胀头脑昏热的状态下大声回答："是的，我要写诗！"随后，我鼻孔一痒，打出了一个唾沫四溅的大喷嚏，在余音袅袅中，我仓皇逃出了他的办公室……

像是宇宙突然爆炸，我在时空中被抛来抛去，所有白驹过隙的瞬间，在我瞳孔的相机中被升格放慢，无意识中被保存进潜意识里，只要闭上眼，它就能再次一帧一帧画面重现。

在橘林中，风一来，橘子们便呜呜写诗，但谁也读不懂。正午，它们用影子写出一行一行珠圆玉润的字，像怀春少女，看一眼都让人心旌神荡。然而，所有的人都在午睡，一如永逝后的无可交流——

到达惠州后第二年，我在先生怀中与他永别。这一生的柳棉，就这么吹完。我本想留一点，再留一点，不惜力气地吝啬而存。而先生说，子霞，太辛苦。他摇摇头。

摇头，再摇头，我想把这些升格的记忆快进。

眉毛高扬，眼睛细长，鼻挺耳阔，唇厚齿齐。定格。

2.

小尔出生的时候，父亲在屋前种了一棵棕榈树。那棕榈没有她长得快，是个矮子。父亲说等她上大学，棕榈就长高了。棕榈没有枝丫，只有叶子，叶子一片片地枯萎，它就一寸寸地长高。枯萎的叶片根部，形成棕，紧紧裹在树身上，剥下来，可以织成蓑衣。父亲童年时，曾跟随一个织蓑衣的师父学艺，照顾师父的一切生活起居。后来新中国成立，重逢到翻身的贫农堂姐，带他去上学，他才识字。

父亲喜欢种树，门前有椿树、梨树、梧桐树、木芙蓉、橘子树、枇杷树、芭蕉树、桐子树、桑树、绵竹、栗子树、葡萄藤。屋后则是大片的松树。梧桐和绵竹疯长，没有什么用处。树长得越慢，材质越好。唯一不长的一棵树，是桃树旁边的那棵菩提树。

如果要架独木桥，棕榈树是最好的选择。

也许，这就是父亲为小尔种下一棵棕榈树的原因。

一棵要做独木桥的树，父亲难道是这个意思？

小时学诗：公无渡河，公竟渡河，渡河而死，其奈公何？

此公若有棕榈树，当不会渡河而死了吧。

小尔问老头：“你为什么不要孩子？”

老头沉吟了一下，开始讲起往事。

老头说自己三十岁以前，最开心的日子，是在部队当兵的日子。

当年为了躲避上山下乡运动，他进了木工厂当工人。可后来，又为了远走他乡，他应征入伍，到内蒙古经过三个月的新兵训练后，分到特务连侦察排，做了一名侦察兵。

小尔："为什么要远走他乡？"

老头："这是我生活中的又一个谜。"

老头年轻的时候，自认为是一个人人都喜欢的角色，因为他机灵，脑子转得快。关于这一点，他举出过一个细节来例证。

还是新兵时，有一天，他在打篮球，班长忽然点他名，他立正答到后，班长什么也没说，只是扔给他一个打火机。他接过打火机，看到班长手上有一支未点燃的烟，马上明白了什么意思。他转身便到隔壁的汽车连找空汽油桶。找到空汽油桶之后，用铁丝和棉花蘸出了里面剩余的汽油，再挤出来，滴进班长的打火机。那时的打火机是灌汽油的。火机扔回给班长，班长点燃了烟，从此对他青眼有加。

可是，他不明白的是，自己这么聪明机灵，却并不招父母待见。母亲总是骂他狠话，恨不能他出门被车撞死。而父亲，总是一副要打死他的架势。这就是他至今也不明白的一个谜。

小尔："是你太调皮？"

老头："不是，我还真不调皮。"

小尔："是他们孩子太多？"

老头："不算，家中四个，我是老大。"

小尔："父母婚姻不幸福？"

老头："不是，他们感情还行。"

小尔："你不是他们亲生的？"

老头："也不是。"

这样的问题，老头也问过自己千百遍，但就是找不到答案。或许，只是父母不知道怎么做父母，他说："你不知道，我们周边，有太多这样的家庭。"

老头一辈子，没要孩子，也不喜欢孩子。或许，这也是原因之一。

两年义务兵之后，复员回来，因为学了擒拿格斗，学了投弹打枪，他进了一家文物单位做保安。

在漫长无聊的保安岁月中，他开始读书。通过读书，他开始做盗版书生意，并掌握了后来他发大财一门专业技术：炒股票。

为了不要孩子，他娶了一个不能生育的法国女人。他们过得相敬如宾，是他理想的婚姻生活。直到五年前，妻子对他说："我想回法国了。"

她回去后，就没再回来。

大概因为卖多了盗版书，到快六十岁的时候，老头开始收藏正版书。

小尔："这么多书，你读了多少？"

老头："我只读我喜欢的。"

小尔："比如呢？"

老头："比如够深度的。"

小尔："……你有没有写过诗？"

老头："爱读书的人，都干过这种荒唐事。"

小尔："敢给我看看吗？"

老头："世界上已经没有我不敢的事，只有做不到的事。"

老头指着身后书架最上面一排左边第一本书："拿那本。"

《钢铁是怎样炼成的》。

翻开，里面有一张发黄的手稿，正是老头写的诗。

卵子

卵子最宝贵的是生命。
生命属于卵子只有一次。
卵子的一生应当这样度过：
当在卵巢里等待的时候，
她不会因为虚度年华而悔恨，
也不会因为碌碌无为而羞愧；
在终于受精的时候，
她能够说：
我的整个生命和全部力量，
都已经献给了世界上最壮丽的事业——为人类的延续而献身。

3.

老头在得知小尔不再想结婚后，有一天突然邀请她："我邀了一帮老朋友去一个院子里烧烤，你要不要去？"

小尔第一次问老头多少岁的时候，老头回答："我这种岁数，说出来，只会有两个结果。第一，别人会想，应该拉去烧了；第二，我自己会想，是不是应该自个儿直接走去烧了。”

所以，跟一帮老年人吃烧烤，实际是一件很恐怖的事。

但是小尔去了。

西三旗，一个停车场里头的院子。

秋天已经到了。

茅草尖变黄，芙蓉枝打苞，地上有新鲜的落叶，空中有飘来荡去的风，丛林之声，让人心碎心醉。杨树翻起叶子，用近视眼看，像是开了一树的白花。一周不出门，便摸不清季节的温度，小尔没穿好合适的衣裳，有些冷，像是去年冬天想着分手时的感觉。但北方的冬是温暖的，秋的冷，要珍惜，它是新的，够干净。把T恤外面的衬衫脱掉，春捂秋冻，就是这个意思。

隔壁院子有不知名的花过墙而来，香气袭人。还有一只黑狗，蹲在墙角，眼睛发出绿光。不赏秋月，便一生不解风情。就算是初一朔月，也该举杯吟诗。

就在这里
在太阳的背面
大半虚度的年月
介于半晨半夜之间

每月都是全新的开始
也是性质不同的结束
只有醉时

才默然凝视

杂乱无章的念头
在无法言述的事物中来回传递
联系那已经失散的东西
一旦找到又重新失去

循环往复
一次又一次

老头们用新疆捡回的红柳穿二两一串的羊肉，喝一种叫做布鲁克林的啤酒，聊着世纪初的往事。

一个不善言辞的老头喝高了，忽然蹦出一段话来："你娘把你生下来，你就去活！成天躺在那里思考什么人生！"

很久没喝酒的小尔慢慢喝了一瓶，吃了很多肉，一点也没醉。只是当天晚上回去后，失眠了。久违的失眠，在黑夜里睁眼，味道醇正。

她躺在床上，想起一个相亲者用微信发给她的评价：你身上隐隐闪耀着被宠溺的小女孩味道，又有着微微的成熟光芒，既不过于高傲，也不显得低俗。对于我来说，笑得还有些贤惠，是妻子的好人选。

第十一章　奥林匹克

1.

奥林匹克森林公园南园被打造成了跑步公园，铺上味浓色重的塑胶跑道，标上3km，5km，10km，吸引日跑夜跑日夜跑的男男女女帮助起尘排二氧化碳除雾霾。沿途又建立了服务站，出售各种花花绿绿的食品饮料衣服鞋子以及不知何用的累赘品。

小尔去跑过两次便不想去了。第一，人太多；第二，没有唇丰臀翘身有长物的美男子可看，有的都是拖家带口大腹便便被生活磨秃顶的浊泥胎。据说，现在爱健身的美男子，要么去了女客居多的健身房当男教练，要么就去了影视圈做面瘫男花瓶。美人是民众的近水楼台，但从来都是民众得不到的月，没有什么好抱怨的。

“奥森”公园剩下唯一的好处，是可以在所有草坪上随处搭帐篷，可以对着那水草丰茂的人工湖像得了肺水肿心脏脂肪瘤一样，内心肿胀一整天。

鉴于这个好处，林迁准备在奥森公园南门入口左转两百米处的奥海南岸露天演艺广场，搞一个以“诗意栖居”为主题的即兴行为艺术，赞助商是方家胡同四十六号院的京城自助烧烤店“大开嘴戒”，参与者啤酒烤肉全天畅饮，还有专人服务。

这是范中文送给他最后的礼物。

一天，林迁进办公室，碰到美术师出来。范中文对林迁说：“我想出钱给你自费出一本诗集。”

这是对诗人最大的诱惑。纵观历史，大多数诗人的第一本诗集都是自费的，且销量极少。一般来说，自费出一本诗集也不算贵，首印一千册，大概也就两万人民币。但如果这是一个亏欠你的人提出来的，除了歉意和弥补，还会有他自己可能都未曾觉察的侮辱意味。

林迁曾经受过这样的侮辱：家乡有个暴发户，有一天忽然送给他妈一笔钱，告诉她，你儿子想出多少诗集就出多少诗集，算是我对这个村的文化赞助。

因为是第二次，林迁很快就嗅出了这个建议里头包含的那种对诗歌的毫不在乎和对诗人生活的彻底否定。这是一种非人道主义施舍，你不能可怜一位诗人的贫穷，就像你不能嘲笑一个小孩的天真。

林迁拒绝了范中文的出诗集诱惑，并提出了解散离骚乐园。范中文为此感到遗憾。他用手机录音，清唱了一首《明年今日》发给了林迁。林迁明白了他的意思。只回了一个数字加一个微笑：369。

相识369天。

明年今日，别再要失眠，床褥都改变，如果有幸会面，或在同伴新婚的盛宴……明年今日，未见你一年，谁舍得改变……

范中文唱歌还是好听的，像老狼，是林迁最喜欢的那种北方男人的声音，若说舍不得，便是这声音。但这声音也不是他的，便没了舍得不舍得。

范中文给林迁发微信："来店里吃饭，终身免费。"

林迁："他会写诗吗？"

范中文："你写的诗，并不属于我。"

林迁："你说得对。"

范中文："还是好朋友？还来我店里搞活动？"

林迁："我搞活动的时候，你不要再出现。"

范中文："你还是那么情绪化。"

林迁："答不答应？"

范中文："这样吧，我帮你策划一次包你满意的活动。"

2.

替代林迁位置的，毫无悬念的，是电影学院那个美术师。

范中文把林迁在孔庙听雨的一张照片挂上了墙，排行第六。

美术师将会是第七个。

奥林匹克森林公园的活动，美术师表现得极为积极。他伪造了各种介绍信和同意书以防突击检查。还布置了整个现场，让范中文辅助他准备一切有可能用到的道具。

范中文负责制片服务，他带了五个服务员，五张烧烤台，十张餐桌，五十箱啤酒，二百斤猪羊牛肉等到现场，以及其他饮料零食不计，他说预计至少有两百人到场。因为他提前一周就给各种乱七八糟的朋友发了电子邀请函，跟办婚礼一样正规，前一天还最后确认一遍。

但当天六点进园时，管理人员发现烧烤台后，严禁使用，不让带进去。范中文只好把烧烤台和肉拉走，在园外找了个地方烤好后再拉进来。垃圾自然也要绝对管控，不可以见烟火。

活动表演时间定在周六上午八点开始，据说这天的游人最多。公园晚上十点关闭，他们打算尽量坚持到最后。这次的核心节目，就是林迁展示他一天的生活，同时，邀请观众互动。美术师用纸板为他制作了一间房间，是按照他在东四十四条的房间复制的。没有外墙，只是用隔离线围起来，摆在露天演艺场的中心，大家可以围观。

八点准时开始，现场已经到了七八十人，多数在吃烤肉喝啤酒，是一些早起的老头。

林迁穿着裤衩，从行军床起来，他第一件事，是喝水漱口，用手擦擦嘴唇，闻了闻。然后开始冲咖啡，吃面包。他把咖啡端到窗户边，美术师控制的蓝牙音响里，传出鸟叫声。证明林迁在边喝咖啡，边听窗外的鸟叫。

有女声在念文章：彼本无名雏鸟，只因自幼苦练不辍，得其鸣声之美，与野莺迥异。人或云：斯乃人工雕琢之美，而非天然，其风雅莫如于深谷幽径探访春山花色时，忽闻溪流彼岸烟霞弥漫之中传来野莺啼声。吾却不以为然，彼野莺因得天时地利方觉其鸣声雅致，若论其声尚不可言之为美。反之，闻如家莺之鸣啭，虽身居陋室，亦可遥想幽邃闲寂之山峡风趣，令人忘却身处都市万丈红尘。

林迁细细吃完面包喝完咖啡，然后开始刷牙洗脸。

这时，有大妈围来议论：“这是在拍戏吗？小伙子长得还不错。”

但她们马上被范中文那边的“免费”二字吸引过去。开始等着吃烤肉。

林迁这边人气欠佳，美术师早有准备，他拿出了一个小黑板立在表演区旁，上书：诗意栖居即兴表演，欢迎大家踊跃参与重现生活。有奖品。

“有奖品”三个字，用了醒目红色。

林迁已经洗漱完毕，开始做运动，用哑铃练臂力，又做俯卧撑。

尚未有观众参与互动。

有观众去询问美术师：“奖品是什么？”

美术师耐心回答：“表演两个小时，可获得“大开嘴戒”餐厅188元套餐券，表演三个小时，可获得288元套餐券，表演四个小时，可获得388元双人套餐券。”

美术师又把这些信息用小字写在黑板上。

观众：“你们有请记者来拍吗？”

美术师：“我们有纪录片摄影师，就是那边那个扛着机器走来走去的家伙。”

观众："随便表演什么都可以吗？"

美术师："只要是你的真实生活就行。"

观众："随便哪一天？"

美术师："随便哪一天。"

观众："那到底要表演什么呢？"

美术师："你那一天这个时间段在干什么，就表演什么。"

观众："你们拿这个有什么用呢？"

美术师："没什么用，就是大家一起玩。你们需要什么道具就跟工作人员说，然后让工作人员帮你们把表演区隔离起来。"

九点，林迁做完运动，穿好衣服，开始读书。他拿出一本诗集：《我的孤独是一座花园》。

有些尝过"大开嘴戒"烤肉的观众，被肉折服，已经开始行动起来，他们问工作人员要了马桶或床，表演上厕所或睡觉。爱贪便宜的小聪明人，是少不了的角色。摄影师一一拍下。

此时，蓝牙音响开始循环播放德国诗人荷尔德林的一首诗，正是这位诗人第一次在诗里提到了"人诗意地栖居在大地上"这件事。

在柔媚的湛蓝中

……

当生命充满艰辛，人

或许会仰天倾诉：我就欲如此这般？

诚然，只要良善纯真尚与心灵同在，

人就会不再尤怨地用神性度测自身。

神莫测而不可知？神如苍天彰命昭著？

我宁愿相信后者。神本人的尺规。

劬（qu）劳功烈，然而诗意地，

人栖居在大地上，

我是否可以这般斗胆放言，

那满缀星辰的夜影，

要比称为神明影像的人，

更为明澈纯洁？

……

有公园管理人员来查了两次，他们有点不安，觉得眼前这帮人会乱来。但美术师做的介绍信和同意书还是有用的，有一个管理员奇怪没有接到领导通知，范中文塞给了他们一些烤肉券，说他找的大领导，大领导不方便直接通知，见字如面，你们要不放心，就去打电话问问。范中文以为他们不敢打电话向大领导求证。

上午十一点半，林迁读完了手里的书，开始煮面条吃中饭。他本来准备了户外用的炉灶，因为森林公园不准见明火，改成了吃开水泡面。大约九分钟后，他开始慢慢吃泡面。

已经有七位表演者加入。除了投机取巧一个睡觉一个读书的两位，还有五位的表演分别为（参与者不能有相同的表演）：

1. 躺在沙发上吃零食（本来是看电视，因为没有电视，改为吃零食）。

2. 在桌前玩电脑游戏（电脑是现场的笔记本，他只能玩斗地主）。

3. 一直坐在椅子上看手机（这个人达到了浑然忘我的境界）。

4. 在镜子面前染头发（因为她包里正好带了染发膏）。

5. 在草地上做瑜伽（她本来就要到奥森来做瑜伽）。

后两位表演者是女性。这七个人很快就要表演满四个小时，可获得388元双人套餐券。

林迁吃完中饭之后，大约十二点，开始盘腿打坐，闭目养神。这是他的午休方式。

一开始还有一些好奇的人围观拍照，但后来见没什么稀奇，不像传说中的行为艺术那么乖张，都还不如在奥森相亲玩游戏的那帮人放得开，便都瞥一眼就走了。这一眼还是为了吃烤肉喝啤酒顺便瞥的。

中午十二点时，出了一个小插曲。忽然不知从哪里窜来一个哥们，一到草坪就把自己脱了个精光，后背居然用绿色颜料写着“诗意栖居”，然后绕全场裸奔一圈，边跑边唱：“我相信自由自在，我相信明天，我相信伸手就能碰到天……”

这下引来不少路人停下围观：“看，来了个大傻子。”

也有人惊喜：“我去！我就说这行为艺术不可能缺得了露阴癖！”

范中文带人逮住了他，以为他是来砸场子的，谁知，一问之下，竟然是范中文一个哥们请来捧场的，那哥们自己不能来，便请来了这个裸奔哥，只说要他十二点到这里来热闹热闹。裸奔哥自己号称是资深行为艺术专家，范中文问他都表演过什么，他说头套铁钟、口中喷火、胸口碎大石都玩过。

大家都怀疑他是杂技演员出身。

裸奔哥让范中文给摁下，好吃好喝招待一番，然后万分感激地让他回去了。

林迁打坐午休之后，十二点半开始做他的论文。一直做到下午五点半，走出门散步。

上午那七个参与者，表演完四个小时后领了奖品便走了。下午有小孩和老人参与。

老人搬了把躺椅在草坪上晒太阳，小孩才刚学会走步，在草坪上自个儿玩，母亲看着他。还有一对情侣，他们在草坪上说悄悄话，爱抚对方的身体，没完没了。四个搭帐篷打牌的学生，美术师也同意他们为表演者。

一切都平常如千万个周六下午。

六点半，林迁散步完毕，他来到了范中文摆好的餐桌前，那里，离骚乐园的其他八位诗人也陆续到来，范中文预计晚上的表演节目会很热闹：九位诗人将以现场观众给出的某句诗为表演内容，即兴表演一句诗的行为艺术。

只是，在表演之前，他们至少要喝完三箱啤酒。

七点半，昏，三箱啤酒还剩一罐，有个女观众给出了第一题：我见青山多妩媚，料青山，见我应如是。

大肚抽中第一签，只给三分钟考虑。三分钟后，他开始行动，要了白布和铲子两个工具。

他先把自己脱光，接着用白布把身体紧紧包裹，难看的曲线显露，他扭着屁股走向树林，在树林旁刨了个坑，拉拉杂杂用松土把自己给埋了。前后花了大约半个小时。观众们反应有些闷，嘲笑或同情都觉得不对，脸上讪讪然。

其他诗人则一致评定，创意不错，但时间太长，后面的人，每人只给十分钟。

又喝完一箱酒。老狗抽到第二签，题目是个老者出的：路长人困蹇驴嘶。

这个容易，一向放得开的老狗一分钟便有了主意，直奔水边柳树，抱着树嗖嗖往上爬，爬到顶端，发出狼嚎，围观的人说不对，要他学驴叫。他嘶叫一声，竟然扑通跳到了水里！观众叫好，他越发猖狂，频频发飞吻，水性杨花状。还好这厮水性还真好，呼啦呼啦游上岸来，前后不过五分钟。有好心女士给了他一条半身裙，他欣然接受，用裙子做了浴巾，雄赳赳气昂昂地回去撸了五个烤肉串……

气氛被老狗搞了起来，围观群众渐渐增多，范中文面露得意，林迁不动声色。

有老妇出了第三题：此情无计可消除。

猴哥抽到第三签。

他反应更快，扔了签便脱掉上衣开始拔胸毛，发黄的胸毛一根一根龇牙咧嘴拔了放到白盘子里。有人看了觉得恶心，有人觉得痛得慌，拔了三分钟后，都叫他停止，受不了，胸毛不多，模样瘆人。老妇更是掩面而去，不知是否想起旧日恋人。

猴哥此举吓到不少妇女和小孩，被众人嘘了，属于限制级。范中文赶紧向各位道歉，确立了他话事者的身份，问他要烤肉的人更多了。林迁此时终于喝光了手里的第一罐啤酒。

第四签长脸抽中，题目来自范中文一个做倒卖生意失败的朋友：天意从来高难问。

长脸的脸抽搐了一下，认为这是不好的兆头，但他还是在干了一罐酒后，走向草坪，低头找石子。他找到指尖大小的石子，然后抡圆了胳膊往天上扔，每扔一个石子，就骂一个字："操！"扔到第九个石子时，用力过猛，右手胳膊脱臼了，软塌塌垂下。生意失败的朋友大叫过瘾，长脸假装若无其事，改用左手想继续扔，但范中文急忙跑过去制止，给他手臂一拉，正了位，他对范中文有些刮目相看，这才回到座位，连喝三罐酒大叫痛快。林迁开始喝第二罐，脸色微醺。

到第五签时，围观的人数已经超出范中文的控制范围。观众相互告知："快来看，这里有群疯子在玩，还可以给他们出题目。"

题目太多，第五签是林迁给挑出来的。黑子抽中第五签：不信人间有古今。

黑子想了一分钟，然后问大肚借了他之前自埋的白布，把白布展开在草地上，他脱到只剩底裤，以胎儿的姿势躺在白布中间，让范中文组织所有来看的人在白布和他的裸体上写下自己的出生年月日。白布很快被黑色的数字覆盖，每写完一个，范中文就帮他念出来，写到第三十六个时，那人的出生年月日和黑子是一样的。黑子便以出生的姿势游出白布，与同年同月同日生的那人一起拜天拜地。那是个男人，倒也大方，他跟着黑子，朝天三拜，朝地三拜。有人戏谑："进入洞房……"黑子便披上白布，结束了他的行为。众人起哄，认为他应该去问那个男子要联系方式。

林迁以为自己抽到了第六签，但展开，还是白纸，苏阳得到了第六签的题目：悲莫悲兮生别离，乐莫乐兮新相知。是经常去“大开嘴戒”吃饭的一个拉子出的。

苏阳团团转想创意，想不出来。众人一边喝酒吃肉一边倒计时起哄，苏阳目光停留在盘子上，最后十秒，有了！他让工作人员把全部盘子都给他空出来，然后搬到广场中央。

他拿起两只盘子，啪！碰碎了，啪，又碰碎了，啪啪啪，连碎三对。碎了范中文的盘子，范中文还在那里叫好。砸到第九对时，范中文终于叫：“停，时间到！”其实是再砸就没有盘子吃肉了。

最喜欢吹牛的诗人阿硬说自己的幸运数字是七，所以，他不抽，第七签直接给他。是陶渊明的粉丝出的题：行止千万端，谁知非与是？

阿硬在思索时喜欢偏着头不停地眨眼睛，像是在为自己的思绪打节奏，大约眨了五百次眼睛之后，他仰头喝下一口酒，来吧！

他问美术师要来一叠彩纸，每一张撕成三条，对折，再编织在一起，形成一个三角尖顶。他在做最简单的纸风车。

他一共做了五个，发给现场的观众，然后又找了五根小树枝，用小树枝顶着风车的尖顶，迎风奔跑，这样，风车就转了起来。林迁眯眼看过去，那是他小时候经常做给小尔玩的风车。

有一次，小尔玩累了，在树荫下的石头上睡觉。午后的阳光透过树叶倾泻在她漆黑的头发上，闪闪发光。林迁坐在她身旁，等着她醒来。

十三岁的小尔醒来，问："林哥哥，我每次午睡醒来，都会感到孤独，你会吗？"

林迁眯眼看看阳光，又看看坐在他身旁的小尔，回答说："我不是一直都在吗？"

小尔又问："要是你不在呢？"

他还是缓缓地答："我一直都在的。"

林迁喝完第二罐啤酒。

五个人跟着阿硬在奔跑，手里的风车一齐转。他们跑成一个圆圈。阿硬忽然唱起了歌，跟在后面跑的人，也加入，一起唱。观众不知什么情况，也不知该笑还是该严肃，都有点发愣，眼睁睁看着他们边跑边把一首国歌唱完，也没人鼓掌，没人出声，好不尴尬。

阿硬自己笑嘻嘻地收场，谢了参与的人，收了纸风车，直接对小卡说，该你了。

小卡认为自己的幸运数字是六和八，六没抽到，所以八归他了。第八签是个小学生抄他爷爷书上的一句：天地与我并生，万物与我为一。

小卡一展开纸条，忍不住骂："这是什么玩意，难道要我去打一套太极拳？"

林迁："未尝不可。"

小卡："那我不会怎么办？"

林迁："你可以站在那里不动，那叫无极桩。"

小卡："那也太没劲了，你把第九题给我看看。"

第九题就在林迁手上，有观众转交给他的。可小卡还没来得及看第九题，公园管理处的人已经带着两个警察来了，一高一矮。他们径直走向范中文。

高警察："你是这里管事的？"

范中文："对，警察同志……"

高警察："叫他们都给我收了！"

范中文一秒钟也没犹豫，马上高喊："好嘞，大家散了散了，收场收场，今天的聚会到此结束！"

高警察："你们的介绍信和同意书呢？拿来我看看。"

范中文："没有啊，我们就一帮朋友聚会，搞点小文化活动呢。还要介绍信？这我不知道啊。"

范中文对美术师使眼色。

美术师明白，赶紧收拾东西去了。

公园管理处的两个小年轻，跟矮警察说了几句。矮警察向美术师走来。

美术师若无其事地把介绍信和同意书塞嘴里吃了，继续收拾东西，看到矮警察，友好地点头。范中文见了给美术师竖大拇哥。高警察那边也看到了。他指着林迁和美术师："你们两个，还有你（指着范中文）跟我到派出所去一趟，其他人赶紧给我散了！地上给收拾干净！谁让你们在这里搞活动了？"

诗人们刚要争辩，范中文赶紧摁下，表示没事，他会处理，让大家都收拾收拾回去洗洗睡，明天继续到"大开嘴戒"去喝酒吃肉，啥事也没有。

大家都散了，观众也渐渐散去。

林迁喝完第三罐啤酒，看着散去的人群，并没有见到熟悉的背影，他知道，给他出题的那个人，执意不想相见。他起身，走到警察面前，说：“事都是我犯的，跟他们没关系，我跟你回派出所就好了。”

高警察冷笑：“你犯了什么事啊，说来听听。”

范中文赶紧制止：“林迁，别闹。警察同志，我这位兄弟脑子有些毛病，你别介意啊。”

林迁忽然跟范中文发火，他嗖地冲向范中文，扑倒了他：“你脑子才有毛病！”

林迁跟范中文打了起来，两位警察看得莫名其妙，在犹豫着要不要拉架。

范中文不想跟林迁打，但又推不开，他只好直嚷嚷：“你疯了啊，警察同志，这神经病打人，你们不管啊。”

高警察：“你们这是演苦肉计呢，还是想混淆视听？”

矮警察：“他们这是扰乱公共秩序。”

高警察：“行，你去拉开他们。（对公园管理者）刚说的那三个，麻烦你们帮我押回去。”

有些大胆观众还没散去，看见林迁在撕打范中文，都掏出手机拍视频。

范中文被打着，还关心视频的事，说：“兄弟，不要发网上了，给点面子。”

林迁一拳打在了范中文的脸上，范中文流下鼻血。

这下范中文真火了，翻过来，把林迁压住，提起拳头要揍他，一犹豫，让矮警察给拿住了。

矮警察：“别撒狗血了，走，要打回派出所我陪你们打！”

林迁躺在地上看着被拉走的范中文笑了，说："第九题，我表演完了。"

第九题是林迁自己的诗句，就是他手里的纸条：

众生之生，掩盖我死之死。

小尔来过。

3.

奥林匹克的行为艺术，最后以范中文的罚款收场，伪造文书一事，只有人证，没有物证，也是罚款了事。

林迁却不肯罚款，他要待在派出所，不肯回，他说想坐牢。民警相信，他脑子确实有毛病，让范中文给拖回去了。

但自此以后，他不肯再去大"大开嘴戒"，并正式宣布离骚乐园解散。

他开始做个人行为艺术，导师那边的项目也不做了，从此与导师也决裂。

他决意要使自己陷入绝境。

在他被人举报聚众淫乱之前，他做了三次行为艺术。

第一次叫做《第二性》。他把自己装扮成女人，在五四大街，抓住来往的女人一个个问："你愿不愿意和我结拜成姐妹？"

问到第五个女人时，被那个女人的丈夫饱揍了一顿，揍得他站都站不稳。他索性坐在地上，借了隔壁乞讨者的粉笔，写一行字在面前：你愿不愿意和我结拜姐妹？

有两个玩cosplay装扮成大乔小乔的小姑娘经过，擅自用手机跟他合了影，发了朋友圈，并好心提醒他："大叔，现在不流行行为艺术啦，你想结拜姐妹，应该去红螺寺找田螺姑娘。"

但林迁还没来得及坐车去红螺寺，就有人报警把他抓走了，罪名是骚扰女性。这次他没有交罚款，如愿以偿在派出所被拘留了两天，是和一个浑身散发着臭味，目测至少半年没洗澡的人一起拘留的。林迁跟他结拜成兄弟，这位臭味兄弟是因为在故宫墙下打地铺被拘留。

林迁接着做新的行为艺术，这次叫做《嗅》，是与臭味兄弟一起完成的。

他带臭味兄弟到鼓楼墙下去打地铺，这里没人管，平时还有音乐听。在鼓楼面前的三岔路口小广场，经常有人弹吉他。

臭味兄弟很满意，用三床棉被在鼓楼墙下住下了，两床用来垫一床用来盖，连头都不露一个，白天睡觉，晚上听音乐。林迁也不骚扰他，他这次不再骚扰任何人，就在臭味兄弟旁边打坐，也不竖牌子了，只是嘴里喃喃念出他嗅到的每一个味道。他闭上眼睛，用心地嗅。

咖啡，尿骚，雾霾，狐臭，汽油，灰尘，油漆，皮革，汗脚，奶酪，馄饨，炒肝，蒸饺，香水，香水，香水，轮胎，汽油，汽油，汽油……

他不吃东西，第一天有些难熬，总是闻到自己打嗝的味道，但他坚持了下来。

第二天，出太阳，他有些晕，靠着墙，不再管气味的来源，而是睁眼看眼前来往的腿，长的，短的，细的，肥的，直的，弯的，牛仔裤的，西裤的，丝袜的，光腿的，裙子下若隐若现的，缓慢的，快速的……腿要去哪里?

第三天，大雾霾，鼻子和眼睛都不管用了，他感觉心肺痛。但依旧打坐。臭味兄弟终于嫌这里太吵，要走了。林迁没有挽留，只剩下他自己，和屁股下的一个枕头垫子。

第四天，他的耳朵也关闭了，他只听得到自己肚子咕咕的声音，他觉得自己和墙连为一体了。臭味兄弟给他留下一只搪瓷碗，有人扔了钱，他控制住了拿钱去旁边的店里吃一碗馄饨的想法。

第五天，他不知道自己还在坚持些什么，但他给自己定的就是五天，他希望完成计划，只是为了完成计划。然后，他晕倒了。

他是饿晕了，路人以为他死了，报警让人来收尸。

4.

直到林迁去世后，PS也没告诉过小尔，他曾在中国美术馆见过林迁。就是看陈大羽画展那次。

PS在和小尔谈恋爱的时候，就知道有林迁这号人让小尔伤过心，他偷偷在小尔电脑里看过林迁的照片。那时候，PS发誓，要是某天见到这家伙，一定会胖揍他一顿。

在美术馆真正见到的时候，PS并没有忘了这个誓言，也不是怕林迁旁边还站着一个高大的男人（就是范中文），他只是，忽然失去了揍林迁的兴趣。

林迁那时苍白、清瘦、五官美，但也病态，眼睛似乎一直湿润着，眉头微皱，眉毛非常黑。整个人与环境有隔离感，每走一步，似乎都在穿越时空，自己要吓一跳。他双腿修长，但显得脆弱，站立时，似乎在吃力地撑着。他穿着白色T恤，蓝色仔裤，还是个大学生的样子。头发长到了肩膀处，显然是懒得理发，没有发型，也没有扎起来，线条是用手随意抓出来的。

这是一个不值得一揍的家伙，PS这么想。如果他看到是一个喜气洋洋恬不知耻的林迁，肯定早就挥出拳头了。可这么一个毫无生气的林迁，让他拳头握都握不起来。

只是，既然遇到了，这是一个事件，他在想，怎么解决这个事件？难道，我就当做没看见悄悄离去？不，我以后不会再见到他，我和他之间的事，一定要在这次见面（称得上见面？）里解决。

可说到底，我和他之间有事吗？他都称不上是小尔的前任。我到底在恨他些什么呢?

在失去揍林迁的兴趣后，PS居然又产生了要和林迁打个招呼的念头。他一直跟在PS和范中文后面，范中文不停跟林迁说着话，林迁似听未听，像是在想自己的事。

他们走过陈大羽的国画展，走向了油画展。

范中文停在一幅盘旋的蛇画前。

范中文："你知道蛇为什么那么长吗？"

林迁：“为什么？”

范中文：“因为它身上有一种叫做Oct4的基因。”

林迁：“什么意思？”

范中文：“意思是，如果人在身上植入一点，也许也会变长。”

林迁：“我以为这画的是虬枝呢。”

他们走开，PS过去看了看画名：虬。

如果打招呼，说什么呢？久仰久仰？我见过你的照片？我是小尔的同学？你还记得小尔吗？你旁边这个家伙可以走开一会儿吗？我想单独跟你聊聊？我本来想揍你，但现在想让你记住我？

也许可以让林迁先动手揍自己一顿，那么，也可以完结这件事。

为什么要跟林迁完结？是对小尔的亏欠？

毕竟是他先对小尔提出的分手。

PS曾经反省过，他对小尔说“想要一个人”的分手，比爱上别人来说，对她或许是种更大的打击。一开始，她肯定会觉得，这是一种最深的放弃。但他想，她会走过这一关，她会明白他的了悟。而且，她会有新的生活。

她后来也告诉他：“所有的回望，都是清理，习惯了的名字，不再呼叫，是禁忌，也是自由。”所以，连小尔都放下了，他现在为什么还要跟林迁打招呼？

他嫉妒林迁。

小尔曾告诉他，她对林迁的爱，是无条件的，是从小形成的习惯，是长大后唯一的天真，这个世界上，无论林迁在哪里，只要他呼唤她，她就一定答应。

这是一种放纵，太可怕，太堕落，太让人嫉妒。

还好，他们三个，现在谁也不再呼唤谁。

PS的拳头打在了林迁的脸上，那苍白的脸有了颜色，丰厚的嘴唇上下翘了起来，更加性感了。他的眼睛慢慢扫视过一幅抽象画，那画里是各种杂乱的线条，各种绿色和黑色的调和。林迁嘴里的血水，喷上了那幅画，增加了一抹红色，像是丛林前的日出，又像是死在魔鬼面前的印章。林迁回过头来看PS，那是一个背影，他永远不会知道打他的人是谁。

PS在幻想中打了林迁一拳，然后自己离开了中国美术馆。

他再也无从得知林迁是否注意到了他，他也不知道林迁是否认识自己（他从没问过小尔这个问题，太微妙），林迁是否和他一样，有过揍自己的念头？或者，跟他一样，在见到本尊后，再也没有这个兴致？

在公共厕所的洗手池前，PS看到了镜子里自己此时的样子：毛发旺盛，表情愤怒，一个月没剃的络腮胡遮住了半张脸，皮肤黝黑，戴兰送给他的白色棉麻圆领衬衫，他穿起来像个恐怖分子，可浅棕色的布裤子又消解掉了他的攻击性。他盯着自己的鼻孔看，鼻孔还是那么大，幸好鼻毛没有露出来。

他想回去泡个澡，从此再也不照镜子。

5.

林迁做完《嗅》的行为艺术后没死，警察把他送到医院，待他醒过来，问他有无亲人，他想了想，说 :“没有。”警察要查他的身份，他说，他是一个诗人，因为体质太弱，受不了太重的气味，所以被熏倒了。

他喝下护士给他的粥，自己走出了医院。

他产生了一种莫名的快感。他回到东四十四条，策划着最后一次行为艺术。但又觉得不一定要是行为艺术，为什么要做行为艺术？

这最后一次，便是被人举报聚众淫乱的一次，也是最后他被送进精神病院的一次，他彻底忘记自己到底做过些什么，那些“淫乱的众”又是从哪里来的。

他只记得，警察在街上抓到赤条条的他之后，问他有无联络人，他说出了小尔的号码。

因为行为怪异失常，他最终被诊断为精神失常，关进了安静医院，没有人去看他。

他在某个早上醒来，感觉一身轻松。一切像是睡了一觉醒来而已。

林迁清楚自己已经自由无挂碍，可以随风而去了。

第十二章　红螺别离

1.

PS不再写日记，因为，戴兰要走了。她要移民加拿大，在温哥华养老，不再过问影视圈的事。她要退出江湖了。

她说，自己那天路过鼓楼，看到一个乞丐在打坐，他闭着眼睛，神情那么坚定，身体似乎和身后的墙壁融为一体，世界上再也没有他要关心的事。

她突然意识到，每个人都在度过自己的时间，生命其实只有时间，其他什么都没有。所以，她放下了。京城伤她心，伤她肺，她一刻也不想再多留。

她问PS："我还想生个孩子，你愿意跟我一起去吗？"

……

PS有点惊讶。

戴兰："你可以考虑一下。"

PS："姐……我不太喜欢孩子。"

……

戴兰有点惊讶。

PS："Daisy，sorry。"

戴兰笑了。

戴兰："有什么对不起的？没事，姐明白了。明天，你跟我去趟红螺寺吧，我去还个愿。对了，你帮我做了这么长时间的司机，明天我来做你的司机。"

临走时，戴兰又送PS一件礼物。

戴兰："姐没什么可留给你的，这只双耳瓷瓶你拿着吧，做个念想。我见你平时总多看它几眼，挺投缘吧？"

多看几眼是因为防备和排斥。但PS没说这个。

PS："是古董吗？古董就算了，我不爱收藏，回头不小心给碎了。"

戴兰："不是古董。这是我二十岁时亲手做的，你看，什么颜色都没有，做得挺笨拙，但我自己挺喜欢，难得你赏识，拿着。以后它就是古董了。"

戴兰用一张电影海报把它包了起来，递给PS，PS只得接过。

他脑中闪过那么一念：自己是否要留点什么给她做念想？

但这个念头很快灭了。他不想戴兰在异国他乡还想起有他这么一个司机。

戴兰可能也想到了，她问："你的日记能给我一份吗？"

PS感觉到脸在络腮胡下面有点发烧。

PS："还是不要了。你放心，回头我就把它给删除了。"

戴兰："好，你删了吧。"

原来是这个意思。PS的心情顿时冷却下来，拿着双耳瓷瓶，告辞了。

红螺寺，在怀柔区的红螺山上。曾经叫做大明寺，始建于东晋年间，有红螺仙女的传说。那仙女自是贪恋人间而留名。

从观音道上山，一路全是观音像，戴兰一个不差地跪拜。在漫长的跪下与起身的时间里，PS终于记起，他好像跟前女友来过这里。就是来京城后的第一个女朋友，问他借《欧洲情色史》的那个编辑。

他们也是从这条道上去的，但没有跪拜。

编辑女友说："想求子才拜，这里都是求子观音。"

求子！莫非戴兰？不对，她是说来还愿？难道，她已经有了身孕？所以，她才邀请自己去温哥华？

PS为这个推断吓得腿发软，可他又不敢问，万一是真的呢？他如何收场？

PS再也没有回忆往事的心情，编辑女友再次在他脑海里被抛弃。

他殷勤地去扶起戴兰，问她累不累，要不要休息一会儿。

戴兰说不累，她要一鼓作气拜完，PS可以不用管她，自己先去山顶等她也可以。

PS当然不敢这么做，万一戴兰站起来一个头晕栽下去流产了怎么办？

PS惊讶自己这么快就认定戴兰有他的孩子了，而且，在等待戴兰的过程中，他无法控制地开始想象：自己要是有一个儿子，会是什么样？

他告诫自己不要去想，但还是忍不住想了。他发现，传宗接代的渴望，是男人的本能，文化给了这种本能以自恋狂式的自信和支持，他一个人的力量抑制不了。本能战胜理智，好，那就想吧，想想而已。

儿子还是女儿呢？

儿子吧，长得像妈。他叫我爸爸（打冷战），我就得对他负责？怎么负责？告诉他很抱歉把他带到这个世界，如果他想回去，爸爸也不反对？

一想到这里，PS就失去兴致了。PS觉得自己就这点好，兴致很容易失去，所以不执著，所以一事无成，所以实现了无用无为的废物哲学指导下的生活。

他盯着戴兰“此起彼伏”的屁股，静听风动丛林之声。

又有了写诗的兴致。这丛林之声真是妙不可言，能撩拨起人心底的忧郁，又将之驱散。昨晚他做了一个梦，是一个旧梦，又做了一次，一个梦竟然会做两次，只有在观音面前，才能坦然承认。

关于别离的梦。

那种痛是真实的，他醒来时，发现自己在哭。

看了一下手机，五点二十二分。

最深的失去感又被唤起，他很无奈。

前几天，戴兰说梦到了他。或许是这个原因。但他不是梦到戴兰。

他已经很久没梦到小尔了。吵架、冷战、隔离、漠视、失去，所有的痛苦在梦里重温一遍。他是透明的，本来去了异地，却又在她身边，看到她的全部生活。

他准备离开的前一周，她回来跟他住，只是保持合租关系。

对他所有的愤怒，她都保持沉默。是最后的隐忍，也是冷漠的回击。

他走了，才意识到，这是她对他最后的温存，可惜他没有感受到。

他走了，却发现透明的自己坐在那里看着她打电话，语气变温柔，就像曾经跟他说话的语气，他永远失去了。电话那头是未婚夫，她要嫁人了。

心痛，痛得哭了起来，痛得哭醒了。这是十年前的梦了。

醒来时，回想梦中情景，他慢慢恢复理智，觉得梦太煽情，然而一旦有制止情感的念头，又控制不住地哭了起来。

这次清醒地哭完后，终于好了些。

真荒谬，还会痛，还会哭，只是在梦里。

醒来后，他从未如此迫切地想爱上另一个人。

可惜，戴兰不合适。

戴兰的屁股真好看。

2.

如何忘记昨夜的梦

去秋天的红螺寺

走观音道

盯住一个好看的屁股

张开毛孔
接住丛林之声
放慢呼吸
像树一样婆娑
让寂静浸湿头发
袒露昨夜之心
忍住痛
一步一步
拾阶而上
模仿观音的手势
别求子
求空
让丛林之声穿过身体
集中脑心的热量
站住
闭眼，关毛孔，吸气——
呼气——
吐出……

3.

PS在戴兰走后，开始一天洗两次澡，早上一次，晚上一次。

在机场，戴兰告诉PS一件事。

戴兰说："我在乌兰布统为你种了一棵树，就在你给我讲故事的那个地方，东南角，树上刻了你的名字。你以后有时间，可以去看看。”

PS：“种了棵什么树？”

戴兰：“菩提树。”

PS：“种在北方能活吗？”

戴兰：“不能活？”

PS：“回头我去看看。”

戴兰：“好。”

戴兰以这种方式断了他们之间的情感联系，从此，她的念想变成了一棵树，而他的念想，变成了要不要去看那棵树。

那只扁形双耳瓶，他已经随手送给洗车店的老板，并随口说：“这在风水上，是留财的，你们洗车水哗啦啦往外流，瓶能装得住。这是从九华山一个师太那儿得来的，跟师太住了二十年，有灵气，我福低，受不起，放你这儿存着。”

老板夸PS够兄弟，懂事，继续让PS免费用店里的水。

一日起床，见破窗外日头西沉，PS陡地生出一念：是该改变生活作息了。

如果总是见不到太阳，会不会性能力减退？这是荒谬的，但作为改变作息的理由是好的。

晚上一点睡，早上七点起，吃早餐、洗澡，八点开始工作，十二点吃午饭，午休一个小时，两点到三点散步，三点到九点工作，九点到十点吃饭散步，之后阅读或听音乐到一点，洗澡睡觉。

完美。

可是，现在的工作干什么好呢？

戴兰离开两周后，PS开始琢磨新的生意。自从绰号手提的前同事把自己用网线勒死在办公室机房后，PS就不再进办公室工作。这些年，他都是在大街上晃荡，寻找商机。

一个月后，找到了，是卖西红柿。

在地铁口，他发现一男一女总是在卖西红柿，一袋十块，说是有机食品，很快卖光。有一次，一个顾客问，为什么这西红柿泡在水里，水是黄色的？那女人答："那是营养液。"

用营养液培育西红柿，很快。但更快的，是豆芽。美容抗癌黄豆芽，清热除湿绿豆芽，滋阴补阳黑豆芽。

PS做了研究并制订计划后，马上开始了豆芽生意。

他买了二十个筛子，下面铺一层纱布，中间放泡发了的黄豆、绿豆、黑豆，上面再铺一层纱布。一天浇水三次，多则五天，少则三天，即可收获。一个月至少收获六次。

他把二十筛豆芽用三轮车运到鼓楼大街地铁站A口处，那里临近鼓楼菜市场，买菜的人很多。一筛子分四份，一份只要五块。纯天然无污染新鲜有机豆芽菜，美容抗癌，清热除湿，滋阴补阳，钓鱼岛是中国的！（这句宣传语也很重要，会有男人来买）

一天二十筛，四百块，很快卖完。一个月三千块收入没问题。

但更赚钱的，PS又发现了，是卖早餐。他自己不做，只搭配一种，牛奶加面包。安定门站A口卖（那里没有小卖部），每份赚一块，一天卖三百份收工，一个月至少卖二十天，便纯赚六千块。

早晨卖早餐，晚上卖豆芽，PS的作息调整为，五点起床，六点上班，十点下班，伺候豆芽，十一点吃中饭，休息两个小时，下午一点去进货，搭配，五点之前搞定，五点到八点卖豆芽，回来后吃完晚餐，九点半到十一点看书。十一点半前睡觉。

PS的收入每月又有九千块了，财务自由之路通不通，就看这拆迁房什么时候拆了。

三个月后，一天晚上，戴兰忽然在微信里给PS发了一个音乐链接。

彼时鲍勃·迪伦得诺贝尔文学奖的消息已经铺天盖地，PS这才惊觉，自己已经好久不听音乐了。

曾经，他是整天都离不开音乐的人，每天二十四小时都有音乐放着，如此听了九年，终于把音乐听死了。

流行乐，单调而弱智，再也无法满足他丰富的心理需求；摇滚乐，同样的问题；爵士乐，过分自恋；R&B，一堆抱怨；民谣，好词太少；电子乐，声音杂技；古典乐，多数浮夸而套路。不可否认，每一个领域，好东西都少得可怜。

后来，只剩下电影音乐还在听。《太阳照常升起》《尤利西斯的凝视》《年轻气盛》，令人念念不忘的电影音乐，必定有令人念念不忘的电影语言。

PS打开戴兰发给他的链接，是古典音乐。门德尔松的"*Nocturne*"(《夜曲》)。

听着听着，像是沉入了幻境，灵魂被引诱。

戴兰问："可好？"

PS："好听。"

戴兰："问人。"

PS："依旧笑春风。"

戴兰发一个拥抱的表情。PS没再回。

从此，PS又重新开始听所有的音乐，像二十岁时一样，什么都不拒绝，只是，如果前奏不合耳，便跳过。

再次听到巴赫大提琴组曲的时候，他决定买音响。用了一个月的收入买回。

音响放在浴缸边，人在浴缸里，赤身裸体听。

在网上淘旧唱片。他给豆芽菜听维瓦尔第的《四季》，完后，给自己放马勒的《葬礼进行曲》。

电影音乐，听到一首熟悉的，是丹麦导演拉斯·冯·提尔经常在电影里放的一首。PS拿出唱片查看，叫“*Lascia Ch'io Pianga*”（《让我痛哭吧》）。

洗完澡，给豆芽菜浇完水，他换上莫扎特的《安魂曲》。交响乐、拆迁房、豆芽菜，从来没有这么相配过。他点燃一支烟，关了灯。

远处是黑不下来的夜空，但近处是黑的。

对面楼房那黑洞洞失去窗框的窗户，像是黑夜里微微发光的眼睛，盯久了，又像是黑磁场，散发出似要吞噬万物的幽光。

在烟头的明灭中，他记起第一次见到小尔的时候，向她推荐了《十分钟年华老去》，但后来，他再也没有问她是否看了这部电影。

还记起那时候，每次和小尔约会前，他都要打个手铳，这样，他便能毫无邪念地跟她享受恋爱时光，谈人生谈理想谈永远也接近不了的未来。

少年时的未来，就是站在窗前的此刻。

4.

有一天，凌晨三点醒来，PS感觉某种东西在心中翻腾不止，想要吐出来，于是，他下床，拧亮台灯，打开电脑，写下两个字：十窍。

这是他写的第一个剧本，是一个情色片，花了七七四十九天写完。在此期间，他并没有停止豆芽和早餐的生意。

天地人，都有窍孔，用来相互连接。人本来有十窍，在女人身上尽显，男人却有最关键的一窍不通。所以，男人要通过女人，才能通天地。而女人，只能通过自己见天地。

这就是PS要写的东西。

女人的十窍是：两只眼睛、两只耳朵、两个鼻孔、嘴巴、肛门、尿道、阴户。

他的剧本，按照这七个章节来完成。

第一章　眼睛

荷叶上滚落的水珠，草尖上滴下的露珠，天空中飘落的雨珠。珍珠、钻石、灯光、星星，晶莹剔透的，闪亮的，圆润的。都与眼睛联系在一起。

颜色、阴阳、轮廓、美丑，我们获得的形象，都来自眼睛。

可在性爱中，眼睛并不扮演重要的角色。有时闭上眼睛，你才能获得真正的视觉效果，这也是多数人喜欢关灯做爱的潜在原因。

餐桌前站着三个男人，女人要选其中一个做丈夫。女人选了第一个，其他两个男人祝福第一个，他们三个是好朋友。约定一起打麻将庆祝婚礼。其他两个落选的男人离开。

卧室里，丈夫问盲女为什么选自己。是因为他排在第一个吗？盲女说不是，是因为你没有开灯，他们两个都开灯了。

丈夫："你听到开关声了？"

盲女："嗯，我能感觉到光照在身上。"

丈夫："可是，我做得并不好，有点着急。"

盲女："没关系，我们以后有的是时间。还有，我喜欢你的声音。"

第二章　耳朵

小时候，盲女的母亲跟她讲，不要用手指月亮，月亮很小气，你对她指指点点，她会在你晚上睡着的时候，割掉你的耳朵。

客厅里，盲女和三个男人在打麻将。一个是她丈夫，另外两个，是落选的丈夫，今天一个穿着衬衫，一个穿着运动衫。

他们打的四川麻将。盲女最先胡牌了，剩下三个男人继续打。

他们称赞盲女，盲女说："难道你们忘了，我小时候家里是开麻将馆的。"

麻将馆里，十三岁的少女在给客人端茶倒水——她的眼睛并不盲，有些怕人，眼里倒影深深。她留着学生头，头发拢在耳朵后面，随时注意着客人的使唤。

一个赢了的中年男人站起来，向她招手，她走过去，男人给了她十块小费，叫她带他去吃"快餐"。

女孩带男人在巷子里七拐八拐，来到一家挂着理发店招牌的门前敲门。有人开门，女孩带男人进去，里面坐了八个浓妆艳抹的年轻女人，女孩走到柜台前的老女人面前告诉她，是吃快餐的。老女人给了她五块，打发她走了。

老女人告诉男人，“快餐”三十分钟，一百块。男人挑了一个脸上没痘痘的，上了二楼隔间。

客厅里盲女的麻将桌上，三个男人也打完了。盲女把头发扎起来，说自己去做饭。她的左外耳是好的，但仔细看，是假的。丈夫说别做了，叫外卖，她说外卖不好吃，还是她来做。他们三个，可以改打扑克。

第三章　鼻孔

盲女在厨房做饭，一切都很熟练。

三个男人在打扑克。

丈夫问：“事情查得怎样了？”

穿衬衫的对丈夫说：“那个人的具体落脚点我们已经弄清楚了，会尽快动手。我和老三来做你放心，绝对痛快。”

丈夫给他们一人一支烟点上，三人同时从鼻孔呼出烟气。

丈夫：“千万小心。”

老三：“哥，没问题。”

盲女上第一道菜，肉沫煎豆腐，老三喜欢吃的。打牌的三人异口同声说：“真香。”盲女一笑：“你们不要因为我闻不到骗我啊。”

丈夫："没骗你，真的很香。"

三个男人不再聊天，盲女接着上菜，茉莉花炒鸡蛋、豆豉鲮鱼油麦菜、小炒黄牛肉。菜齐了，盲女还给他们备了米酒。

四个人举杯，盲女说："谢谢你们，每一天都是新生，生日快乐。"

"生日快乐。"他们一起说道。

盲女嗅了嗅杯中酒，问他们："甜吗？"

老二答："比昨天的甜。"

其他两人笑了。

第四章　嘴巴

知道泡菜为什么那么好吃吗？因为它包含了许多种滋味，酸甜苦辣咸，一应俱全。泡菜好吃的关键，在于母水。妈妈曾说，母水就像女人，年纪越大，风味越足。母水本来只是一锅白开水，把它倒进泡菜坛后，往里头加料。一点酒，一点盐，一点糖，一点醋，记住，要白醋。接着是姜、葱、蒜，还有辣椒，许多红辣椒。白菜、白萝卜、绿萝卜、红萝卜，都是制作母水的先锋。把它们第一批丢进去，密封起来，三天，只要三天，三天过后，就能看到奇迹了。

一坛外婆传下来的母水，是母亲留给盲女唯一珍贵的东西。可惜，她再也尝不到泡菜的味道。

她曾在一夜之间失去视觉和味觉，还被月亮割了耳朵。

盲女从餐厅酒柜里取出泡菜坛，用筷子夹出一碟，又密封盖好，放回酒柜，关上玻璃门。她没有感觉到，酒柜上的画框往下掉了三寸，挤在酒柜背面，酒柜已经微微倾斜了。泡菜坛子随时可能带着惯性撞开柜子门，摔到硬木地板上，粉身碎骨，汁水四射。

夜。

十三岁的少女在自己的房间醒来。是那家理发店的三楼。楼下在吵闹。一个嫖客在打骂妓女，说她不好，还顶嘴。母亲在劝阻，并给嫖客道歉。

她习惯了，没有下去看，而是去上洗手间。谁知，在洗手间撞见了正在给客人口活的姐姐。她想退出去，客人却一把拉住了她，要她一起。姐姐说小妹太小，什么都不懂，求他放开。他不肯，从旁边褪下的裤子里摸出了一扎钱，说愿意的话，这钱就全部是少女的了。少女还是要走，姐姐忽然叫住她："小妹，有了这些钱，你就可以永远离开这里了。很容易，姐姐教你。"

就这样，在姐姐的教导下，她赢得了那一万块，并当夜离开了那个家。

那天晚上月亮很亮，她在空空荡荡的站台上等最后一班去省城的火车，她神色平静，看着月亮，想起母亲说不能指月亮的事情。她忍不住用手指向月亮，但还是很快改为了摇手。再见。再也不要见。

火车在清晨到达，可一下火车，她发现自己在发高烧。赶紧找了一家小旅馆住下，一躺倒就晕了过去。等她醒来时，三天四夜已经过去，她的左耳溃烂，眼睛蒙上了一层雾，并失去了味觉和嗅觉。

可她从来没有这么坚定地想活下去。

第五章 魂门

肛门又称魂门。

火车站旁的小旅馆房间里，穿衬衫的老二合上书，说：“我打算先给他念一段故事。”

老三：“你念这么一段好像是让他享受似的。”

老二：“那你说怎么办？”

老三：“你怕了？”

老二：“不是怕了，是没有这个必要。”

老三：“你这个人就爱斤斤计较。”

老二：“这怎么能叫斤斤计较？”

老三：“明天就动手了，现在还没想好办法，搞什么啊，你是不是不想干了？”

老二：“你这是什么话？咱们三兄弟答应老板娘的事，当然得办。”

老三：“那你说吧，怎么办？就等你一句话。”

老二：“办法倒是有，不知你同意不同意。”

老三：“别磨叽了！”

老二：“要不，你代替不就完了？”

老三愣了愣，一反应过来，就扑过去揍老二：“别以为我不知道，算计完老大，你现在开始算计我了！”

老二垂死挣扎：“别打了，别打了，我想到好办法了！”

他们最后定的办法是雇一个妓女去帮那人，然后假装不小心咬伤他。

但未料那人已经不中用。

妓女退了一半的钱，走了。

老二说："天意。"

老三说："当初老板娘说了，谁能帮她报仇，谁就能得到她以及她的财产。我们三兄弟接了这个活，你觉得现在办好了吗？回去怎么跟老大和老板娘交代？"

第六章　尿道

茶有茶道，尿有尿道。

十三岁的盲女在小旅馆醒来后，捡回一条命，开始了她大难不死的后福。

对于一个失去视觉味觉嗅觉以及左耳的小女孩来说，生活已经变得很简单，只有三个字：活下去。

旅馆老板推荐她去了盲人学校，在盲人学校里，她学习了全部的人体护理知识以及按摩技术。凭着出色的技术，她十六岁便开始出任盲人按摩店的高级技师。凭着出色的美貌，她又接连成为三个按摩店的老板夫人，又凭着奇怪的运气，三个按摩店的老板都英年早逝，给她留下一连串房产。就这样，不到三十岁，她就成为了盲人界有名的富婆。

她一直没有跟家里联络。但这天，她收到了一坛泡菜母水，当助理告诉她是一个泡菜坛子时，她便明白，母亲终于还是知道了她的消息。

她回了那个小县城一趟，反正已经看不见月亮。

姐姐的声音变得尖细脆弱，告诉她：“母亲去世了，多多少少跟知道了她离家出走那件事有关。母亲临终前说把母水传给你。我也快要死了。你不要恨姐姐。”

这么多年，她早就不恨了。但现在，重回故地，她忽然又想恨了。

恨谁呢？那个人，当然是最合适的被恨者。

一个人在悟道之前，必须要背道而驰。这是盲女坐在马桶上尿尿时想到的。

她在店里物色了三个保安，都是来自小镇。她让他们结拜为三兄弟，做她的贴身保镖。老大忠厚老实，老二胆小精明，老三简单粗暴。

她经常让三个人陪自己打麻将，并且毫无老板娘架子，亲自做饭给他们吃。

当然，她还单独给他们按摩。凡是经过她手的男人，无不臣服。

有一天，在麻将桌上，她轻描淡写地提到：她姐姐快要死了，有一个心愿未了，想让她帮忙，她想让他们帮忙。

他们当即表示愿肝脑涂地。

她说：“姐姐有一个仇人，死之前，想让他断子绝孙。”

她又说，要是他们能办到，他们就能永远陪她打麻将。而且，如果不怕她克夫，他们中间一个，还可以做她的丈夫。

第七章　阴户

我是一头野兽，

拒绝配合所有：

慈悲与温柔。

我偏爱一切罪恶，

偏爱沉甸甸的欲望，

让日渐轻浮的身体保持重量。

盲女和丈夫的性生活渐入佳境。

酒柜里的泡菜坛子，在颤抖中带上惯性，冲开玻璃门，摔在硬木地板上，声音清脆地裂开了。母水撒了一地。

与此同时，盲女和丈夫达到了最兴奋处。

她眼前，出现了十三岁时车站的那轮月亮。

第十三章　回乡症

1.

事不再是事
时间也不再是时间
只是家乡的哑巴
还哑巴着

山对面的那座山上
住着过去的人
枯萎的茅草下面
藏了些秘密

用松木熏干的腊肉
紧密了记忆
也紧出了香气

屋檐下的一切

从未平静过

听见风泣声

就当是 有人在念诗

林迁死于肝脏衰竭，而不是精神分裂。医生说他喝多了劣质酒，或是在幻想中喝多了好酒。

他临终前叫来小尔，告诉她关于自己遗产的事情。

林迁所谓的遗产，就是他剩下的诗稿，以及范中文送给他的紫檀笔筒。他要小尔留下笔筒，把诗稿烧掉，以后不要写诗，远离诗人。但是，一定要诗意地活着。

“怎样才是诗意地活着？”小尔问。

“忘了我吧。”林迁答非所问。

林迁生病期间，小尔带他回过一次柳梢头。小尔母亲认为林迁丢了魂，要为林迁收魂，林迁拒绝了，并要求再次回到京城。

小醉已经喜欢上院子里那个八十多岁的独居老太，它不喜欢林迁。

PS去医院看望过林迁，但并没有发生真正的对话。

PS对病床上的林迁说：“现在想想，我们脑袋里的垃圾真是太多了。”

林迁说：“我要喝水。”

这就是他们的全部对话。

小尔把林迁的骨灰带回了柳梢头，装在紫檀笔筒里，葬在对面的山上。

他少年时放火烧过的那三座山，现在又恢复了苍翠。

她独自去看那深井，看那岩洞，看已经被废弃的老屋。

一切深渊的诱惑，现在都已经能平静面对。

老屋的那间书房，门坏了。里面有一只皮箱，装着她的旧书。父亲没有扔掉，搁在一条长凳上。她打开皮箱，是初中时候的读物。英语课本、《读者》杂志、各种盗版小说，还有一本毕业留言册。

在留言册里，她发现了两封没有寄出的信，都是当年她写给林迁的，她那时刚刚初中毕业。

当时林迁在省城，她没有他的具体地址，遂用日记本，给他写了一本一本的信，后来见到林迁和他当时的女友白朵时，扔进了湘江里。这两封也许是单独写的，所以留了下来。她没有任何印象地拆开信。

林哥哥：

今天我在家里翻出了一本奇怪的书，叫做《女五行称命书》。它能按照人的出生年月日以及时辰，称出人生命的重量，然后根据生命的重量，来测算生命的长度和质量。

我不知道自己出生的时辰，去问妈妈，妈妈居然也记不清了，很不负责任地告诉我："大概是未时吧。"

我按照书上的方法算了算，说我一生也没什么大起大落，算是有福之人，子女有三个，五十九岁有一劫，过了便能活到七十三岁。

感觉是好遥远的事情。但昨天看杂志上说，现在吉尼斯纪录里最长寿的人，有一百二十二岁呢。活那么久也挺恐怖的。

我很想帮你也算一算，但也不知道你的出生时辰，还有，这本书好像算女不算男的。希望你活长一点。

都不敢想，要是你不在这个世界上了，我会不会哭死。

唉，只要想到这一点，我就已经哭了。是不是很好笑？

希望早日见到你。

林哥哥：

今天我去后山玩，躺在你最喜欢的那块石头上，看着天上的白云，瞎想孙悟空和宇宙飞船什么的。你知道吗，一直盯着白云看，会感觉到地球在转动！

这是我最喜欢做的事。

当时，矮树丛里突然窜出了一只七色鸟，尾巴好长，它站在那里看着我。居然不怕我，我便对它说："你是林哥哥吗？我是小尔呢，过来！"

它听见我说话，就扑棱扑棱翅膀飞走了，声音弄得很响亮。也不知道听懂了没有。

这个时候你在干什么呢？

这个问题老是冒出来，可又什么也想不出来。好讨厌，还是不想了。

林哥哥，你已经决定以后要做诗人，可我还不知道以后做什么。你说我长大后做什么好呢？妈妈要我报考师范学校，可是我一点也不想当老师，天天跟一帮小屁孩打交道，那还不烦死？

不过，去读师范学校，就可以到省城见到你呀。还有，不管以后做什么，反正能离开这里就好。这里的人太愚昧了，总是为了鸡毛蒜皮的事在打架，还看不起女孩子，我巴不得立即离开这里！

人生真是好烦恼，也不知道明天会怎么样。

总之，我要好好学习，天天向上！

小尔把这两封信拿走，其他的东西，都留在了那个屋子里。

通往那块石头的路，已经被野草和荆棘封了，不能再行人。

2.

美术师曾去安静医院看望过林迁，可林迁说不认识他。

小尔跟美术师聊天，说到自己想改行的事情。美术师建议她做编剧。

她说自己不懂电影，美术师建议她拍一部纪录片，亲自拍摄，亲自剪辑，完后，就都懂了。

大约一年过后，小尔才又想起这件事，她决定为父亲拍一部纪录片。记录他和这片土地的春夏秋冬。

第一个镜头是在一个冬天拍的，那次她只回去了三天。

父亲要去后山池塘捞鱼给她吃，说比买的鱼不知道要好吃多少倍，似乎她从来没吃过，似乎她不是这里长大的。

出门的时候，母亲嘀咕，说父亲手上那张网是不可能捞到鱼的。

小尔仔细一看，是那种在溪水里捞鱼的网，三角漏斗形，适合在很窄的水域里使用。但父亲已经拎着网出发了。

鱼是春天的时候放进去的。

上山的路已经换成另外一条，要用柴刀砍倒两边的茅草荆棘才能通过。

池塘水位很低，失去了往日的神秘感。只是周边杂木横生，将之遮遮掩掩，依旧维持着它作为池塘而不是水洼的尊严。

父亲穿着连靴雨衣下水了，小尔蹲在水边，端着迷你单反拍摄。

周围安静得只有水声。

小尔："你平时要放草来喂鱼吗？"

父亲："也没几条，想起就扯些草扔进来，没想起就算了。"

父亲一心一意地捞鱼，在池塘里转圈。

五分钟过去，小尔就期待戏剧性了，希望至少有鱼的踪迹。可是完全没有任何迹象，水已经浑浊得什么也看不清。到十三分钟的时候，小尔认为父亲该放弃了，这个网确实捞不到鱼，鱼没有任何理由要往那么小且水流窜动的地方钻。

但父亲坚持再捞捞。

二十四分钟的时候，小尔从来没有觉得时间这么漫长，她收起了相机，跟父亲说："算了吧，别捞了。"她已经完全放弃了对戏剧性的期待。

父亲有些讪讪然，说："还有一个办法，就是把水放干，这样就能捉到鱼了。"

小尔说："没有这个必要。我们一次吃不了那么多。我后天就走了。"

有意思的是，回到家，母亲已经买好了一条鱼放在盆里，说是隔壁村有人从池塘里捞出来卖的，并不比父亲养的鱼差。父亲不吭声，小尔暗自发笑。

第二年秋天，小尔又回去了一次，拍到父亲一天的作息：

早上六点起床，去地里给油菜苗浇水（因为很久没有下雨了），清除土地周边的茅草，顺便把茅草捆起来，带回家给母亲刚买来的小鸭子做窝。

八点，和母亲吃早饭。吃完早饭，吸支烟，休息一会儿，去老屋砍绵竹。

十点，砍回一根绵竹，用刀剖析成篾，给十只小鸭子编织竹笼子，编底最慢，花了大约两个小时。

十二点吃中饭，吃完中饭，吸支烟，继续编织竹笼子，中间有邻居的小孩过来玩，问："爷爷编的是什么？"父亲回答："你猜是什么？"小孩："桶子？"父亲笑："竹篮打水一场空。"小孩重复："竹篮打水一场空。"感觉太难理解，走了。

下午四点左右，笼子编好了。父亲收拾，把院子打扫干净。之前，用软茅草垫在笼子底部，把放在门前豆子地里的小鸭子赶进了笼子里，关好，放进柴房。吸支烟，休息一会儿。

下午六点，吃晚饭。吃完晚饭，散步到邻居家，开始和两个老人打字牌。字牌一直打到九点。

九点，回家洗澡，看一会儿电视，上床睡觉。

与此同时，母亲的作息，都和三餐有关，准备饭菜，或者，做饭菜，在父亲吃饭的点，准时把饭菜摆上餐桌。地里的蔬菜以及家禽，是她负责的。

有时母亲也会跟父亲合作，比如种豆子时，父亲翻土刨坑，她往坑里撒豆，再盖上土。

这次拍了很多镜头，回到京城后，她在整理当中发现，如果不是拍摄这个纪录片，她再也不会知道，这一片她曾迫切想要逃离的土地，在镜头之下，又有了新的神性和尊严。镜头里总是有风声和鸟声，因为被父亲缓慢的节奏带动，她的运镜，也非常缓慢。有意无意地，总喜欢把镜头缓缓转向对面那座山。

所有的生活方式和生活方式之间，都是隔绝的。如今，父母不了解她的生活，她也不敢说自己了解父母的生活，而在对面山里的林迁，她更是全然不了解了。

林哥哥曾告诉她："做不到那样的事，便不能猜到那样的心。"

拍纪录片的初衷，是为了了解电影，而现在，她想了解镜头里的人。

因为所有熟悉的人，都变得陌生了。而所有的言语和行为，又产生的新的意义和启示。比如捞鱼和买鱼，比如竹篮打水一场空。

3.

又一个秋天，小尔回到柳梢头。

清理旧电脑，小尔发现了当年PS试新相机时为她拍摄的一段视频。

那时，他们毕业一年后在京城重新相遇，成为合租室友。国庆节，他们在元大都遗址公园散步。

她走过一片草地，镜头跟着她，她找了一块石头坐下，发现PS在拍她，便举起手，凶狠地说："不要拍我。"

PS没有理她，继续拍。

天气很好，风微微吹，阳光从柳树枝条中间洒下来，在她脸上闪烁。她穿一件白色的牛仔布上衣，手肘和左胸位置，有两朵拼布芙蓉花。黑色牛仔裤，白色运动鞋。齐耳短发，戴着蓝框眼镜，皮肤光滑，嘴唇鲜艳。

PS在她侧面拍。

他问她话，她乜斜着眼睛，忽然又害羞起来，不看他，看着自己的正前方。

小尔发现，自己在镜头下，竟然有那么多细微的表情。

PS突然发问："你现在最想要的是什么？"

她偏过头看他，做了一个握拳的手势："赚到十万块。"

然后又放松了姿势，用手撑着下巴，沉思。

PS继续问："你现在最喜欢的是什么？"

她思考了一会儿，然后小声说："最喜欢的……你呀。"

PS："最讨厌的呢？"

她毫不犹豫："你呀。"

说完她看着PS笑，又低头看着草地，似乎变得不开心。

PS沉默了一会儿，又问："你现在开心吗？"

她双手拍了一下膝盖，像是叹了一口气，然后慢慢说："说不清。走吧？"

PS："哼，不想回答我的问题。你看过一个纪录片叫做《安娜成长篇》没有？"

她摇摇头，说："我看过一部小说，叫做《安娜·卡列尼娜》。"

说完自己笑。

PS："那个纪录片是俄罗斯导演拍的，《毒太阳》那个导演。"

她："哦。"

PS："米哈尔科夫。他拍他的女儿，从六岁拍起，拍到十八岁，每年拍一次，每次都问她几个同样的问题：你最喜欢什么？你最讨厌什么？你最害怕什么？你最想要什么？……然后她女儿一天天地长大……"

她点点头，忽然说："我已经老了。"

他听到这话，把镜头推近，想要她脸的特写。但她很快站起来，逃开了。

4.

看完这段视频，小尔到阳台透气。她住在二楼，阳台是露天的。

外面漆黑，对面就是坟山，林迁住在那里。

秋天的草木，在阳光下暴晒后，散发出不可说的香味。她过了一会儿才注意到，楼下院子里，父亲没有开灯，在黑暗中抽烟，烟头一明一灭。

父亲一定看到她了。

她看了一会儿坟山，吸一口气，说话："太阳晒过的味道，真好闻。"

父亲吸一口烟，不慌不忙地接话。

父亲："你不能早起……"

小尔："早起干什么？"

父亲又吸了一口烟，吐出。

父亲："早起上后山，叶子上的露水，更好闻。"

天边冒出一颗星，朝小尔眨了一下眼睛。

【全文完】

2017 年 8 月 29 日 星期二

于广州市花都区汉群酒店